歷史的回響

"一带一路"上的美丽陇南（第一卷）

YIDAI YILU SHANGDE MEILI LONGNAN

张红霞 / 主编

敦煌文艺出版社

图书在版编目（CIP）数据

"一带一路"上的美丽陇南 / 张红霞主编. -- 兰州：敦煌文艺出版社，2022.12
ISBN 978-7-5468-2267-9

Ⅰ.①一… Ⅱ.①张… Ⅲ.①中国文学－当代文学－作品综合集 Ⅳ.① I217.1

中国版本图书馆 CIP 数据核字（2022）第 226312 号

"一带一路"上的美丽陇南

张红霞　主编

责任编辑：马吉庆
装帧设计：吉　庆

敦煌文艺出版社出版、发行
地址：（730030）　兰州市曹家巷 1 号新闻出版大厦 23 楼
邮箱：dunhuangwenyi1958@163.com
0931-2131906（编辑部）　　0931-2131387（发行部）

兰州银声印务有限公司印刷
开本 787 毫米 ×1092 毫米　1/16　印张 56.25　插页 6　字数 800 千
2023 年 12 月第 1 版　2023 年 12 月第 1 次印刷

印数：1 ~ 1 000 册

ISBN 978-7-5468-2267-9
定价：158.00 元（全三册）

如发现印装质量问题，影响阅读，请与出版社联系调换。
本书所有内容经作者同意授权，并许可使用。
未经同意，不得以任何形式复制转载。

编辑委员会

顾 问
张柯兵　刘永革　杨 邰　梁 英

编委会主任
马 军　刘 诚

主 编
张红霞

副主编
刘满园

编辑委员会（以姓氏笔划为序）
尹玉会　刘满园　李如国　张红霞　赵 芳

特邀编辑
《历史的回响》尹玉会 编　《魅力家园》李如国 编　《古韵新风》赵芳 编

编 务
魏娅娅　夏 霜　杨雅妮　赵立琼

封面题字

《历史的回响》　王青彦

《魅力家园》　王林宝

《古韵新风》　王小静

序

  2013年,习近平总书记提出共建"一带一路"重大倡议,为我们开放发展赋予了重大历史机遇;2019年8月,习近平总书记视察甘肃时强调,甘肃最大的机遇在于"一带一路",为我们准确认识发展历史方位、时空背景和时代坐标指明了着力方向、提供了根本遵循。地处西北内陆腹地的陇南,是甘肃这柄"玉如意"最美的一角。全市上下认真贯彻落实习近平总书记重要指示精神,深度融入国家"一带一路"建设规划,不断扩大对外开放交流,陇南这一"宝贝的复杂地带"被世人更为广泛地认知。

  在漫长的历史进程中,在陇南这方热土上形成了祁山道、陈仓道、阴平道等外联内通的陇蜀古道,是衔接南北丝绸之路的桥梁和纽带,也是茶马古道的重要组成部分,在政治、军事、经贸交流等方面发挥了巨大的作用,茶与马、战争与和平、交流与互惠、合作与对抗,演绎了无尽的精彩故事,散发着独特的魅力,呈现着别样的美丽。

陇南之美，美在深厚的文化底蕴

陇南是中华文明的发源地之一，早在7000多年前的新石器时期，就有人类文明的足迹，仰韶文化、马家窑文化、齐家文化、寺洼文化在西汉水流域、白龙江流域多有遗存。人文始祖伏羲在这里诞生，大秦帝国在这里发祥。这里是古羌文化发源地，是藏文化原始的活态聚集区，魏晋南北朝时期，氐羌民族在这里曾建立仇池国、武都国、宕昌国、阴平国、武兴国等地方政权，在历史上产生重要影响。三国时期，诸葛亮六出祁山伐魏，演绎了千百年来广泛流传、脍炙人口的西城弄险、挥泪斩马谡、木牛流马运粮草、姜维大战铁笼山等动人故事。李白、杜甫途经陇南，发出了"青泥何盘盘，百步九折萦岩峦""朝行青泥上，暮在青泥中"的感叹，留下了许多伟大诗篇。乞巧节、池哥昼、高山戏等国家级非物质文化遗产在这里传承千年。同时，这里也是一片红色的热土，习近平总书记指出："陇南是红军长征途经地域最广的地区之一，红一、二、四方面军和红二十五军都在这里留下了战斗足迹。"习仲勋等老一辈无产阶级革命家领导的"两当兵变"，打响了甘肃武装革命的第一枪；毛泽东主席在宕昌哈达铺作出了"到陕北去"的重大决策，成为中国革命的转折点。氐羌遗韵、先秦雄风、西汉水畔乞巧女儿的歌声、三国古战场鏖战的回音、千年马帮不息的铃声、遍布全境的红色革命足迹，都在诉说着这块古老的大地上的兴衰变迁，谱写着陇南连结南北通道的不朽乐章。

陇南之美，美在良好的生态环境

陇南地处青藏高原、秦巴山区、黄土高原三大地形交汇区域，古为"秦陇锁钥、巴蜀咽喉"之要地，今有"陇上江南"之美誉，既是北方人眼中的南方、温婉而秀丽，又是南方人眼中的北方、粗犷而豪放，孕育了南北兼具的独特气候条件，造就了宕昌官鹅沟、武都万象洞、文县天池、康县阳坝、两当云屏等众多自然景观，构成了一幅翠绿植被、清澈溪水、清新空气、蔚蓝天空的原生态"山水画卷"，成为陇原大地的一颗绿色明珠，全市有5A级景区1个，4A级景区17个，2100多个美丽乡村，镶嵌在青山绿水之间，呈现出美美与共、和谐共生的秀美画卷，是诗人们的向往和游人们的远方。

陇南之美，美在昂扬的精神风貌

历史上，陇南既是各种政治军事力量激烈争夺的战场，又是中原政权与西北少数民族接触交往的前哨阵地，秦人开疆拓土的勇猛、刘秀得陇望蜀的雄心、繁忙的嘉陵江漕运，无不为陇南人打上了心怀天下、交融八方的开放心态。另外，受特殊的地理环境和气候因素等影响，陇南地震、洪涝、滑坡等自然灾害多发频发，在长期与自然灾害对抗中，形成了陇南人民不畏艰难、自立自强的精神品质。在新时代重大改革发展历史任务面前，开放包容、自强不息的陇南人在一次次的重大考验中努力拼搏、奋勇赶超，谱写着更加壮美的时代华章。

近年来，我们借助"一带一路"的东风，高质量完成脱贫攻坚历史任务后，及时将工作重心聚焦到推动高质量发展上来，确立了"三城五地"目标定位，即：建设甘肃绿色发展的典范城市、甘陕川结合部的魅力城市、"一带一路"和西部陆海新通道的节点城市，打造绿色发展高地、文旅康养胜地、交通物流要地、投资创业洼地、美好生活福地。以高质量发展为统揽、以改革创新为动力、以满足人民美好生活需要为目标，坚定不移走生态优先、绿色发展之路，落实落细大抓项目、大抓产业、大抓招商，推动特色山地农业提质增效、传统优势工业提级转型、文旅康养产业提档升级、新兴数字产业提速崛起的"三抓四提"重点措施，着力构建现代产业体系，大力夯实发展基础，接续推进乡村振兴，全面深化改革开放，持续保障和改善民生，不断提升社会治理水平，推动经济社会进入高质量发展新时代，一个如诗如画、充满活力、昂扬向上的社会主义现代化幸福美好新陇南正在阔步前行。

千里白龙江，清波流诗章。陇南市文联编辑这套丛书，立足于"一带一路"的连接地和过渡段、长江经济带和西部陆海新通道等重大战略交汇点的区位优势和地理特点，用近年文学创作的成果，描绘我市古往今来的山川形胜、人文历史、民俗风物，展现陇南深厚的文化底蕴、鲜明的地域特色和宝贵的精神财富；反映历史之美、山水之美、生态之美、人文之美，反映新时代陇南新气象，讲述我市跟随时代步伐发展变化的生动故事。这套丛书精选了全市作家、诗人热情讴歌家乡的优秀作品，通过这些文学作品，让我们走进一个独具魅力、绚丽多彩的美丽陇南。希望通过这套丛书的刊发，进一步加深外界对我市的全面了解，增强人民的文化自信，为建设特色文化大市增添厚重的人文内涵，为建设社会主义现代化幸福美好新陇南增添更加强劲的动力。

二〇二三年三月

（作者系中共陇南市委书记）

目 录
Contents

辑一 古道沧桑

003　刘可通　孙林利　陇南，衔接南北丝绸之路的桥梁地段

016　袁智慧　探寻丝绸之路与古蜀道的连接点

020　杨克栋　试论西和乞巧节的地域特征

033　朱成元　张金生　千古村落哈南寨

051　娄炳成　永不沉寂的茶马古道

056　田　佐　西汉水："天水"的发源地

060　高天佑　《西狭颂》摩崖审美价值八面观

074　张　忠　历史上的成县杜甫草堂

084　许占虎　陇蜀道青泥岭的文化精神

093　李如国　漫话望子关

126　严凤岐　成县北部神秘的双窑峡

128　张巧红　新开白水路记

辑二 文化索引

137　文玉谟　陇南氐羌民族的兴衰存亡

144　赵文博　礼县：秦文化的故乡

151	赵琪玮	找寻渐行渐远的盐官盐文化
163	王国基	明清时期的土司制度对陇南社会经济的影响
169	焦红原	陇南文化语境中的非物质文化遗产
179	刘满园	《白马藏族文化研究·散文卷》漫笔
184	王德军	重新评价《非草书》的美学价值
193	张　辉	两当《王氏族谱（王羲之）》初探
200	郭　军	张三丰在陇南
206	唐旭波	陇南九县（区）地名的由来
210	陈力伟	宕昌藏羌历史民俗音乐文化

辑三　民风遗存

221	邱雷生	玉垒花灯戏：一朵绽放山野的戏曲奇葩
226	尚建荣	大山深处的白马藏族
234	彭战获	西和的社火封神
241	李秀明	两当县"棚民"的婚丧礼俗
247	高振宇	康县唢呐
250	李永康	男嫁女娶：康县神秘婚俗文化
253	尹利宝	中国戏剧研究的活化石——武都高山戏
260	尹义清	三仓灯戏中的民生意识
263	成子恒	栗亭石砚说
265	戈　父　周海仁	陇南乐府：两当号子
272	王虎成	从出土文物探讨礼县山歌创作历史

辑一 古道沧桑

陇南，衔接南北丝绸之路的桥梁地段

刘可通　孙林利

陇南地处甘肃东南，毗邻川陕。东邻陕西省宝鸡市、汉中市，南连四川省广元市、阿坝藏族自治州，西靠甘南藏族自治州，北接天水市、定西市。简言之，陇南市所辖八县一区，尽处秦巴陇交会之周边山区。

陇南历史上先民开发较早的商路有秦蜀道（故道）、陇蜀道（沓中阴平道）、洮岷河湟大道等贸易路。使陇南能循开通的贸易商道东进直抵关中，南下可达成都，北上兰州，西到青藏，成为衔接南北丝绸之路和直通各少数民族地区的桥梁地段。陇南也成为秦、巴、陇文化的交汇之地。

一、陇南历史上的区域经济环境与商贸活动

陇南境内山川雄奇，诸水分流，气候温和，颇饶山泽之利，既以"千年药乡"著称海内，又以矿产丰富闻名遐迩。从考古发现大量的骨贝、玉璧、贝币、绿松石等实物看，表明陇南在夏、商之际，手工业、物物交换的商贸业，已有相当发展。

公元前221年至206年秦始皇统一中国之前，秦人先祖居陇南西和、礼县犬牙交错地带，是为秦人的发祥地、东进的战略基地。秦时境内商品经济已发展到了一定阶段。氐族世居陇南，活跃在白龙江流域，白马氐人部落居西汉

水、白水江流域，"自立豪帅"。氐、羌因与汉民族杂居，受汉民族影响较深，以农为主，种桑麻，善织布，兼以狩猎畜牧，农牧业及手工业相当发达。

陇南经秦人、氐人、羌人先民用智慧和勤劳的双手共同开发，进行物质创造，有了剩余产品，进行物物交换，随着剩余产品的增多，需求的不断扩大，也由于毗邻川、陕、甘南少数民族地区的地缘关系，民族消费习俗等相近的客观基础，"抱布贸丝"由低级向高级不断发展，先民们为了生存和彼此往来，以其所产"名马、牛、羊、漆、蜜、土盐、药材、毛皮、棉麻、水银、黄金"等置场榷买，茶马互市，或借水路舟楫、陆路栈道转手贸易于秦、巴、陇山区，远涉云贵。早在秦汉武都紫泥即成贡品，经济活动直达关中、汉中、成都。水陆古道相通和频繁的商贸往来，陇蜀道上钱币积淀亦为丰富。表明陇南境内随着频繁的转手商贸的经济活动，直通境外的商路驮道贸易路的形成及通畅由来已久。

两汉时，陇南经济、文化繁荣，从公元前111年，汉武帝设武都郡至公元296年，杨茂搜建立仇池国政权达四百余年，是陇南古代经济发展的第一个高潮时期。丝绸之路的开通，民间交易商贸活动频繁，人背马驮，或翻山越岭，或沿江栈道相通于关中、汉中、广元、成都，"走府入川"贸易商道已交织成网络。

盛唐时，是陇南古代经济发展的第二个高潮。陇南是唐代的一个重要屯田区，阶郡康县山川沃土毗连，川坝沿河"桑麻翳野"。作为特产的经济作物及野生药材已是贡品。花椒、核桃、漆树等已广泛种植。药材有蜜、蜡、麝香、鹿茸、熊胆、豹骨、厚朴、天麻、猪苓、杜仲、黄柏等。富集的矿产资源，铁、铜、沙金、银等矿产已被发现及开采，在社会经济生活中的地位更加重要，诸多资源的广泛开发利用，自然而然地促进了商贸的发达。

两宋时期，宋金对峙，陇南处于抗金前线，但农业、畜牧业、冶炼金银，亦有发展。这时期的商业贸易，以国家经营的茶、马贸易为主，南茶北马的民族贸易相当繁荣，带来陇南古代经济发展的第三个高潮时期。

明、清时期是陇南古代经济发展的第四个高潮时期。这一时期阶郡州县农业生产进入了一个大规模兴修水利、发展灌溉和大面积种植药材的阶段。当归、党参、大黄等中药材及烟草的大面积种植，改变了原有粮、棉、麻的农业生产结构，形成了具有相当优势和特色的生产新局面。蚕桑、药材、手工产品及土特产的大发展，极大地促进了商业贸易的繁荣。陇南在历史进程的不同阶段，相应有其社会经济的发展。特定地域的丰富的特产，每以其独特的使用价值进入流通领域，出产的大宗商品为秦蜀道、陇蜀道、洮岷道上商品经济的繁荣，奠定了丰厚的物质基础。

二、丝绸之路与陇南先民们开通的南北商道的衔接

汉代张骞两使西域开拓了汉帝国的视野，开辟了一条政治联盟的通路，并唤起了汉与中亚、西亚各国贸易的强烈愿望，促成了汉朝对中原以西广大西域地区道路的开辟和经营。后来成了一条著名的经济交流、文化交流之路。1887年，德国地理学家李希霍芬在实地考察了中国和中亚地区以后，在他的名著《中国》中给中西之间交流的贸易路起了一个非常美丽的名字——"丝绸之路"。

丝绸之路的开辟距今已有两千多年的历史，它绵亘欧亚大陆七千多公里，荟萃人类社会主要的几种文化于丝绸之路。丝路经济、文化交流对经济社会各个方面产生过巨大影响，推动了人类文明的发展，称它是中西文化交流的"大动脉"、人类文明的"运河"确实毫不过誉。

"丝绸之路"从本质上来说是欧亚大陆的贸易路。它并不是一般意义上某条交通道路，也不是地理学的名称，而是由贸易路标志和涵盖的具有特定历史

规律和地域特色的区域经济环境。"欧亚大陆的贸易路就相对陇南地域而言可称"北丝绸之路",而南下成都经云南到缅甸之路则可称"南丝绸之路"。陇南境内的贸易路即秦蜀道、陇蜀道成功地衔接了南北丝绸之路。

历史上开发较早的商路有洮岷河湟道、故道（陈仓道）、羌氐道（沓中阴平道）。秦蜀道、陇蜀道等道路的开通,使陇南先民北接天水,与西域道即大丝道,起点之西安相衔接,经兰州,河西三郡,循新疆到达中亚,最后到达丝绸交易的终端市场——西亚的波斯和地中海彼岸之罗马帝国和。循陇南沓中阴平道,南下直达南丝绸之路起点成都,经牦牛道（五尺道）,接西南夷道,不断转手贸易,直抵云南、缅甸、印度等。

秦蜀道中子午道、傥骆道、褒斜道、故道,比较起来,是商贾行旅使用频率最高的。经陇南南下水陆并进可通西南夷道的唯一捷径是沓中阴平道。"驮不完的阶州,填不满的碧口",商旅往来,无有停绝。千百年来,处秦巴陇山区之陇南,历史上用自己境内开辟的贸易路,形成藏、羌、彝商贸、文化走廊。除繁荣了区域经济外,陇南地域成功地衔接了南北丝绸之路。

三、陇蜀古道上的茶马互市及沿途商镇的发育

考察陇南古代的贸易,可以看到,随着商品经济的发展和社会繁荣促使社会需求不断扩大,贸易由低级向高级、由境内向域外扩展,在其茶马互市之前,陇南实际上已经存在的民间经济交易活动早已萌生,并有畅通的商路。我们虽然不能详细地了解商品交换的细节和更具体的情况,但从考古的出土文物可以判断,战争、民族迁徙之路与民族间商业贸易活动的密切。

两宋时期,边境贸易、茶马互市和区域贸易规模逐步更大,跃居主导地位。茶马互市贸易的主要形式往往是大规模的商队贸易,研究陇南古代商品经

济就不能不注意秦蜀道过境、陇蜀道上衍生的北茶马古道贸易商路。在商路通畅基础上，其亦承载着战争、民族迁徙、各种宗教、工艺偱着茶马古道而行进、传播。

由丝路贸易衍生的茶马、绢马贸易是丝绸之路上传统的贸易方式，从汉唐以来，我国中原地区和丝绸之路上西北、西南、北部边疆的草原游牧民族及其他民族地区政权就有着密切的经济交往。内地通过这种贸易获得马匹、药材、土产、畜牧产品，边疆少数民族通过贸易获得急需的丝绢、茶叶、盐、瓷器、铁器农具、种子等生产和生活用品。由于这种贸易多在边疆民族地区，以固定的形式进行，所以又称民族互市。

汉武帝元鼎六年（前111年）武都设郡以来，历代武都辖区正处衔接大丝道与南丝绸之路的津梁地段。在两宋时期，茶马、绢马互市在郡之阶州及文州、西固等地的开通，茶马古道上的频繁交易为陇南社会经济的繁荣、商镇的发育起到了不可低估的作用。

恩格斯说："随着生产分为农业和手工业这两大主要部门，便出现了直接以交换为目的的生产，即商品生产，随之而来的是贸易，不仅有部落内部和部落边界贸易，而且还有海外贸易"。这里明确指出：贸易的产生及发展决定于消费的需要和商品生产的规模。茶马古道本身的内动力，就是通商货利，这是研究经济社会方面的根据。宋代官方经营的茶马互市，是用茶叶换取藏区的战马用以支持抗金战争为目的的。少数民族"宁可三日无粮，不可一日无茶"。"茶之为物，西戎吐蕃古今皆仰给之，以其腥肉之食，非茶不消，青稞之热非茶不解，虽是山林草木之叶而关系到国家之大经"。（《新五代史·外国传·高昌》）宋神宗七年朝廷正式开设茶马司，北宋要马，牧区要茶，南茶北运，北马南行，以茶易马遂成定制，并以国家行为保证了诸商路的通畅。

商路的形成是十分复杂的，它必须受经济地理环境、自然资源、商品资源、民族消费习俗和审美观念差异、社会文明进化程度不同等因素影响，才会在贸易中形成传统贸易之路。

陇南古老的商业往往是以自己较先进的生产力为后盾的。继秦、汉、唐历代开发以来，在传统的农业经济支柱中，有种桑养蚕，育蜂酿蜜，种植当归，大黄等药材，织布割漆，熬盐酿酒，制作麻纸等多宗商品，代表它的文明商品进入流通领域前，必以其独特的使用价值而饮誉四方，并且以这些商品为基本的贸易内容形成固定的项目和传统物资流向，结果便促成了商路的形成。

以窑坪商镇物资流向为例，甘、川、陕商帮输出、运入的商品有四川的茶叶、手工艺品、白酒等，经安康，翻大巴山，过汉中，走略阳，到窑坪，经坐商转手经销西藏、青海、临夏、宁夏等少数民族地区。有名的云南砖形茯茶、窝窝沱茶、万源县的万子茶，城口毛尖，资阳陕青，清香解腻，深受少数民族喜爱。窑坪的麻纸年产量达3200万刀之多，加之农副土畜产品核桃、木耳、蚕丝、毛栗、皮毛、天麻、麝香等每年输出量在千吨以上。这些商品的输出换来雅盐、青盐、新疆老糟盐、兰州马俊川、义和成水烟，榆中绿烟，武山、洛门黄烟丝。其他商品如皮毛、土布食盐除供给康、略、成各县外，多数又运销于陕南、川北各地。

交通运输的通达，川蜀的茶叶在武都集散。具体以康县为例，康县境内开辟有骡马驮道，西通武都，东至陕西略阳，是古来甘陕、甘川要道。茶马古道直通汉中，境内东起窑坪，经古兰皋、古散关、白马关、大堡、长坝、望子关，向西经阶州（另一条经敞河坝对面之太石过秦家河、隆兴、包峪寺，翻牛蹄关出谷达安化之官道捷径。）通四川南坪、松潘、甘南卓尼、临潭再向河湟地区。经咀台、岸门口、铜钱、阳坝南达利州转抵川滇。

陇南境内有固定的大宗交易商品，水陆交通相对便利，在中转贸易或过境贸易区域经济环境孕育出哈达铺、两水、临江、碧口、纸坊、小川、红川、伏家镇、杨店、洮坪、永兴、长道、盐官、石峡、岸门口、窑坪、阳坝等著名的商镇。在贸易商道上这些商镇像串珠一样络绎连贯，商行、货栈、铺号，川、晋、陕、浙、豫邦，商会林立，成为商品集散地和中转贸易的基地。商镇的兴起发展最典型地反映了贸易路与商镇的关系。

再以武都为例，清末民初，陇蜀道上伴随商贸活动的活跃，陇南金融市场中会票交易亦颇有影响。

武都历史上设郡置县，向为政治、经济、文化的中心，是甘川公路（洮岷道接阴平古道）必经之地。岷县因位于洮河之滨，古称"临洮"。甘川公路过其境，西北行，经临潭可通夏河；北通陇西、定西；沿甘川公路东行抵武都，交通可谓四通八达。岷县地势高寒，境内盛产药材，尤其野生药材品类多，产量高、质量好。岷县当归（岷当）闻名中外，党参、黄芪、冬花、大黄等药材畅销香港和欧美诸国，每年冬末春初，京、津、沪、豫、川、陕等地药商成帮结对汇集岷县，设庄采购运销全国各地，还有部分药商，设立商号，长期经营。

武都境内物产丰饶，著名的有当归、党参、大黄、红芪等药材，亦盛产木耳、核桃、花椒、蚕茧、棉花等，特别是传统的手工业产品，极具地方特色，黄杨木梳作坊大小30余户，年产木梳20余万张，产值达4万（银元）；以蚕丝为原料的丝线加工作坊有潘张8家之多，加工细致，染色鲜艳；还有土布、银器、皮革、鞍具等手工作坊；特别是土布（州布）生产尤具优势，质地结实耐穿，是当地群众家庭主要副业。家家都有纺车二至三架不等，以其劳动量不大，妇女老幼均可操作，只要农事家务之暇，夜以继日，无不以纺线织布为业，年产约20万匹上下，总产值达30余万（银元）。武都以大宗出产的归、芪、党、黄和手工业产品饮誉海内外，是甘川物资上下对流转手贸易的重要商镇。1921年前后，更是陕西、四川、河南和本地商贾云集之地，清末民初的药材商号发展到20余家。各商行、行栈由收购药材商家预付定金，每年收购当归约2000

担（70万市斤），各处药材总产值每年约合银洋15至30万之间，陕西药商依靠安化、马街脚户畜力经天水、平凉运至关中等地，四川和本地药商依靠城郊、汉王畜力和洛塘人力转运碧口，再水运至重庆或陆运至中坝。河南药商主营麝香、大黄、优等党参，或邮上海，或转至碧口水运上海。

碧口镇位于文县东南部，是水陆交通贸易口岸，该镇沿江一条街，街道铺面毗连，清乾嘉年间，碧口逐渐成为吞吐货物的水陆码头，是甘川交界经济最发达、市场最繁华的贸易重镇。据洪水翰民国31年走访调查，碧口共有店铺231户，其中药材行店42户，杂货店24户，纸店18户，烟店10户，还有饭馆、理发户17户，客栈、骡马店44户。碧口商贾云集，市面繁荣，街道桐油涂面，干净整洁，至晚灯火通明，居民多系四川商人，业以经商为主。运进货物以糖茶、食盐（锅巴盐）、纸张为大宗；运出货物以当归、水烟为多数，其中药材运出量以价格计算占总值的60%以上。

陆运，货物全系人背畜驮，主要是糖茶、皮毛、水烟、卷烟、布匹、绸缎，运货商路主要有三条：一条是临洮的水烟，岷县、舟曲的药材等，沿甘川道过武都抵碧口；一条是青海的皮张、鹿茸经循化至临夏，分两路或至康家崖上甘川道，或以临潭到岷县至甘川道过武都抵碧口；一条是甘谷等地的皮张，经西和、康县至武都，然后转运碧口。水运，碧口顺江而下至昭化入嘉陵江直达重庆，水运船只民国初年有300余条，总运量约为5000吨，水运运价有枯水、平水、洪水之分。碧口水陆运输之便，使客商过往终年不绝，所谓"驮不尽的阶州，填不满的碧口"正是陇蜀道上商贸繁荣的写照。

四、"渝票"、"蓉票"等会票之流通

陇蜀道上清末民初商贸活动十分活跃，畜驮肩挑或借水路、陆路不断转

手贸易，形成了固定商品基础上的传统贸易渠道。伴随商品交易作为一般等价物的钱币亦随之流通于甘川商道、城镇集市。交易的频繁，携实物货币交易数额大，进销货物路程长，且贸易道路艰难。武都当时无银行结算，虽然邮局通汇，因费率高，对方解付困难。1925年前后，为适应彼此间头寸异地调拨和安全计，武都金融市场中有了应时而出的"渝票"、"蓉票"等会票的交易流通。其交易时间长、范围广，在甘川道上的重要商镇岷县、武都、碧口等都很有影响。所谓"渝票"是重庆殷实商号为揽取经营资本而授售的一种汇兑性质的即期票据。成都的则称"蓉票"，中坝的称"坝票"，汉中的称"汉中票"。由于渝票流通较早，影响面大，所以后来无论渝票、蓉票等票均习惯以"渝票"笼统称之。

由于川、陕、广、豫等省巨商云集碧口，驻庄收购加工药材，为异地头寸调拨之需，渝票先行在碧口兴起；又由于武都日用杂货如青蓝线、丝绸、卷烟、纸张、红白糖及重要副食调味品都源于四川购进，贸易交往绵绵不断，因之渝票交易进而波及武都，渐及岷县。

"渝票"在武都的售出或兑入，自始至终都以大顺森号为主，他们在有关贸易往来频繁的商埠都建有联号或代理人，互相送存票据验对印鉴，相当于银行的联行。这种票据早期是布质的，后来改为纸质石印，质地都比较精致，近似现在银行的定期存单。大凡经营"渝票"的商家都属殷实可靠，信用彰著的字号。为进一步活跃联络，一时联号或代理人遍布重庆、成都、南充、广元、中坝等地，汉中票也通广元接汇。

"渝票"的交易不只是为了方便商旅，主要是经营商家有利可图，他们借此可以获得更多间歇在途资金运用，使其经营资本更加活跃。以武都"渝票"售出商为例，如当地某商去成都进货，计划总额300元，即以现款购买等值"渝票"前往成都；若一时筹措不及，不能足数交付票款时，尚可通融缓交，先行开票。这样购票人感到方便满意。因此，经常往来商家的销货款无其他用途时也都乐于存交开票商，以示互惠，开票商偶遇兑付联号票款和中转运费的困难时，也可向往来商号求援，往来互为计息，全赖信用。甘肃省银行成立以后，有些药材收购商家，在货物起运之后，为及时获得第二套资本继续进行收购。还曾以此向银行办理贴现、押汇，1945年前后，成为武都、碧口两地省银行主要业务之一。特别是碧口，据当时省银行估算，认为重庆至兰州，头寸调拨贴现，和岷县至兰州相比（碧口头寸调拨归岷县分行负责），再加上碧口欠总行联行息，还不到碧口实际收的三分之一，大为有利可图，因此银行也乐于积极支持。

票据的兑付，都规定有期限，或半月或一月，称为"关期"。后来由于法币的不断贬值，还出现过折扣。起初，都是以足值的"渝票"可以80%或85%的现款购进，付款方又以90%至95%的折扣兑现，这样购票人和兑付商都有一定的差额收入。再后，金圆券发行，货币急剧贬值，这种折扣率曾高达60%，但差额再高，也赶不上物价上涨的速度，于是"渝票"的接手逐渐转少，以至绝迹。

五、官民对商路的开凿维护与官方对经商者偷税漏税之警示

陇南形胜，地少平衍，缘山滨河，峭举险阻，潆流渊波，历代所患，然多民族居住之陇南氐、羌先民质朴强劲，不畏险阻，不患崎岖，每能涉险架桥，云栈梯连，舆梁利济，舟楫溜索而绝江河，商路孔道径通南北。大多商品经骡帮沿茶马古道运至终端市场，所历驮道陡峻狭窄，攀山越岭，蜿蜒曲折，境内如西汉水南岸太石乡观音峡谷地段，羊官岩悬崖栈道下江流湍急，常有歹徒行劫。为防盗寇的掳掠，保证商路的畅通，官方、商队曾付出了巨大的代价。

历史上地方官吏、驻军首领如虞诩、李翕等重视对陇南境内河道的整治和道路的修建。虞诩"烧石剪木，开漕船道"，水运通利。汉灵帝三年，李翕火烧醋激，破石开路，打通"郡西狭中道"，"坚固广大，可以夜涉，四方无壅，行人欢踊，民歌德惠"。熹平元年，又修沮县析里阁道，接木相连，长达三百余丈。"百姓夷欣"，"所历垂勋"，既维护了道路的通畅，又留下了《西狭颂》《郙阁颂》辉煌的摩崖书法艺术瑰宝。

熹平三年，继任武都太守的耿勋，又整修狭道，有《耿勋碑》载其事迹。

清同治十年（1871年），白马关分州州判罗映霄曾整修云台至成县的渡口，此崖、九姊妹梁、耗子店、太石观音峡悬崖阁道遗址上，桩孔凌空毕见。遥想逼仄仅能容步，亭亭玉立之栈阁下，白龙江、犀牛江、白水江"惊涛釜沸，雷震电击，喷沫溅人面"，颇骇胆惊魂。广泛分布于宕昌、武都、文县、成县、康县，垒石作基，纵伸圆木层层叠压，节节相次，飞堑越壑之伸臂桥累见。康县团庄、药铺沟之伸臂桥五丈有余，楹栏彩饰，建筑华丽，桥亭题额，翰墨神逸，上覆有屋，气势恢宏，至今犹存焉。

官方在维护商路畅通的同时，又极力打击惩处"经商人等"偷税漏税，私茶贩运。望子关石猫梁是通往武都的客商通道，残存半截明代石碑，青砂石质，圆首方形，残宽70厘米，高90厘米，厚18厘米，楷体碑文7行，横额题"察院明文"，下半部残损，碑文仅存6行，文曰："巡按陕西监察（御史）……/示知一应经商人等……/茶马贩通番捷路……/旧规堵塞俱许由……/敢有仍前图便由……/官兵通旅者……"此碑残文"茶马贩通番捷路"昭示"茶马贩"辗转贸易"通番"，在康县过境频频。文告重申旧规，给图利贩运私茶，图便敢绕税卡，偷税漏税之经商者，晓以警示。

其中，散关至窑坪路段经汉武都太守李翕派员督修拓宽始由驮道辟为官道。另外望关经平洛，翻太石山渡西汉水通往成县，过天水，径达关中接通大丝道，再由云台至关沟门口，过官渡抵成县镡河。

六、陇南境内丝路货币积淀出土的钱币实证

秦蜀道、陇蜀道上不停地辗转贸易，初由物物交换渐次由于货币经济的萌生，遂不断地伴随有一般等价物钱币转手。在陇南境内，除有大量历代中央王朝铸币遗存外，亦有少量西域钱币和外国钱币流入。这些丝路货币在陇南积淀出土，也丰富了本地区丝路钱币文化。

1971年至1976年间，礼县永兴、永平及邻地汪川，相继分别出土形制、铭文颇相类似的铅质饼钱共五枚，铅饼均呈圆形，但正面外凸，上铸有蟠螭纹饰形的动物图案，底面凹进，四周铸有一圈外国铭文，并印有两方戳记，铅饼直径5.43—5.7厘米，厚1.1—1.3厘米，重108—137克，含铅量均达99%以上。汪川出土一枚现藏于西和县文化馆，其余藏于礼县文化馆。

据出土地点看，礼县永兴、永平及邻地汪川，在丝绸之路干道稍偏南。流通、沉淀时间，当在东汉中、后期。

1993年礼县文化馆应中国钱币博物馆建馆征集钱币，曾捐赠一枚。

1984年礼县盐官发现一枚突骑施钱。此钱外径2.5厘米，孔径0.6厘米，肉厚0.8厘米，重4.88克，圆形方孔，似唐开元钱风，钱的正面有粟特字母拼写的回鹘文，意译"突骑施可汗拜布给"，背面有弯月形纹饰，占背二分之一，月形中间又与廓相连，很像船锚，又似弓箭背部，其头部又似蛇首，上部有蛇尾。1929年塔里木盆地考古首次发现此钱，黄文弼称蛇形花纹突骑施钱的铸造时间，大抵上限在唐景龙三年（709年），下限大抵在唐开元二十六年（738年）前后约二十多年时间。突骑施是游牧民族，属西突厥一族，其钱币流通范围主要在中亚七河流域一带，此币在甘肃仅发现三枚。礼县盐官能出土

游牧民族的钱币，当不是偶然和独立的现象，这应与唐朝与突骑施部落的友好往来有关，也与盐官处丝路干道"通商货利无不盐"和有西北最大的骡马交易市场有关。

一条贸易路线实际上是一个经济发展链条，要想繁荣一个地区的经济，必须设法将其自身纳入这一经济链条中，才能保持其经济活力。研究陇南历史上形成的这条古道商路，是具有社会、历史、经济和文化旅游价值的，不能仅把秦蜀道、陇蜀古道当作历史的文化遗存，应力图探寻秦蜀道、陇蜀道对地域经济、社会发展的历史规律与深远影响，寻找其规律性原因，对当前陇南经济、文化、旅游发展战略都提供了有益的思路。

> 刘可通，甘肃武都人，甘肃省文史馆馆员。现居武都。
> 孙林利，陇南市武都区政协文史委员会主任。

探寻丝绸之路与古蜀道的连接点

袁智慧

位于陇南与天水之间的祁山古道是古代丝绸之路和陇南蜀道的"丁"字型连接点,从汉唐至民国一直为重要通道和商路。

打开中国地图,在中国大陆接近几何中心的位置,有一个中等级城市——天水。它濒临渭河,陇海铁路和连霍高速公路等穿城而过,是丝绸之路上重要的节点城市。天水,历史悠久,人文荟萃。公元前七世纪,秦国在此设立邽县和冀县,是中国历史上最早设立县级行政区的地方。现在的天水市,为地级城市,辖两区五县,即秦州区、麦积区、甘谷县、秦安县、武山县、清水县、张家川回族自治县等。今秦州区,即古邽县地;甘谷县,即古冀县地。由天水市向西经定西市可到达兰州,向东经陕西省宝鸡市可进入西安。作为丝绸之路节点城市,天水,东跨陇山,连接甘陕,其交通位置非常重要,具有枢纽和咽喉地位。

古代丝绸之路由东向西,或由西向东经过天水(又称秦州)时,由于陇山阻隔,不能沿渭河直接通行,只能向北或向南绕道而行。具体而言,向北绕道清水、张家川,由陕西陇县进入宝鸡、西安;南线要绕道西和、礼县、成县、徽县、两当,从陕西凤县,翻越大散关,进入宝鸡、西安。这种绕行的路线,持续两千多年,直至近十年,连霍高速公路宝天段彻底打通之后才得以改变。丝绸之路天水段,一南一北两条线路当中,南线经过的地方,正好是今天陇南市的范围。由此可知，今天陇南市北部的西和、礼县、成县、徽县、两当等地也是古丝绸之路的重要路段。换句话说，丝绸之路经过了陇南，陇南也是丝绸之路的重要组成部分。今陇南市西和县境内有佛孔寺、晒经寺等，都处在东西向交通道路上。佛孔寺，从其遗迹看，当年规模宏大，是古代丝绸之路上一处重要的石窟寺；晒经寺，当地民间传说唐僧取经归来途经此地，由于洪水打湿了经书，唐僧曾于此晾晒经书。又据司马迁《史记》记载，公元前221年，秦始皇西巡陇西郡地，到西垂故地（今西和、礼县北部的西汉水上游地区）祭天地，拜祖先，他所走线路就是从关中西行，经宝鸡凤县，途经陇南市北部的两当、徽县，到达西垂祖地（今西和、礼县）。

　　陇南，不仅是丝绸之路天水段南部支线经过的地方，也是陇上进入四川的门户。从天水向南进入陇南市礼县和西和县的道路，专家称为"祁山道"。这条道路顺漾水河谷而行，山峦低缓，地形开阔，相对而言，是一条较为平坦的道路。三国时期，诸葛亮出祁山，伐曹魏，就由此道行进。唐代大诗人杜甫由秦州南下四川，也走这条道路。这条道上至今保存着一处佛教胜迹——法镜寺石窟。诗圣杜甫由此经过时，游览了法镜寺，还留下一首专门吟咏法镜寺的诗作。南宋时期，金兵和蒙古兵多次由此南下，侵扰西和州，以图四川腹地。

　　陇南市，紧邻天水，是甘肃省最南端的城市，为地级城市，辖一区八县，即武都区、成县、徽县、两当、西和、礼县、宕昌、康县、文县等。陇南市的前身是武都地区和陇南地区，1985年，武都地区改为陇南地区，2004年，陇南地区又撤地设市，成为陇南地级市，市政府驻武都区。陇南市东邻陕西宝鸡、汉中，南邻四川广元，地处甘、陕、川三省交界地带。查阅陇南历史可知，陇南，早在西汉初期就设立武都郡，后来随着时间变化，先后为成州、武州、西和州、阶州、宕州之地，具有两千多年的建置历史。陇南，从地名讲，即陇山之南，或甘肃之南部地区。因此，甘肃简称甘或陇。自然区域上，为秦岭山脉西延部分与岷山山脉、大巴山接触地带，地质结构复杂，地形地貌以高山深谷为主，气候多样，物产丰富，被著名地质学家李四光称为"复杂的宝贝地带"。河流水系属长江流域、嘉陵江水系。境内河流主要有西汉水和白龙江。陇南市一区八县正是由于地处甘、陕、川三省交界，又是长江、黄河分水岭和中国大陆南北分界线，所以交通位置一直重要，古代由陇上进入四川，还是由四川进入陇上，都要经过这里。甚至，从陕西关中进入四川的道路也要经过这里。唐代大诗人李白写过一篇非常著名的诗篇《蜀道难》，其中，就写到今陇南的地方。诗句"青泥何盘盘"，指的就是今天陇南市徽县境内的青泥岭，古代为青泥道。诗圣杜甫于公元759年秋冬之际，从秦州（今天水市）南下，沿祁山道，经过今天的礼县、西和、成县、徽县、两当等地，最后南下四川，一路上也留下了《铁堂峡》《盐井》《寒峡》《青阳峡》《石龛》《龙门镇》《积草岭》《泥功山》等多首纪行诗，大量描写了今陇南境内的名山胜水。

仔细分析今天陇南境内的地形地貌及交通线路，既有东西方向的，也有南北方向的，这说明，陇南，正好是中国古代交通东西线和南北线的交汇点，也就是古代丝绸之路和古蜀道呈"丁"字型的连接点。古代东西向的丝绸之路在今天的天水和陇南之间与南北向的古蜀道相连接，天水和陇南两城市同时成为中国古代两条著名古道的连接点和交通枢纽。除以上所列举的诸葛北伐曹魏、李白、杜甫等所走线路，沟通了古蜀道和丝绸之路，还有成县《西狭颂》汉代摩崖石刻和今西和县唐代《新路颂》摩崖石刻，以及徽县、康县境内古道遗迹，都是重要的见证，特别是阴平古道，更具有典型性。三国时期，邓艾偷渡阴平灭蜀国的故事，更是众人皆知。

正是两大交通线路的交汇和衔接，使陇南这块土地一直处在非常重要的交通位置，既是商贾之路，也是战争之路，当然也是文化传播交流之路。著名历史学家范文澜《中国通史简编》中记述，西汉初期，从四川成都到甘肃武都（即武都郡，治今西和县洛峪镇），是一条茶叶商路，四川茶叶经此道运到陇南，又经丝绸之路转销西北少数民族。宋元明清时期，天水、陇南还存在着茶马古道，中原汉族地区与西部少数民族之间进行茶马交易。今康县望关镇发现明代有关茶马古道的石碑。直至民国时期，天水、陇南及陇中各县商人到四川盘茶（进货）和陕南进货，驼队往来不绝，并且产生了"背脚子"（也叫"背老二"）职业，专门替人背茶、背货。直至今天，不仅四川茶叶运到陇南，云南茶叶也占据了陇南市场。此外，1935年至1936年间，中国工农红军长征一、二、四方面军及红二十五军，都曾经过陇南和天水北上，最后到达陕北。解放战争时期，中国人民解放军上兰州、进新疆，以及解放大西南的队伍也从天水和陇南经过。2019年5月，甘肃省"一带一路"丝绸之路文物展在北京举办，所展文物当中就有西和县出土的西方银币。

再看今天天水和陇南的交通优势，纵横交错、互相连接，铁路、高速公路、高速铁路，以及航空线路等，构成现代化的立体交通网，把丝绸之路经济带和古蜀道联系得更加紧密，更为便捷。再进一步说，兰海高速公路、平绵高速公路、十天高速公路，以及兰渝铁路等，能够将丝绸之路经济带与海上丝绸之路连接起来，现代化的交通给天水、陇南的进一步发展，提供了更好的条件。

袁智慧，西和县县志办原主任。

试论西和乞巧节的地域特征

| 杨克栋

西和县位于甘肃南部、长江流域、西汉水上游的石质山区和黄土高原的交错地带,古为甘入巴属和陕南的交通要冲,属陇南市管辖。据史料记载和考古证明,该县仇池山为人文初祖伏羲出生地,也是秦人的发祥地和三国争雄的古战场,氐族杨氏在此建仇池国三百余年,为移民迁徙和民族交替杂居的地区。

乞巧民俗,是中华民族重要的古老民俗之一。西和的乞巧节是其民俗之沧海一粟,也是"一个典型的传统节日文化空间……有必要加以深入的研究。"[①]因此,笔者依据已了解的西和乞巧节的进程和内容,对其地域特征试论述如下。

一、分群聚集,各点姑娘尽数参与

据调查,该县的乞巧节主要分布在西汉水源头的漾水河流域,包括何坝、十里、汉源、西峪、姜席、苏合、卢河、兴隆、稍峪、石堡、长道等11个乡(镇),合计299个行政村,面积744.4平方公里,人口265,300人。在这些城镇所在地和村庄里,很久以前就根据地形地势、人口多少、联络是否方便、情感是否亲近等条件,约定成俗地形成了许多固定不变的乞巧联络地域。如城镇所在地有上街、下街、东关、西关等。村庄有前庄、后庄、上村、下村等。每个联络地域，就成了姑娘们分群聚集的乞巧点。建国前，一般每处城镇所在地有4至8个乞巧点，村庄有1至4个乞巧点。

每处乞巧点要举行乞巧节时，事先在组织者的安排下，以邻找邻、友访友的方式开展联络工作。通过联络，大多数适龄乞巧的姑娘都会积极报名参加。因为按当地乞巧民俗，谁家的姑娘不参加每年的乞巧节，将会招来人们的非议，对姑娘和家庭都是一件很丢面子的事情。也有个别适龄姑娘，由于各种特殊原因，快到乞巧节时还是迟迟不来参加。此时，组织者会指派与其有亲戚、朋友关系的人登门动员，去作家长和姑娘的工作，使乞巧点内不落一位适龄乞巧姑娘，最终达到尽数参加。

中华人民共和国成立前，由于传统意识的影响，当地的富余人家，对姑娘的管束较严，一般到十一二岁后，不再允许她们随便出门在人前走动，但到乞巧节前后的四五十天中，不管白天黑夜、出门进门，家中一概不再过问。贫穷人家的姑娘，在这期间，不管家里人手再少、农活再忙，父母都不再安排活计。姑娘们在这无拘无束、自由自在的环境中载歌载舞、祭祀乞巧。可以说这是她们一年一度难得的欢乐时光。

该县的11个乡（镇），229个行政村的所有乞巧点上的适龄姑娘，都要参加每年一度的乞巧节，少则三四十人，多则七八十人。这不但体现了该民俗的群体信仰性质，而且也可看出该县乞巧节的分群聚集、姑娘尽数参与的地域特征。

二、独尊织女，以得"巧"为主要诉求

清乾隆三十九年（1774年）的《西和县志·岁时纪》中记载："七月七

日，夕，人家室女陈瓜果，拜献织女星以乞巧。"由此得知，西和乞巧节中所祭祀的神灵就是织女。当地姑娘把织女称其为"巧娘娘"，其原因是：据载，天上织女"年年机杼"，善织"云锦天衣"[2]。在姑娘们的心目中，她就是"巧"的化身，应以"神"相敬。加之，在当地传统民俗中，人们通常把最尊敬的女性神灵称作"娘娘"。所以，该县乞巧节中所祭祀的织女就被巧娘娘的称谓所替代。届时，姑娘们怀着虔诚的心情，抱着美好的期盼，把巧娘娘请下凡来，举行各种祭祀仪式，以祈求赐以聪明智慧、心灵手巧，故当地称其为"乞巧节"。

有的古籍中，对乞巧有"祈请河鼓、织女"、"以祀牛女二星"[3]的记述。但是，在西和乞巧节中，姑娘们因以得"巧"为主要诉求而独尊织女。在各种祭祀仪式中，排除了牵牛的地位只恭奉巧娘娘像。并且，整个乞巧节中，不准男性青少年参与，除姑娘们外出"相互拜巧"、"祈神迎水"时在远处观看外，就连坐巧人家院中也不准随意进入。

姑娘们强烈的得"巧"诉求，表现在该县乞巧节的全程中。乞巧节开始举行"迎巧"仪式时，就在"迎巧歌"中唱道：

六月三十天门开，
我请巧娘娘下凡来。

我把巧娘请下凡，
天天给我教茶饭。

巧娘娘请上莲花台，
天天教我绣花鞋（方言hái音）。

巧娘娘请来点黄蜡,
天天教我绣梅花。

巧娘娘请来献茶酒,
给我赐一双好巧手。
……

乞巧节即将结束举行"送巧"仪式时,姑娘们还念念不忘巧娘娘赐以聪明智慧、心灵手巧的诉求。在《送巧歌》中唱道:

白手巾绣的一枝兰,
再也见不上巧娘娘面。

白手巾绣的竹叶梅,
巧娘娘一年来一回。

啥时能见巧娘娘面?
除非明年再下凡。

啥时教我做茶饭?
除非明年再相见。

啥时教我绣花衣?

除非明年七月。

……

临到乞巧节的后期，姑娘们急切地想知道，经过数天各种祭祀仪式的虔诚乞求，是否得到了巧娘娘恩赐的"一双巧手"？因而要举行"卜巧"仪式。该县乞巧节的卜巧仪式，分个人"针线卜巧"和集体"照瓣卜巧"两类。

个人针线卜巧。就是姑娘用经常使用，最能显示才艺的绣花针线卜问得巧情况。本类卜巧的方法有二：一是水面浮针法。想要卜巧的姑娘，先准备数十枚绣花针，在巧娘娘像前祈祷后，由女友陪同到院中盛水暴晒的碗前，将针依次横放碗中。针浮在水面便为得巧，浮得越多，时间越长，证明得巧程度越高，否则相反。二是燃香穿针法。想要卜巧的姑娘，先准备绣花针一枚，红丝线一根，在巧娘娘像前祈祷后，请女友燃香一根，到黑暗处，卜巧姑娘要借助女友吹亮香头的红光往针眼中穿丝线，若丝线顺利穿入针眼便为得巧，否则相反。针线卜巧仪式多为姑娘个人进行。

照瓣卜巧。姑娘们用巧芽水中的投影卜问得巧情况。此类卜巧仪式，要集体在巧娘娘像前举行。届时，所有姑娘手端白釉碗，分站恭奉巧娘娘像的神桌两旁齐唱《照花瓣歌》：

我给巧娘娘点黄蜡，
巧娘娘你把善心发。

巧娘娘给我赐花瓣，
照着花瓣许心愿。

巧了赐个绣花针，

不巧了赐个钉匣钉。

巧了赐根绣花线，

不巧了赐个烂皮鞋……

乞巧组织者在巧娘娘像前跪拜祈祷后，并将水神那里迎来的水分别倒入姑娘碗中。有的继续唱《照花瓣歌》，有的开始了卜巧。

要卜巧的姑娘，把巧芽掐成若干小段，分次放入盛水的白釉碗中，在灯光下观其碗底投影图案，分辨、解读隐寓之意。如投影图案为针线、尺剪时，则表示心灵、手巧；如为铁铲、棒槌时，则表示心笨、手拙；如为鸡心、如意时，则表示吉利、祥瑞；如为牛头、狗尾时，则表示晦气、灾祸等等。

不管是针线卜巧或照瓣卜巧，一旦姑娘卜到得"巧"和吉利、祥瑞时，满面喜色，女友相拥祝贺，并到巧娘娘像前叩头谢恩。要是卜到没有得"巧"和晦气、灾祸时，大多神色沮丧，女友默不作声或小声安慰。由此看出，该县乞巧节中，姑娘以得"巧"为主要诉求的地域特征。

三、充分准备，为节日举行提供保障

从农历（下同）5月下旬开始，每个乞巧点上，总会有几位热心乞巧、威信较高、富有经验和组织能力强的年轻妇女或大龄姑娘出面，带领该乞巧点的姑娘，提早行动、充分准备，以保障当年乞巧节的顺利进行。这几位年轻妇女或大龄姑娘，就成了该乞巧点本年度乞巧节的当然组织者和领导者，姑娘们通常称她们为"乞巧头儿"。这些人虽未经众人推举，但多数年年都承担此项任务，所以，整个乞巧节中，大家都会无条件地听从其指挥。

从5月下旬至6月下旬是乞巧节的准备阶段。在这一个多月的时间里，各乞巧点要充分作好选址、联络、筹资、练歌、备装、生巧芽、造巧、请巧等8方面的准备工作。

选址。就是在乞巧点内，选择、商定坐巧人家。乞巧点不变，但巧娘娘恭坐谁家，年年常有变动。坐巧人家，是当年乞巧节举行一切祭祀仪式的场所。所以，选址是节前第一项需要准备的工作。为了不影响当年乞巧节的举行，乞巧头儿会分头积极行动，直至把坐巧地址选定下来。

筹资。就是筹集乞巧节的活动资金。乞巧筹资形式分现金、实物两种。城镇所在地因经济条件较好多筹集现金，但标准不高。村庄因经济条件差，多筹集实物，一般每人缴纳一碗粮食或十多个鸡蛋即可。现在所有乞巧点，不但一律缴纳现金，且标准比以往高了许多倍。

练歌。就是从6月中旬开始，所有参加乞巧节的姑娘齐集在坐巧人家中，对乞巧节时的"唱巧"曲调、歌词、动作按约定的时间（多为晚上和雨天），在专人的指导下进行演练。练歌开始，一天也不会中断，很少有姑娘缺席。

备装。就是在乞巧节时，为展现靓丽形象，每个家庭都要在节前为姑娘准备节日服装。姑娘的节日服装均为各家自行缝制。富余家庭，会准备多套，一般家庭最少也要准备一套。现在姑娘的乞巧节日服装均在商店选购，可谓华丽时尚、异彩纷呈。

生巧芽。就是乞巧节前，每个姑娘家中都要选用不同品种的粮食培育巧芽。其芽一作祭祀巧娘娘和水神的供品，二作乞巧点间相互拜巧的礼品，三作进行"照瓣卜巧"的用品。生巧芽是件既费时（约半月时间）又操心的事情，多由有经验的母亲帮助姑娘操办此事。

造巧。就是姑娘们用五色纸、布帛、篾条、秸秆扎制巧娘娘像。其像分站姿和坐姿两种。站姿像脚踩莲花台，坐姿像被安放在一顶类似花轿的神龛中。由于制作工艺细致、精巧，所造像显得俊俏、美丽而端庄。

请巧。就是经济发达、交通方便的乞巧点上的姑娘，在城镇纸活铺用现金订做、购买巧娘娘像。为表恭敬，称其为"请巧"。

联络。前已论及，再不赘述。

由于各乞巧点都能提早行动、充分准备，从而保障了乞巧节能够隆重、热烈、按部就班地举行。

四、七天八夜，节间祭祀仪式多样

该县乞巧节，从6月30日晚开始至7月7日晚结束，全程历时7天8夜。其间，各乞巧点里要依次、隆重地举行手襻搭桥、迎巧、祭巧、唱巧、跳麻姐姐、相互拜巧、祈神迎水、针线卜巧、巧饭会餐、供馔、照瓣卜巧、送巧等12项祭祀仪式。可谓节期较长、仪式多样。

手襻搭桥。就是姑娘们用端午节系在手腕上的手襻，为巧娘娘在天河上搭建天桥。此仪式多在6月30日下午的村庄外大河边举行，其意为使巧娘娘顺利渡过天河走下凡间或升天际。当《搭桥歌》声在大河边响起，标志着当年乞巧节的帷幕正式拉开。

迎巧。就是在历年不变的固定地点迎接巧娘娘下凡。6月30日下午9时左右，姑娘们列队执香、燃烛跪拜，在《迎巧歌》的欢快声中将巧娘娘迎接到坐巧人家中。并恭奉在正厅神桌上。桌前挂有红色桌裙，桌上要摆香桶、蜡台、香炉等祭器和插满鲜花的花瓶，并献各种供品。多数祭祀仪式都在这张神桌前举行。

跳麻姐姐。就是请神（麻姐姐）附体，祈求问事。这是只有在乞巧节期间才可举行，并被认为是一种十分神秘、略带风险的仪式。举行时必须请有经验的妇女主持。

相互拜巧。就是比邻的乞巧点之间，你来他往地相互拜访。拜访关系是依照多年约定俗成的惯例而确立的。礼尚往来，年年不变。此仪式不但有观摩、交流、促进乞巧的作用，还为比邻姑娘搭建了互相交谊的平台。

祈神迎水。就是祈祷水神，迎娶泉（井）水。此仪式专为照瓣卜巧用水而举行的。一个村庄或城镇所在地的所有乞巧点，都要到公认不变的一处泉（井）边去迎水，因此围观的群众多，往往场面十分热闹。

巧饭会餐。就是7月7日下午姑娘们齐集坐巧处，吃一顿大家亲手制作并由巧娘娘品尝过的晚餐。这是显示厨艺的最好机会，姑娘们多会绾袖系裙、自动请战。会餐有消灾免病的神祐含义，人人都会积极参与。

针线卜巧、照瓣卜巧前已论及，再不赘述。祭巧、唱巧、供馔详见于后。

送巧。就是在原迎巧地点把巧娘娘送上天际。7月7日深夜，姑娘们列队执香、燃烛跪拜，在《送巧歌》的悲痛声中将巧娘娘像点燃。随着烈火熊熊燃烧、火星点点飞跃，巧娘娘随青烟升天后，7天8夜、仪式多样的乞巧节就此落下帷幕。

五、载歌载舞，"唱巧"贯穿节日始终

祭祀仪式大多在乞巧节的固定时段进行，但是，"唱巧"却贯穿节日始终。所谓"唱巧"，就是姑娘们齐集坐巧处，每天从白天至深夜，按一定的程式和曲调，用不同的歌词和形体动作，在巧娘娘像前尽情地载歌载舞。以此表达夙愿、抒发情感、展示才艺。

唱巧的曲调有三种，为两句调、三句调和数板调。两句调和三句调，不管

歌词多长，都以两句或三句分为一节。每节唱罢，都接唱节奏感较强的副歌，其"旋律流畅明快、抒情优美、易唱易记。"数板调就是按节拍把歌词说唱出来，"具有欢快、热烈、诙谐、风趣的风格"[④]。

唱巧歌词数量很多，按其内容可分为祈神祭祀类、生活劳动类、历史时政类。按其来源又可分为传统类和新编类。

祈神祭祀类。就是乞巧节时，举行各种祭祀仪式时唱的歌词。如《迎巧歌》《迎水歌》《送巧歌》等。主要表达了姑娘们对所祭祀神灵的颂扬、乞求和虔诚。生活劳动类。就是反映日常生活和劳动情景的歌词。如《打秋千》《绣一些花草给你看》《二十四节气歌》等。主要表达了姑娘们对美好生活的向往和对劳动的热爱。历史时政类。就是记述历史故事和当今重大事件的歌词。如《古今歌》《王祥卧冰》《土改闹了身翻了》等。主要表达了姑娘们对历史人物的崇敬和对当今重大事件的褒贬。

传统类。就是口口相传、家喻户晓、久唱不衰的歌词。如《转饭歌》《正月里冻冰春分消》《孟姜女》等。这类歌词大多语言朴实，有浓厚的乡土气息和民歌色彩。新编类。就是当代、当时新编现唱的歌词。如《洋烟（鸦片）歌》《抓壮丁》《人民公社解散了》等。这类歌词多是乞巧头儿请本村（镇）热心乞巧的文人所编写，语句押韵流畅，但多带有文人腔调。

唱巧时，姑娘们还要根据不同的祭祀仪式所唱的歌曲，做出各种程式化的形体动作。其动作有四种，为牵手摆臂式、往来穿插式、原地跳跃式和扭摆行进式。

牵手摆臂式。就是唱巧时，姑娘们相互牵手站成若干排，双足不动，而牵在一起的双臂随歌声节拍前后摆动，强拍后摆，弱拍前摆。

往来穿插式。就是相约唱巧的四位姑娘，相向站在神桌前的空地四角上。每唱到副歌时，两对角的姑娘随歌声摆臂行进、相互穿插、交换位置。再次唱到副歌时，另两对角的姑娘往来穿插。直至歌曲唱完为止。

原地跳跃式。就是唱巧姑娘站在神桌前，随歌声拍节两足原地跳跃，两臂大幅度摆动。先慢后快，先低后高，气氛紧张而热烈。

扭摆行进式。就是在宽敞地带行进唱巧时，姑娘们成排随歌声拍节、扭腰摆臂、踏十字步行进。

乞巧节期间，举行什么祭祀仪式姑娘们就唱什么歌曲，并作相应的形体动作。在不举行仪式时，他们在神桌前，你相约四五人往来穿插唱一曲，他相约四五人原地跳跃唱一曲，有时集体牵手摆臂唱一曲。从乞巧节开始至结束，天天载歌载舞、唱巧不止。

六、虔诚祭祀，以表心愿并谢护祐

整个乞巧节中，面对巧娘娘像，姑娘们都抱着十分虔诚的心情，参与各项祭祀仪式。以此表达心愿并感谢护祐，尤其在祭巧仪式和供馔仪式中表现得最为突出。

祭巧仪式：在乞巧节中，凡参加的姑娘都要进行两次个人祭巧。第一次在7月1日上午进行，第二次在7月6日或7日上午进行。姑娘各自准备香盘，第一次香盘中放有各种祭品和供品，第二次香盘中还要放巧芽。届时，一早起来着意打扮后，手捧香盘，由家中直往坐巧处，到恭放巧娘娘娘像的神桌前祭祀跪拜。如有心愿，会默默祷告，以求巧娘娘护佑。为表虔诚，在祭巧时，姑娘们会想方设法把最好吃、最好看的供品献给巧娘娘，并有相竟起早，争抢"头香"的习俗。此外，在坐巧处，由专人轮流负责，在每天的早上、中午、晚间三个时辰，都要给巧娘娘点蜡、炷香、焚表、跪拜祭祀。白天香烟袅袅；晚上明烛高照，七天八夜从不间断。

供馔仪式：当地俗称"转饭"。就是举行隆重的仪式，把所有供品虔诚的一次敬献给巧娘娘。

7月7日下午8点左右举行供馔仪式。先将所有敬献给巧娘娘的供品，装碟放在坐巧人家院中的几张八仙桌上，在八仙桌前和正厅神桌前，左右各站两位递接供品的姑娘。其他姑娘列队牵手站在神桌前，当乞巧头儿在巧娘娘像前跪拜祈祷后，宣布供馔仪式开始，大家齐唱《转饭歌》：

　　　　大姐娃转饭把香插，
　　　　二姐娃转饭点黄蜡。

　　　　三姐娃转饭三作揖，
　　　　四姐娃转饭烧表纸。

　　　　五姐娃转饭点心甜，
　　　　六姐娃转饭仙桃圆。

　　　　七姐娃转饭油果香，
　　　　八姐娃转饭酸梨黄。

　　　　九姐娃转饭葡萄串，
　　　　十姐娃转饭把神献。

随着歌声，供馔队伍由正厅屋内走出，边走边唱。走到院子正中绕八仙桌转一圈，最前排的姑娘跪接由桌前姑娘递来的供品后，队伍继续唱着走回正厅屋内，前排姑娘跪地把供品高举过头，由神桌前的姑娘将供品恭敬地接放在巧娘娘像前。随后，供馔队伍再次由正厅屋内走出，边转边唱、边接边供、往返多次。直至院中八仙桌上的供品转接完毕，供馔仪式才告完成。

要说姑娘们虔诚地举行个人祭巧仪式，是向巧娘娘表达诉求心愿的话，而隆重的举行供馔仪式，就是集体感谢巧娘娘的恩赐与护祐。

【注释】

①见柯杨《一个具有浓郁地方特色的传统节日文化空间》，金宏图、李萍《传统节日与文化空间"东岳论坛"国际学术研讨会专辑》，学苑出版社，2007年版。

②见《月令广义》引南朝梁，殷芸《小说》。

③前见西晋，周处《风土记》。后见五代，王仁裕《开元遗事》。

④见庄壮《乞巧节民俗与其歌曲特点》，《仇池》2008年第4期。

> 杨克栋，男，甘肃省西和县人。现任政协西和县委员会常委，陇南市民间文艺家协会顾问。中国民间文艺家协会会员，中国民俗学会会员。

千古村落哈南寨

朱成元　张金生

一、哈南寨的古建筑

1.古城

文县哈南寨古城内井然有序的布设着三道城门、三街九巷、十二座楼阁、一座三海龙王庙、一个官厅；边与角之间衔接合理紧凑。城外有城壕并有环城路，东有新寨子，南有南门下，西有上城门、坪上等自然村三面将古城合围。以前还辖杨家湾自然村，后划归四川九寨县草地乡。

古城墙是"冂"形，用石砌土筑而成，高一丈，宽九尺，东西长398米，南北宽约250米，设东西南三道城门与城内外通行。北面无城门，城墙至此断残，下为五六十米高坎，坎下白水江自西向东流淌。崖上有五条小道，是过去村民在河中挑水之路，高崖临河形成了北面的天然屏障。按照中国传统的对称建筑风格，城内以正街为主轴，南有郭家街，北有后街，九条巷道将三条街联系起来，形成城内便捷的交通网络。街巷笔直，水道通达，没有拐弯凸凹。城中央留有一片长方形地，位于正街与郭家街之间，名曰官厅。后街西向东北侧有三海龙王庙一座。正街民宅，都是重叠两檐，朝街道楼下，一律用木板装修，都是活页式可启关。每户有一间栏腰，以横方分为上下两半，横木上凿有几个方形小眼，插上木方，搭上板子，摆上货物，早摆晚收。四十年代前后实行红门化用红土涂门，现改为土砖墙。门面板用红色染料、桐油涂染，街巷十字交错处都有楼阁相衔接，显得十分雅致。在1941年左右时任哈南寨保长刘顺清将东城门封闭，正街从城门第二户人家改南斜角将城墙挖开，当时甘川马路穿越过新寨子，沿土桥子直下，到小堡崖下便接上原路，这条路线平直，但东城门封闭引起众人反对，数年后又打开城门改走原路，新路地各归各家。

东为新寨子，以"井"字形建民居。

南为南门下，原以"川"字形为居民村，现在以"牛"字形建为新村，与原居民村相吻合。

西为上城门、坪上以"年"字形建居民村，全寨仍是长方形布局。古城墙在20世纪90年代，已被毗邻居民拆毁，连同城墙内巷道占据，形成现在三条主街道直通城外。

2. 十六座观、寺、堂、庵、庙

（1）西京观

西城门口有一组坐西向东、与西城门相对，并处正街中轴线的建筑群叫西京观，是哈南气势最宏伟、历史最悠久古迹之一。西京观由正殿、宝刹、两侧小殿（南三官殿、北观世音菩萨殿）及偏厢房、庙阁、前院楼子、大门组成。

西京观大门与正街对映，出西城门，跨过城壕小桥和环城路，就直进院内，原大门为三道门，八柱顶立，双檐重叠，四檐飞翘，兽脊筒瓦，脊陡檐平，雕龙画凤，下为三门（中间双扇，两边单扇），正门上端悬挂一块大横匾，四边雕琢精巧的图案，匾底为蓝色，上面书写着"西京观"三个鎏金大字，主从突显，造型严谨，肃穆大方，上层模拟大殿，下层仿似宝刹，显现了观内的内涵主轴。

进大门前院正中为玉皇楼。楼上中为神阁庭，面向正殿，内敬奉有一尊铜铸约一米余高的玉皇大帝像，四面为栏杆通道。楼下一匾为"中山纪念堂"，门向东正街，门两边为八字墙，书写有："忠孝仁爱，信义和平"八个大字。沿楼子两边进院，南北两侧建有廊房各八间，除斋房外全是圣神塑像，三圣母娘娘、关爷、目莲像等，圣像两侧配有小泥塑，墙上有壁画。楼子背面一小庙阁敬奉着龙官爷，红头发、红胡子、身披铠甲、十分威武，面朝正殿。院中有两棵生长茂盛高低粗细相仿的古柏，十分对称，如两根擎天神柱。两边是用五色鹅卵石填成方、圆、梅花形状的花园，栽有各种花卉。中间有一条石板铺成的2米宽的小道，沿石板路行进到宝刹，比院高一米多，前有一台子通往左右两殿（三官殿、观音殿）廊房，中间为三步台阶，宝刹正门上方有一立匾，四边雕刻白云蓝天图案，朱红底色，上边书写着"朝天宫"三个金色大字，光彩夺目。宝刹明三暗一，八根大柱顶天立地，捷枞架檩，柱枞木直径达一米，相传是马桑木。拱形屋顶，琉璃筒瓦，飞阁环绕，碧瓦排空，檩梁上挂满敬奉的大匾，楹联匾额，龙飞凤舞，名人字画，辉映满堂，夺目争辉。靠南墙矗立着一米多高的碑石，镌刻着西京观的来龙去脉。

再上三道台阶，进入正殿，门前有二米宽的台子，南北两头各塑有一尊高三米，手持降妖棒，两眼恶狠狠地斜视前方的把门将军，两将杀气腾腾，令人不寒而栗。

正殿比宝刹高一米多，殿堂高大宏伟，八根大柱架扶上檩，四根明柱在殿堂显得雄壮有力。殿堂正中一米高处修一神阁，三面雕龙画凤，顶上画有祖师身世的天花板，阁檐下雕有许多重叠小道，十分严谨，阁内安放一尊二米高的祖师爷铜铸像，相传与县城玉虚山佛像同模、同年、同时铸造。铜像为披发祖师，端坐中央，目光炯炯，栩栩如生，左手在怀前，右手掌朝前，左脚踏地，右腿内屈，在腿面上有数枚小铜钱，相传在工匠多次化铜铸造未果，经圣算原因是少化了几个铜钱，众人将几枚铜钱投入熔炉，铸造立马成功，并落放在右大腿上。在座台下右侧压有一小龟，头刚刚伸出。祖师像前有一神桌，安放香炉、经书、琴、钵鱼等道具，两边放有一对青石雕刻的雄狮，形态逼真威武，镇邪护祖。殿堂将台上，塑十二天将，手持刀矛斧杖站南北两端，叱咤风云。两边门后泥塑光头赤脚二僧，身穿袈裟，双手合十，眼帘低垂，盘腿而坐，相传两僧为修建西京观含辛茹苦，千里迢迢到千家万户化缘筹资，一个还冻死在松坪插岗岭上。殿内两根庭柱上缠绕着青黄两条长龙，腾云驾雾、张牙舞爪，龙口一张一翕，气象森严，造型夸张精美绝伦。

殿堂高大巍峨。四檐飞翘，高耸入云，殿顶与宝刹一高一低、一陡一拱、琉璃筒瓦，方砖铺地，雕梁画栋，古色古香，金匾映日，辉映眼前。宝刹外两侧各有一间庙堂，南为三官殿，泥塑天官、地官、水官像。北为菩萨殿，安放三尊一米高观音菩萨铜铸像，两边泥塑十八罗汉像。进大门南第一间檐下挂有一口铁铸大钟高一米五，直径一米，殿内锣鼓、诵经用器一应俱全。旧时香火旺盛，每逢村上办法会，全寨人云集观内，诵经念佛，驱"鬼"安"神"保平安。晨钟暮鼓、经声佛号响彻四方。

在近代，西京观也曾遭受过多次损坏。民国三十四年，国民政府将观改为保国民学校，大门被拆除改为青天白日门顶，两侧泥塑狮子，正殿以外所有神像和正殿门前的两尊把门将军全部销毁，所有匾额被砸烂。宝刹和两面厢房重新粉刷后，改为教室和宿舍，泥像、壁画全部毁掉，只剩下正殿和两侧的铜铸神像。后当时任教的马凌云将销毁神像名记录制成木牌、神位保存至今。木牌上方是销毁神像之名录（略），现将马先生亲书的《记略》全文抄录如下："上列诸圣此前系此观两廊之泥像，民国三十四年奉命将两廊改为国民学校教室及保办公室等，愚迫不得已将泥身消化，改为保校各室。愚午夜思维，诸圣当年道高德厚，群伦被恩，故后人祀之以作模范。今化灭愚手，不由人愧悔神伤，故制总木牌一面，开诸圣于上，以籍奉祀于正殿，以便考是为记。马凌云记，民国三十四年六月十日记"。这就是西京观在民国时期被毁坏的真实见证。1949年以后，又将正殿所有神像销毁，将石碑砌为台阶石，字迹被磨光，碑石虽尚在，但无法考证。

西京观的建筑为长方形，长52米，宽25米，总占地面积约1300平方米，主建筑群尚存。

（2）南佛寺

城外东南侧，坐南向北有一座寺庙叫南佛寺，为哈南第二大古建筑群，由厢房、土地庙、院中庙、正殿、天王殿、三宫殿组成。始建于何年无证可考，但在正殿佛像顶上檩木上写有："正德元年（公元1506年）甲寅谷旦正月十五日创建观音殿"。至今已有500多年历史。2001年维修寺院时发现，在殿堂正中房顶瓦片上记有："乾隆六年元月十五维修南佛寺，主持人符享"。相传此寺院原建寨西瓦坪上，后迁于此地。寺门前一条专修横道，双向朝寺，大门新修为双檐三门，宏伟大方。进入院内，西面是土地爷奉守门户。另两侧为四大天王镇"妖"降"魔"。院中庙相向一南一北，塑有两尊圣像，一尊面朝大门，迎送众"神"，一尊朝殿内佛祖禀报吉祥。厢房西为神阁，东为众僧斋房，寺门内为天王殿，正中为弥勒佛，两侧为四大天王塑像，正殿大雄宝殿，明三暗一，双人参抱的大柱醒目在前。门窗高大，精雕细刻。正殿高大魁伟，全是捷扶架檩，四根明柱支撑着庞大屋顶，成为雄伟之殿堂，前边两根柱上有一黄一青两条神龙绕柱腾空飞舞，雄伟壮观。殿西侧角悬挂一口铁铸大钟和其他颂经乐器，特别是一面一尺五宽的多音铜锣，是迄今唯一尚存完好的文物。正堂中央，莲花座台上原塑有二米高如来佛像，现有一玉佛，后有三尊泥塑大佛，房顶天花板上画有如来佛身世的精妙画仙鹤，两侧是屈膝站立，斜卧形态，手持琴、笛、刀、矛等物具的十八罗汉泥塑像。两侧墙上画有高大的壁画，殿堂方砖铺地，房顶是琉璃筒瓦。殿堂后面有3间庙房，名为三官殿。泥塑三官爷，从佛像后厅出入。院中有一柏树，前院两边有三棵古槐，胸围约3.5米，高有20余米，现在枝叶繁盛。

后寺院受到毁坏，塑像全毁，古钟被砸烂收购，会首朱金生、朱进元二人冒险将唯一一面铜锣东藏西匿保护下来。南佛寺现今维修，恢复了塑像，添置了玉佛，装饰了大殿，现貌超前。

（3）佛堂

寨子南庙山里住着以赵姓为主的村民，为保护村子护有数十亩郁郁葱葱的小叶子林，村前东西有两条通往寨子的大道，在西路旁修有一佛堂，也称为佛庭子。房间大，室内画有观音菩萨像，周边栽有松、杨树和花，特别一丛海棠花，花开时鲜艳夺目，格外赏心悦目。现在人迁、庙毁、再未恢复。

（4）老师傅庵

在杨家山观音菩萨庙旁，与亮虎嘴、盆盆树在同一水平线。相传原建在半山的旧庵子，后迁来此地。庵建在约百平方米的石崖上，视野开阔，放眼东西南北，可见文县金子山、九寨岳南山、堡子坝净各溜山以及中路河流域。传说这里修成许多仙家圣人，曾有俩师徒在此修行，徒弟身懒，靠师傅化缘维持生计。庵内无食度日，师傅离庵化缘，徒弟问师傅"你走了我吃啥？"师傅回答"吃石头！"又问"如何做？"师傅生气地说"石头装在锅里，架腿为柴点火煮着吃。"徒弟煮石头吃，吃得很香。师傅数月化缘返庵，听到庵内钵铃、木鱼声仍有节奏的在响，诵经声清澈嘹亮。师傅疑惑不解，徒弟回答"按照师傅吩咐我吃得很香。"师傅感慨地说"小徒弟，你成功了！为师赌气、心不诚，难成正果啊！"

（5）玉皇大帝庙

哈南寨东南面有一座最高的山峰叫玉皇梁顶（海拔约二千余米），建有玉皇爷庙，坐西南、朝东北，在寨子里看非常清楚，周围有针阔叶混交林，植被很好。过去庙内敬奉一尊铜铸一米高玉皇塑像，大约明朝年间因地震庙塌像滚，众人在北坡山下的山沟里寻见，头被摔掉，未能找见，后卜卦问"神"，将铜身塑泥头，安放在西京观玉皇楼上敬奉。2009年迁址，重建在过去的老庙的位置。

（6）风嘟爷庙

风嘟爷庙原建在玉皇梁下东北方一个像龙头的山梁，此处地势高昂空旷，视野开阔无阻，东眺文城金子山、玉虚山；西望南坪岳南山；北视中路河全景；南览岷山总脉。1998年重新修建。

（7）老师傅庵菩萨庙

杨家山老师傅庵近旁修建一菩萨庙，内供奉有木雕观世音圣像。

（8）文昌庙

建在村后东侧一小山包上，面向村庄，也称文昌宫，与村西小山包杨氏王爷庙即紫云宫，平行相对应，为哈南寨村后两大景观。庙内泥塑神像年久失修，现已筹资维修。

（9）杨氏王爷庙

也称紫云宫，位于村子西南角小山梁，与文昌宫在同一水平。据黄英考证，杨氏王爷，又称杨氏爷，四王爷，是由氐人建立的仇池国君主杨难敌演化而来的神灵。庙坐南向北，为两层楼阁，楼下敬奉杨氏塑像，头戴金盔，身穿铠甲，威灵显圣镇乾坤，驱"邪"降"魔"保众生。庙中主神杨氏王爷形态威武雄壮，两边有四尊一米多高泥塑神像，手持金瓜、钺斧、朝天蹬、方天戟等兵器屹立两旁。每逢捉弟子，王爷显圣，弟子相争、手舞长丈余、粗一寸五的黑棍一根追妖驱魔，或执人字形木笔一支在灰盘上画符开方。楼上庙敬奉玉皇大帝塑像。

（10）菩萨庙

建在杨氏王爷庙平行稍靠东侧一个地势险要的悬崖峭壁上，庙内塑有观世音菩萨像。信众筹资购青铜铸观世音菩萨像一尊，像高1.84米，重180斤，面容慈祥和蔼。

（11）青崖龙王爷庙

建在猫过河西山石板坡上，背倚万丈深崖猫过崖，庙中供奉有神牌。

（12）八海龙王庙

建在东城门外，现已被周围居民房屋包围。

（13）三海龙王庙

建于城内后街中间崖边上，坐南向北，庙有大门院子、正堂，明三暗一，正堂原有一米五高木雕坐像，黑脸、白眼仁，双手叠放胸前，头戴君臣帽，身穿龙衣蟒袍，脚蹬筒靴，端坐在特制木椅上，椅子配有四个大铁环，专供神像出行时抬用。两侧有四尊泥塑侍护站立，手持大刀长矛。神台有一小阁，阁檐层层叠叠，还有一木箱盛满祈祷者敬献的衣袍，地上一口铸铁盆，供求神祈祷者焚香化纸。另外还有一把大伞叫万民伞，供神像出门时遮阳避雨。过去每逢天旱，众人搭上万民伞，抬上神像，敲锣打鼓、吹上号，在三街巡游以祈雨降旱魔。村民们出门远行或有病有灾时，常来神像前祈求保佑，还愿时以杀鸡或宰羊来答谢神灵护佑。古时白水江南北无通道，北岸众生隔河祈愿，经常虔诚地在对岸摆上香纸烛求神庇佑，每逢重要的节日，对岸搭锅点火杀鸡宰羊祈福还愿，河道上下民众无不恭敬三海龙王，心中作祟人说及三海爷，谈及色变。

（14）盘古龙王庙

建在哈南寨与新关交界处古甘川大路旁险崖坝的悬崖上，庙内有盘古塑像，过去路过此地的人不论是骑骡跨马或坐轿的，还是驮茶运盐的商贾脚夫，都会虔诚地拜盘古爷，烧香化纸，祈福求财、求平安。后来公路从江北走，逐渐冷落。

（15）班帝喇嘛庙

此神为白马氏人，庙建在松家湾刮骨梁甘川交界线上，相传班帝喇嘛彰显神威力抵西来侵犯之敌，护民安寨，神威很大，许多汉族奉请为家神爷，画像立案供奉神桌。

（16）洋汤大海龙王庙

建在坪上。已抬为水田。

在封建社会，由于科技落后，灾难频多，无医无药，人们只有祈求圣神赐福保佑，祈求平安，因此寺庙烟火旺盛。另外还有一个重要原因，大部分寺庙和祠堂不但有金融货币、粮食储备，而且还有土地名曰"常书地"，可以按照土地等级议租。这些寺庙经济收入来源由信徒缴纳，施舍捐赠、收租、放账借贷利息。管理有制度，实行专人管理。使用中要通过会首议定后执行，其放存借贷，本息越滚越大。

3. 十二座楼子

哈南寨共有十二座楼子，连新建紫云宫一共就有十三座。正街四座：东城门楼、官厅天官爷楼、旧楼子菩萨楼、西城门楼；郭家街四座：高氏大门口楼（解放前已拆除）、左氏门口菩萨楼、殷氏门前关爷楼、上街西南街巷拐角菩萨楼；后街两座：东白衣菩萨楼（风铃楼）、西北街巷拐角文昌楼；另有南城门楼、西京观玉皇楼。东、西、南三座城门、西京观楼是单楼，其余全是正楼加宝刹，是人们雨天夜晚歇凉谈天说地的地方，正楼子下是街、巷纵横交织的网路。楼子上四周有栏杆和走廊，中间供奉神像，顺街方向是宝刹，正街宝刹全部朝西京观，其余两街宝刹双向朝中，有"隐密设思"的设计理念。布点均匀，巧妙周到，把街巷相互连接，以楼作枢纽形成网络，有节有制，居民生活十分方便，这里值得一提的是后街白衣菩萨楼，也称风铃楼，楼檐四角有碗口大铜铃，铃中有一铁棒子上绑扎羽毛，遇到风吹铃声便鸣响，昼夜不停，风越大则铃声越响亮。此楼建在村东北崖边，下临滔滔白水江，远眺也是哈南最醒目的建筑。在东青路（东峪口至青龙桥）上首先看到的楼子就是它和东城门楼。是全寨的风口眼，夏季傍晚人们都喜欢聚集在此乘凉、打牌讲故事、谈古道今，晚上尤为人多。过夜乘凉。旧时人们十分信奉菩萨，常年有祈神生儿育女、还愿者来此施匾献袍，楼子里衣物、童鞋堆放如山，香火缭绕。据考为"民国卅七年六月修补"，阁内壁画除一小张门板损坏，其余完好，画像清晰，人物生动有趣，是哈南保存最完整的。过去每座楼子、庙宇下都有一石碓窝，用来砸辣子、舂米、砸洋芋糍粑等，人多时要排队轮流使用，老人们传说碓窝似虎，居家屋子里不能放，所以就形成这个习惯。

目前全村仅存六座楼子，即东、西城门楼、官厅天关爷楼、后街东白衣菩萨楼（风铃楼）、上街西北街巷拐角文昌爷楼，郭家街西南街巷拐角菩萨楼。西南、西北街巷拐角楼里，宝刹尚在，白衣菩萨风铃楼宝刹已塌，木料尚在。正街旧楼子被1997年4月2日火灾烧毁、郭家街高氏门前楼早已拆除，中左氏、殷氏门前菩萨楼和关爷楼子于1977年左右拆除，南城门楼因年久失修在2011年硬化街道时被拆除，西京观玉皇楼1995年学校修建教室时拆除。

4. 书房子（学校）

在明朝之前，相传寨子对面多脑山有一形如墨、砚、笔带状泉水直照此地，哈南寨请地仙择址在寨子东面约一公里的地方修建了一所土木结构的房子，称为"书房子"，请来私塾老师教学，培育子孙。书房子为哈南的文化发展、启蒙教育、人才培养起到了不可估量的作用，培养出许多秀才、贡生和文化人。如附贡米邻（米贡爷）、秦贡爷、郭贡爷等都是从小就读于书房子。其中郭贡爷郭京佐，在清嘉庆六年，任陕西乾州武功县教谕业绩卓著，皇帝赞其父母教子有方，颁布圣旨嘉奖，赐万灵伞一顶，封赠了其父郭玉树和其母宛氏。同治三年，刘道顺进州赶考，中头榜第一，二榜却无名。刘与边地坪考生符齐珍上访州府长官，州府长官吟诗："天子重英豪，文章掉二朝，万般皆下品，唯有读书高"。他们当场和诗："天子重英豪，文章不多了，万般皆下品，唯有金银高"。州官听后督促考官查卷，查出舞弊，恢复了刘道顺第一的名号。还有先在本寨上学，后去兰州一中读书的王学义，其学业优良，受杨怀仁、陈海寰等影响，一起组织进步组织，宣传革命理想，1949年兰州解放前夕被国民党特务告密杀害于大沙坪沟，就义时不到二十岁，后被追认为烈士。1945年，县上改建西京观为保国民学校，公派教师，解放后扩大办学校规模，为国家及家乡培养出大批人才。据不完全统计仅参加工作的304人，其中地级2人，县级8人，科级27人，培养教师57人，医务工作者29人。汪连生医技过人，1993年被卫生部授予优秀乡村医生。

5. 两祠堂

（1）郭氏祠堂

在上城门西南角紫云宫下，坐西向东，有正殿、宝刹，辅院子和各种名贵古树。正殿明三暗一，宝刹为堂，祠堂正中神案上摆满了郭氏始祖神位。周边墙壁挂满字画、题词。宝刹空堂为本族子孙敬祭祖先集体议事之地，院子里奇花异草，绿红掩映，现存桂花树四棵，紫薇树一棵、红豆杉一株，都是数百年的老树，每年农历八月，桂花开后上下十里皆可闻到花香，紫薇树也是文县境内目前树龄最古老的，还有一株古柏。郭氏曾经是哈南寨望族大户，是最早来到哈南的姓氏之一。随着岁月流逝，郭氏祠堂全被拆毁，庆幸的是几棵古树得到保留，现郭氏后裔准备重新修建。

（2）米氏祠堂

在寨子南门下，有个地方有金盆养鱼的地脉之说，米氏便在此处修建祠堂，祠堂有三门，正堂三间高大雄伟，修建时间相对较晚，所以建筑新颖，占地面积约一亩，院内有柏树一棵。据县志记载，米氏先祖"米邻为嘉庆付贡，铨从九，分发安徽"。贡爷园一进两院，整个建筑工艺精湛，门前双斗双围杆立在石基座上，并有参天古槐与桅杆并排。现祠堂已毁坏无存。

6.五碉堡

大约在清至民国初年，哈南共建碉堡五座：

营边上碉堡——修建在稻田地，为六角形两层，土木结构；在教场坝与营边上中间川甘道路上，各角设有哨眼。

二嘴子碉堡——在村后二道山梁上建有一座土木结构碉堡。

官木地碉堡——建在官木地为六角形土石结构碉堡。

险崖坝梁碉堡——建在寨子东面山梁上，土木一层结构，以阻东进之敌。

土桥子碉堡——俗称炮楼上，在寨子东面，为六角形，堡下为路，旁边一条泥石流大沟，上架有一桥名为土桥子。

这五座碉堡形成四面兼顾的防卫格局，保护着全寨的安全，现官木地、二咀子、险崖坝梁三碉堡，遗址基脚尚存外，另两座已全毁。

7.官厅

位于寨子最中心的正街至郭家街之间，是全寨人议事的场所。每逢全村商议大事、处理村中重要问题，村民全体集结在官厅场。清朝年间，有三青年放火烧掉正街一百余间房屋，数百人无家可归，寨中哭声震天。乡约郭中玉在这里召集众人，将三个肇事青年捆绑游街后投河处死。县太爷将他抓去审问，郭中玉一人承担。郭与同牢犯人相处中了解到几件案子关押数年未结，郭便在狱役面前出主意，将这些案子很快审结，犯人们心服口服，县太爷得知郭中玉是个能人，又联想到郭案是为民众安危着想，加之民众集体请愿，县太爷判决无罪释放，哈南人到二十华里外的固水沟抬着大轿子，绑花结彩、燃放鞭炮、敲锣打鼓迎接郭氏。

8. 教场坝

出西城门向北拐，有宽10米，长150米的平展长方形场地，与路相依，是为教场坝。西连碉堡，碉堡西南路下为崖坎。依崖猫过河从南向北流入白水江，猫过河两侧有五华里悬崖，横挡在西南方向，无法攀登，形成天然防护屏障。崖边的路通往四川草地乡，坎上称为营边上。崖、坎、河可相隔的地理地形易守难攻，以前历代在这驻军，居高临下，安营扎寨、囤积兵力、操演军事、堵截匪敌、守卫地方安宁。

二、哈南寨的文化积淀

1. 夜春观

"夜春观"或"夜春官"，是村民在春节期间夜晚观看将士"骑马巡游"。因表演者骑骡马，又称"马社火"。

"夜春观"表演人人穿戏装，骑骡马，各显神通，上街巡游。具体表演的方式是，几个人，或十几个人为一组，表演一个"主题"。表演的内容，大多是神话传说、民间故事，如八仙过海、哪吒闹海、牛郎织女、白蛇传、西游记、封神榜、天仙配等等。除此，历史剧也是表演的主要内容，如三国演义、杨门女将等。现在也有表演电影、电视连续剧内容的，如射雕英雄传、敌后武工队等。

"夜春观"的表演者，老少皆可，男女均宜，年幼者有几岁孩童，年长者有白发苍苍的老人，但大多数是风华正茂的青少年。"夜春观"街头巡游时，两人一对，一人骑骡马，一人牵缰绳，一对接一对，连成一条浩浩荡荡、蔚为壮观的长龙阵，令人叹为观止。

"夜春观"表演时间，为春节期间初三至十六，每天下午4点多钟至傍晚。表演的这一天，社火队员吃过午饭，便紧锣密鼓地开始准备工作，譬如化妆、着戏装、收拾道具等，同时为表演乘用的骡、马、驴喂足草料。下午4点多钟，"夜春观"便开始上街巡游，一直持续到夕阳西下，夜幕降临。第一个晚上出台必须演"大水耕田"，一男一女俩青年，男的扮农夫，头戴草帽，身穿白衬衣，黑坎肩，手持牛鞭，肩扛犁头；女青年头包手帕，牵一头牛，走在夜春观最前，沿三街九巷边走边跳，意为春耕开始，并预兆新年好收成。哈南寨共有6个合作社，从正月初三开始，每社一天，轮流表演。一轮轮完，又从头开始。正月十五，为"夜春观"表演的最后一天，全村6个社的"夜春观"汇聚一起，共同表演，争奇斗艳。身着戏装、手持道具的100多名社火队员，人人骑着披红挂花的骡马和毛驴，沿全村三街九巷巡游，边巡游边演唱，演绎民间故事、神话传说、经典戏剧等。欢笑声、锣鼓声、鞭炮声，沸腾了古老山村，令人目不暇接，流连忘返。如今，村民们把现代文化元素，巧妙地融入传统社火，充分显示出哈南儿女的聪明才智和与时俱进的新理念，也展现了哈南群众蓬勃向上的精神风貌。"夜春观"是传统社火园地中的一朵奇葩，传承着历史的深邃久远，展现着民族的精神风貌。

2. 担担灯

从正月初四日开始到正月十五日是担担灯的演出时间。通常是夜间进行。所到之处锣鼓喧天、人声鼎沸、喜气洋洋、热闹非凡，把节日的气氛推向极致。表演场次顺序：先在本村公共场所耍宫灯演唱；然后由灯会组织下帖到各家，依照拟定的次序到村民家中演唱，向主人恭贺新春，祝福新年，之后还要到周围村寨去演唱。

担担灯表演要四套人马紧密配合：一是演员7人，其中社戏官1人，报子1人，卖膏药丑角1人，挑担货郎兼钉缸匠1人，老伴婆1人，拿花小姐2人。二是锣鼓手5人。三是执花灯多人，管换蜡烛的灯头1人。所执花灯为竹篾和彩纸精制而成的牌灯、鼓灯、鱼灯、宫灯、船灯等等，以来年属象为主灯，有12至20盏之多，每盏灯都由不同的书画作品或剪纸图案糊制而成。四是伴唱多人，拉中胡奏乐2人。从唱词内容、口音和表演形式来考察判断，这是当时秦陇籍将士把家乡的社火和当地社火糅合一起改编后上演，经历哈南村民不断改进，已成民众最喜爱的一种表演形式。每年过春节，担担灯是必不可缺的节目。

表演开始，一对狮子由"笑和尚"（即耍狮子的人）带领下先拜东南西北四门，然后摆阵耍出各种动作，拉开表演担担灯的场面。接着，演员依次入场表演：首先出场的是社戏官、报子和卖膏药的。社戏官戴礼帽，穿长皮大衣，手拿竹篾扇子，随锣鼓节奏转圈，高声吟唱喜声（吉利辞），吉利辞按场合，结合形势和恭贺对象吟唱四言八句，内容随机应变，押韵有力，恰如其分。然后，反穿短皮袄、腰插令字旗的报子和戴高帽、手摇拨榔鼓的卖膏药丑角，分别与社戏官进行一段诙谐有趣问答。随后，社戏官退场。接着，担担灯主角挑担货郎兼钉缸匠、老伴婆以及一对拿花小姐等6人，在自制中胡乐声的伴奏下，有节奏地踩着十字舞步，精彩绕圈表演。他们滑稽多变的舞蹈动作结合幽默有趣的唱词，不时逗得观众发出阵阵欢声笑语。

担担灯将民间音乐舞蹈同戏曲融合在一起，8种曲谱旋律优美动听，唱词脍炙人口，幽默风趣，乡土气息浓厚，感情细腻，使人百看不厌，百听不烦，回味无穷。担担灯是哈南群众创造并传承已久的独特剧种。

3.魁木郎转皮球

杏树坪沟里有一块大锈石，千孔百眼，周边长满百花小草，石中渗出的泉水清澈透明，全村人上山种地时渴了饮用。相传远古时期一天红日高照，可是去提水的人刚到山沟，就天黑地暗、锣鼓喧天，吓坏了提水人。如来佛显圣查出是一皮球精出世捣乱，便派天将头戴尖尖帽、手持丈八神鞭，将妖精降服。后人每年冬月初八在南佛寺办法会，俗称"初八会"，信徒们诵经念佛，扮演魁木郎头戴尖尖帽，右手持长鞭、左手牵着低头垂耳的狮子上场表演，代代如此。

4. 摇火把

摇火把是一种古老的社火，哈南寨村后为圈椅形，两道梁环抱，中间是村民上山务农的羊肠小道，直通山顶。每年正月十三至十五的晚上，全村青壮年按自然村组合分为三路：东侧一段主要以文昌宫梁，中间的以山间盘路，西以杨氏王爷庙梁形成三路，火把手每晚傍晚出发，带上火把，有些还带香纸，到目的地稍休息后点蜡烧香纸敬祭诸神。然后点燃火把，三路同时出发，有节奏的将火把摇动，缓慢从山顶向下移动。在村观望，三条火龙在夜幕掩映下，悬空飞舞，十分壮观。约半小时左右三路人会师南城门，来到一片空地上，互投掷剩余的火把头，火把如同流星交织飞舞。周围观众人海如潮。随后火把手同年轻人、小孩子到寨子中闹商户（富裕户），商户鸣放鞭炮以示欢迎并装烟敬酒，唱迎喜声，以表示感谢。对个别礼仪不到的商户，也有编顺口溜讽刺挖苦，直至鞭炮放了人才散去。摇火把的材料是平日驮柴选下直径四公分左右，长近三米无节疤通顺的嫩青岗树，用木榔头砸裂成纤维状，制作而成。

5. 转秋

每年春节期间，寨中青年男女都参加一种叫转秋的娱乐健身活动。这项活动，选择在一块开阔的场地中间挖一个一米左右深坑，立上一个2米高、直径20—30公分的木桩（材质要硬），上头中心凿一个直径3公分深10—15公分的眼，装上一个柔韧、坚硬木棒（枸骨材更好）作为轴心，外露8—10公分。然后顶端装一个材质较硬的杠杆（挑担杆），杠杆正中凿一圆眼，安插在轴心上，两头各绑一根牢固的好绳。玩耍时需要两个体重相近的人坐在两边，然后顺时针方向转，桩跟站立两个或四个健壮青年，用手同时向前拨推，转昨最快时两个人近似在一条直线，这项运动可以锻炼人的身体也磨炼人的意志。

6. 送神

正月十六日新春佳节欢庆结束，全寨人绑上一只船，船中草扎一条龙，纸糊龙身，裱画，如同活龙一样，龙身上披一个宰杀羔羊皮，船底圈用薄板或塌子相钉，四人抬上，随同春节应参演节目一同化妆，打上锣鼓，去三街九巷和城外村巷巡游。每户人家在门口恭候，向船舱投馍、肉、鸡、纸香腊，以示让神带走瘟魔。全村游完后在东城门敬神，由阴阳拿上道具，口中念念有词，安送储神各就各位，以护佑良民，新的一年清吉平安，吉祥如意，风调雨顺，国泰民安，五谷丰登，空手出门，宝财回家；让破神烂鬼，随即远去他方，再不惹是生非。然后炮手点燃三眼铳鸣炮三声，将船中敬奉的馍、蛋等献食，分给抬船人和参与人，再将船抬至白水江边，将香、腊、纸船一并点燃，放于河中，红红火光，顺水流去，人们祈福驱灾开始新的一年，其他应参节目各回各地，每年如此。

7. 耍水龙

耍水龙是一种传统祈雨方式。水龙是用柳树梢绑扎而成。粗枝为骨，叶、树梢为皮，内空外实，节节相连。龙首头高耳竖、眼圆、龙口一张一翕；龙尾用散梢绑扎，长短无限。下端分节处绑上木棒作为龙爪，耍龙时作支撑杠。一般多为"双龙抢宝"，也可以单耍。每逢夏秋干旱无雨时节，庄稼急需雨水时，青年人白天割梢绑扎"水龙"，晚上开耍，各户门前准备灌满水的桶、勺子，当龙游三街九巷，路过门前时将水泼洒龙身，旁边有水渠，则从水渠汲水泼洒，龙身水流如注，街上变得泥泞湿滑，俗称"水龙"。这项活动一则可以降温增湿解暑，二则久旱祈请龙王圣神降雨、消灾、赐福。耍后如需要将龙顺墙堆放在三海龙王庙旁，如不需要便放入白水江，让它带上旱魃远去，祈求风调雨顺、五谷丰登。

8.土琵琶弹唱

哈南寨是文县土琵琶弹唱的重点村。边缘地区九寨沟县以南坪小调申报后，被国务院列入第二批国家级非物质文化遗产名录。哈南寨人从古至今，男女老少都喜爱琵琶弹唱。村内多人自编唱词，自制土琵琶，除自用外，还远销周围县乡。土琵琶乐器独特，表演形式多样，唱词内容丰富，音乐曲调委婉，地域特点鲜明，艺术表现性较强，蕴藏着大量独特的音乐元素，是民族文化中独有的瑰宝，具有不可替代的艺术价值。2015年8月2日，由文县文体局主办的规模最大的土琵琶弹唱活动（异地）——"千人土琵琶弹唱活动"在石鸡坝乡哈南村和中寨镇中寨村同时举行，两乡镇土琵琶爱好者集体弹唱了"采花""十二花"等曲目，参加弹唱人数共计1036人，经过上海大世界基尼斯总部审核，获得了"大世界吉尼斯之最"认证。

朱成元，1936年生，甘肃文县人。先后在武都地区农业局、乡镇、公社、县林业局、卫生局工作，历任组长、书记等职。

张金生，陇南市政协第一、二届副主席，陇南市白马人民俗文化研究会副会长。

永不沉寂的茶马古道

娄炳成

栈道与索桥握手,高山和白云拥吻,马群的队伍里响鼻阵阵;潮湿的空气中,溢满了沁人心脾的茶香。从大唐的首都长安出发,一路浩浩荡荡,行走在悠远的茶马古道上,爬山涉水,餐风露宿,把汉地的春茶送往白云飘浮的天边,送到格桑花盛开的地方,送进散落在一望无垠的草原上的一个个藏包,藏民的套马杆陶醉得遍地摇晃。

把困乏打包,塞入简单的行囊,把汗水装进酒壶里,商贸汉子唱着古老的黄河谣,来到了大江之滨。旗幡招展,热气腾腾的驿站,主人的笑脸迎来了,茶叶的十里飘香;又招手送走了,马匹的声声喧嚣。年年岁岁,迎来送往,日升月落,周而复始。

茶和马的音符,交替地呜咽在苍茫的天地之间;茶马古道上,大书特写着一部中华民族大家庭和睦相处、贸易互通辉煌的历史。茶马,这两个不同分属的物种,组合成了一个非同凡响的文化符号,在浩瀚的史籍页面,抓人眼球。茶马互市,孕育了这条古道,使得大西北和大西南双双联姻,对接在了丝绸之路的漫漫长廊,把青藏高原、黄土高原与欧亚大陆连为一体。

在中原与吐蕃间,架起了一座座经济繁荣的桥梁,使得多民族文化碰撞融合,昭然在历史的天空,形成源远流长的民俗风情,你中有我,我中有你。战马的长城雄峙着,疆域之内,是一片翠碧的茶海;茶国里面,田园牧歌在广袤的大地上迎风飘荡。茶和马，点燃一路彤红的薪火，生生不息；夕阳之下炊烟袅袅，男儿女儿轻步欢笑，荷锄而归。

茶马古道上最后的驿站，迎来了专家学者，吃一碗豆花面，喝一壶二脑壳，再一次体味马帮汉子曾经的口福。白云山铭记着昔日的昌盛，燕子河依旧唱着亘古不息的歌谣。沧海变桑田，不变的是，茶和马组成的历史文化符号：霸王鞭噼啪出马帮汉子的彪悍，康北唢呐呜咽着他们跋涉的艰辛，羊皮扇鼓里马蹄踏踏，三弦子弹奏出望夫归来的泪水，打锣鼓草唱响在金色的田野，梅园神舞跳起古道曾有的欢乐，阳坝茶园翻滚着千年新绿，豆花面诠释着人家烟火的清淡浓烈，二脑壳浓缩着陈酿的历史记忆。

四川成都茶马市，陇南礼县盐官、宕昌县哈达铺、西和县长道、康县窑坪等地的茶马市，都被记载于陇南地方史志，铭记在当地老人们的口碑传说中，陇南的茶马市与四川成都的茶马市互通贸易，已有千百年的历史。所谓的"茶马市"，只是一个通俗的简略名称，它的实际内容要宽泛得多。主要原因为陇南以牛马驴骡、中药材、皮革、花椒等特产商品，长途贩运到四川成都，卖给那里的商贩，又将那里的特产商品茶叶、盐巴、水烟等贩运回来，以满足陇南及其周边的市场需求，不仅仅是"茶"与"马"的交易。

茶马古道，是指唐宋以来至民国时期，汉、藏、西域之间以各自特产相互交换为主要内容的古代商贸通道。茶马古道是中国西部经济、文化、民族和宗教交流的走廊，是一条人文历史最丰厚，自然风光最壮观的商旅线路，是极其珍贵的历史文化遗产。

早在两宋时期，朝廷就在阶州、成州、文州、宕州、西和州设有茶马场，由国家直接管理进行大规模的茶马交易。据现存成县的宋《世功保蜀忠德之碑》记载，"置互市于宕昌，故多得奇骏。辛巳之战，西路骑兵甲天下"。南宋朝廷一度时间下令停止茶马交易，致使军中无战马可驭，为此，负责防守陇南地区防务的吴挺多次上书："马者，兵之用也，吾守罢去，不忍一旦误国军事"。最后，朝廷下令恢复茶马交易，大量战马又源源不断输送到京师及其他各地的南宋军队中。朝廷为了确保对茶马交易的控制，责令秦蜀道沿途地方官吏负责辑拿私售茶叶的茶商，《徽郡志》就明确记载："董颜威，绍兴中河池尉。益以茶商百余，遂捕之。"宋代河池即明代徽州，捕获私售茶商百余，可见当时此地茶马交易之兴盛。明代文学家汤显祖在茶马诗中写道："黑茶一何美，羌马一何殊"，"羌马与黄茶，胡马求金珠"。足见当时茶马交易之兴旺与繁荣。

康县境内的茶马古道是国内发现仅有的碑文佐证的茶马古道。多少年来，人们都知道有这条古道存在，但是否是茶马古道，一直没有出土的实物佐证，直到《察院明文》残碑被意外发现。这块残碑是在康县望关乡政府西北约一百米处山垭的石猫梁上发现的，石猫梁东面斜坡石路上依然存有古代人工开凿的石台阶，现存有二十级，长约十一米、残碑宽七十厘米、高九十厘米、厚十八厘米，有可辨认的碑额"察院明文"和碑文"巡按陕西监察（御史）……示知一应商人……茶马贩通番捷路……"等字样。而残碑的发现地望关乡，自古就是一道三岔口关隘，此地三山合抱，二水环绕，一道通往武都，一道通往成县，一道通往康县，战略地位极其重要，历来为兵家必争之地。

据陇南市政协文史学者焦红原先生考证，此碑是明代所立，这块残碑的发现，为康县境内有一条远古时期的茶马古道提供了有力的佐证。这条茶马古道是陇南联系西北丝绸之路和西南茶马古道的重要驮运枢纽，起步点就在康县的窑坪。康县历史上有三个有名的驿站，一个是兰皋驿，在康县东北七十五公里处的大南峪；一个是平洛驿，在康县西北三十五公里处的平洛镇；另一个是将利驿，在今成县镡河乡将利村。康县毗邻陕西、四川，自古是连接西南、西北的重要通道。历史上康县境内的茶马古道，曾经有力地促进了康县经济文化的大发展，特别是受到来自境外文化的深刻影响，与本土民情风俗相互融合，相互促进，逐渐形成了自己独具特色的地域文化，留存、传承和发展了大量丰富多彩的非物质文化遗产。

　　陇南康县地处陕甘川交会之处，是连接内地和西南、西北的重要通道之一。东接陕西汉中，北连天水、陕西宝鸡，南接川蜀，因其地域的独特和物产之丰富，是大陇南文化圈里的一块奇特地带。独特的地域环境和历史上的民族迁徙与民族融合，以及太平天国运动、茶马古道等都在这里留下了丰富多彩的民族民俗文化，成为后人取之不尽、用之不竭的宝贵精神财富。民间音乐有打锣鼓草歌、木笼歌、毛山歌、唢呐演奏、三弦弹唱；民间舞蹈有羊皮鼓舞、霸王鞭、梅园神舞、康南花鼓；传统戏剧有木偶戏、秦腔演唱等；民间美术有刺绣、氏族家谱绘制等；传统工艺有造纸术、"二脑壳"酒酿造、铸铧等。特别是"女婚男嫁"或"男到女家"的婚俗尤其独具特色。在多变漫长的社会背景下，康县民众世世代代用自己的勤劳和智慧，与外来人口一道，传承、创造、发展了异彩纷呈的民间民俗文化。

　　正如著名民俗文化学者仲富兰所指出的那样，"民俗文化是沟通民众物质生活和精神生活，反映民间社区和集体的人群意愿，并主要通过作为载体进行世代相习和传承的生生不息的文化现象。它由历史沿传而来，又是在现实中生生不息的，具有一定特色的风俗、习惯、心态、制度等，是一个内涵极其丰富、外涵相当广泛，反映民间文化最一般规律，反映在建筑、民居、生产工具、生活用品；语言、文字，或者表现为抽象的性格、习惯、民族心理、思维方式、价值观念，作为一种行为方式、生活模式和文化认同而存在于民众当中。"

　　那些马帮的潇潇嘶鸣远去了，茶园一片静谧，那条沧桑古道，镌刻在石碑上，淹没在苍山云海的记忆之中。马的历史使命，早就已经完成，茶香温馨着整个世界，地球村原本就应该是一座和谐的茶庄。幌子在风中飘舞，无数的灯笼，挂在千年不老的银杏枝头，红花与果实，唤醒后世的人们生发出无边的遐想。最后的驿站，又一次红火起来了，伸展出康县山民的双臂，把远方的来客拥抱在温暖的怀里,用清凌凌的燕子河水,煮一壶浓香四溢的面茶,灌满古道,灌满热肠,让人们醉心在茶和马的滚滚红尘里,穿越了时空,让当代无数的人们慕名前来,凭吊遥远的经济文化遗迹和曾经书写了民族史诗的历朝马帮汉子。

手磨轮回的圈眼,吐出乳汁;清亮亮的浆水点进去,魔幻出一锅鲜嫩的豆花。大肚子长嘴巴的茶壶铜光闪闪,煨在木炭爆星的火盆上,青烟袅袅,二脑壳的酒香,勾引着南来北往的远方来客。门前的栈道和索桥,翻新了一千四百年的茶马古道。流光溢彩,把陕康蕃连成一线,却又弯弯折折,犹如九曲回肠。茶的河流不断滋养着茫茫草原,马的脊背上驮着唐宋元明清,直到民国初年,繁华落定,只剩下了这个最后的驿站,孤立在陇南康县的苍山老林、白云深处,为曾经的喧嚣,为史籍的辉煌,为一条古老的茶马之路,默默作证。

娄炳成,甘肃省作家协会会员、民间文艺家协会会员。发表小说、散文、戏剧、文艺评论等作品300余万字。现已退休,

西汉水："天水"的发源地

田　佐

"天水"一名，始于何时，所名何由，向为学者所关注。或"湖水"说，或"五行"说，或"河水"说，等等，纷纭莫辨，难衷一是，但大都欠较强说服力。近来翻阅有关资料，竟发现"天水"一名与西汉水有着难以割裂的关系，故不揣简陋，亦以一管之见，就教于各位同仁。

一、汉水与"天水"的关系

《山海经·西山经》："嶓冢之山，汉水出焉。"《水经》："漾水出陇西氐道县嶓冢山，东至武都沮县为汉水。"郦道元《水经注》云："诸言汉者，多言西汉水。"又引阚云："汉或为漾。"

上引诸说，可归结为漾水即汉水，古称"汉"，而《水经》的"汉水"或"漾水"，亦即今之西汉水。

何谓"汉"？《诗·小雅·大东》："维天有汉。""汉"，指天河、银河，所谓云汉、天汉者也。在先秦，"汉"是天河、银河的专称名词。

这里便牵出一个问题：古人为什么会把发源于嶓冢山的水称作"汉"呢？为说明此问题，我们不得不从远处着笔。

在人类的初期，人们的方位观念并不像现在一样，有东、南、西、北、中、上、下、左、右等等，那时的人由于生产生活实践的狭隘，形成了认识上的极大局限，他们以太阳为标准，只知日出日落，故在他们的方位观念中，只有东、西两个方向。太阳从东方地平线升起，到西边的高山中落下，自然，西边的高山就是太阳居住地"天"（天字的甲骨文像正立的人头上方有一块方形天空。许慎以小篆已变形的字形解作"颠"，与初意不符），亦即至高无上的地方。古籍中多以"天门"在西北方，很能说明些问题。那时，华夏民族的祖先活动区域的最西缘就是今天的西汉水流域上游地区（古称西垂）。而雄伟高大的冢山雄居"西"地，那么，其最高端是否就是当时人们观念中的"天"呢？回答是肯定的，《山海经》《淮南子》中有许多关于天帝的记述，均与嶓冢山有关，可为证。为此，则发源于"天"的水，自然可称为"天上之水"，简称"天水"。

这个时期的"天水"，不是地名，而是专指汉水，亦即西汉水。至于"维天有汉"则可视为居住在关中平原地区（或西汉水流域以东地区）人们对西汉水发源的认识。

二、"天水"与"天水家马"鼎的关系

1971年底，礼县永兴乡蒙张村在搞农田基建时，掘得一秦墓葬群，所出器物被在场群众哄抢一空。次年春，县文化馆干部马从善到蒙张村征集到一批秦时期的货币、兵器、青铜器等文物，其中最具历史价值的便是"天水家马"鼎。该鼎青铜质地，高22.5厘米，口径22厘米，重4.5公斤。盖表、腹上部各阴刻篆隶书十三字："天水家马鼎容三升并重十九斤"，该器被专家学者考证为秦器，名为"天水家马"鼎，现藏礼县博物馆。

据《汉书·百官公卿表》载："太仆、秦官，掌舆马，有两丞，属官有大厩、未央、家马三令，各五丞一尉……武帝太初元年，更家马为马。""家马令"是

秦初设置的仅次于太仆的高级马政官职，其级别与大厩、未央二令平，是朝廷委任的重官。对"家马"解释，颜师古云："家马者，主供天子私用，非大祀、戎事、军国所需，故谓之家马。"可知，"家马"是天子私家之马。

西汉水上游，为古西垂地，土地肥沃，水草丰茂，又有盐井，是非常理想的繁畜之地。这里出产的马匹高大雄健，耐力持久，在上古时期，既可为优良的战马，又可为优良的运载工具。嬴人非子曾在此为周王室牧马，"马大蕃息"，被周孝王封为附庸，邑于"秦"，足见其地产马条件的优越。直至如今，该地域的盐官骡马仍饮誉全国。秦人在这里设品质要求极高的皇家牧场，有其内在的必然性。

此时的"天水"，已成了地域（牧场）名，但不是行政区域。而且必须说明，"天水家马"鼎的铭文是"天水"一词的第一次出现，由此，"天水"一名的产生至晚可上推到秦代。

三、礼县草坝《南山妙胜廨院碑》与"天水"的关系

1990年，在礼县红河乡草坝村出土了一通宋代《南山妙胜廨院碑》，碑高95厘米，厚12厘米，竖书小字共28行700余字。碑文称："秦州南山妙胜院，敕额古迹，唐贞观二十三年赐额昭玄院、天水湖。"宋太祖建隆元年赐敕改"妙胜院"，将"天水湖"改为"天水池"；元符三年十月二十七日，秦州经略安抚使周渤夜梦该院降龙尊者居天水池，特奏朝廷，"大观元年八月十二日降御封香，令则近祷于天水池佛殿焚香"。九月六日圣旨降到，敕皇天水池佛殿赐"惠应殿"，宣和三年正月十九日奉旨将"惠应殿"改为"法祥殿"。据以上碑文，足见宋代从皇帝到地方各级官吏对妙胜廨院的重视，也可以看出当时妙胜院的规格、盛况及影响，说明"天水湖"所在之处应是一个宗教和文化活动的中心。

那么，妙胜廨院在何处呢？当然，石碑出土之处最能说明问题，而碑文又有明确记载："南山妙胜廨院，在天水县茅城谷，有常住土田。"宋代天水县治在今天水市秦州区天水镇，辖境包括今礼县东部地区。"茅城谷"即"峁城谷"，即今之流经礼县红河乡全境和盐官镇、马河乡部分村庄的峁水河谷地带。峁水河发源于礼县红河乡，南流注西汉水，全长约四十里。该河谷古遗址很多，有学者考证，西县故址即在此河谷内的岳、费家庄一带。南山妙胜廨院在峁水河流域，那么，"天水湖（池）"自然亦当在此地。赵文汇先生考证此湖在草坝村东南头，可备一说。

此时的"天水"，成了湖泊（池）名，该湖所在地自晋至清隶秦州，其地望，当在礼县红河乡草坝村附近。

总结以上论述，我以为，"天水"一名起源于西汉水上游，其地望当在东北起自峁水河谷，西南至大堡子山，即今礼县的红河乡、盐官镇、永兴乡、祁山乡一带，其起始时期至晚当在秦末。只是到了汉武帝三年，从陇西郡分析出十六县置郡时，便将"天水"用为郡名。从那时起，"天水"才成了真正意义上的行政区域名。直至东汉时期，仍在西汉水上游设有"天水关"（今秦州区天水镇），为诸葛亮收服姜维之处。

| 田佐，甘肃礼县人。陇南地方文化研究工作者。

《西狭颂》摩崖审美价值八面观

高天佑

《西狭颂》，本名《惠安西表》，全称《汉武都太守汉阳阿阳李翕西狭颂》，简称《李翕颂》或《西狭颂》，俗称《黄龙碑》，是东汉灵帝（刘恒）建宁四年（171年）六月十三日，由东汉武都郡下辨道（今陇南成县）人仇靖撰文并书丹的摩崖石刻，是东汉时期典型的隶书书法作品，现位于甘肃省成县西鱼窍峡中、天井山下，国家4A级风景名胜区《西狭颂》景区之内。

《西狭颂》由额、图、文、颂、题名五部分构成，篆额"惠安西表"四字，是典型的汉代草篆。正文右侧刻有《五瑞图》，古人称之为"邑池五瑞图"，即黄龙、白鹿、嘉禾、木连理、甘露降和承露人画像。颂文在图之后，面壁而向，即其左侧，阴刻隶书，竖行二十行，满行二十字，共计三百八十五字，每字约四至六厘米见方。颂之后为小字题名，隶书竖行十二行，计一百四十二字。正文记载武都郡太守李翕之身世生平，歌颂其为官武都太守之时，主持修复西狭栈道、便利商旅、为民造福的德政业绩。

《西狭颂》因是摩崖石刻，镌刻于山野悬崖峭壁之上，故而艺术风格粗犷雄强，字迹简洁古质，布局结构美观；"五瑞"图画像则由线刻构成，造型简约古朴、形象气韵生动，排列组合有序、雕刻刀法有力；是古代极其罕见的图文并茂、珠联璧合，形式多样、内涵丰富的摩崖石刻。

同时，《西狭颂》与位于陕西省汉中市的《石门颂》、略阳县的《郙阁颂》同列为"汉代摩崖三大颂",简称"汉三颂"。相比较而言,《西狭颂》是"汉三颂"中保存最为完整的一座摩崖刻石,更显其宝贵。所以,二〇〇一年七月,《西狭颂》及其周边摩崖石刻,被国务院公布为"第五批国家级重点文物保护单位",二〇一六年十月,《西狭颂》又被中国书法家协会评定授牌"中国书法名碑"。

作为东汉晚期书法文化的重要遗存之一,"西狭摩崖石刻群"以《西狭颂》摩崖石刻为轴心,以《郙阁颂》《耿勋表》和《汉将题记》为支撑,不仅凝结着东汉晚期社会生活各个方面的历史信息,为我们了解东汉晚期西北地区的社会生活,尤其是为我们认识武都郡的历史现状提供了可靠的依据。而且,一千八百五十年以来的历史时期,地方文人、官宦缙绅围绕它,或访古凭吊,观摩题刻,以志行踪之所至;或游览赏景,吟诗作文,抒发怀古之幽情,寄寓胸中之块垒……同样也积聚了不同时代的,艺术的、文化的、军事的历史信息。这些产生于不同历史时期的人文信息,以文字、绘画、雕刻的艺术形式,在岩石这种普通而又特殊的物质形态上固定了下来,且愈积愈厚,构成了相互传承而又风格各异的文化积淀和艺术积淀。这一不断累加、不断沉淀的文化与艺术现象,已经成为一份取之不尽、用之不竭的地域历史文化宝藏。

一、壁立原址、风貌依然的完整美

《西狭颂》与位于陕西汉中的《石门颂》、略阳的《郙阁颂》皆以地为名,并称为"汉隶摩崖三大颂",简称"汉三颂"。"三颂"集中于秦巴山区峡谷地带,均就地选石、摩崖刻成;都记述、颂扬了开通道路、以利商旅的人和事,地缘相近,相距咫尺,艺术造诣虽各具情态而又呈现出近似的审美风格。与山东等地传世、出土的众多东汉碑碣相比,若要观赏"三颂"、槌制拓片,皆需跋山涉水、探险登临。因此,"三颂"作为奇特的艺术形式——摩崖，具有融历史人文景观和自然风光于一体的特点，有着非同于一般碑碣的审美魅力。

然而，令人无比遗憾的是，国内现存的三处东汉大型摩崖石刻——汉三颂，却有两处已惨遭自然与人为之毁损；或剥离于崖壁，置之于室内；或炸裂为碎片，仅存凤毛麟角。昔日置身于大自然怀抱之中，大气磅礴、巍然屹立的风姿，至今已是或面目全非，或惨不忍睹。唯独《西狭颂》仍壁立于原址，风貌依然，显得弥足珍贵，堪称珍宝。

《石门颂》，原址在褒斜古栈道之南端，即今陕西省汉中市褒河乡境内褒谷之中。一九六七年，因在石门要修建大型水库，遂将该摩崖从洞壁上凿出剥下。一九七一年，始迁往汉中市博物馆陈列。虽然碑文保存尚完整，但因选石原本欠佳（此摩崖石为云母石英片岩，石质酥脆，抗蚀、抗震力很差），碑石已是裂缝纵横。其实，早在东汉时期崖壁就有裂缝。如其中著名的"命"字末笔拖垂长达两个字的位置，就是书丹者巧妙地利用了崖壁裂缝的结果。

《郙阁颂》，其原刻位于今陕西省略阳县西三十里的析里碥白崖。据陈显远《郙阁颂摩崖考》一文记述，南宋绍定三年，"沔州（今略阳）太守田克仁见原刻露处江边，受风雨浸蚀，剥落日甚，恐久绝迹，乃仿原刻形制大小，重刻于县南七里的灵崖寺。"明代万历年间，略阳知县申如埙对田氏仿刻右上角剥落的一大片加以补刻。一九七七年十一月，因修沿江公路，原刻被炸毁，后聚合而迁于灵崖寺内，与南宋仿刻、明代补刻同聚一处。《郙阁颂》原刻全文四百七十二字，至今清显者仅百余字。

与上述"二颂"命运不同，《西狭颂》摩崖因地处偏僻狭谷，山势险峻，人迹罕至；加之选址选石俱佳（此摩崖石质坚硬细密，表面磨制后光滑坚致），其上又有天然石龛覆盖，所以至今仍壁立于原址，风貌依旧。成为中国书学史和碑版保护史上的一个奇迹，受到中外学者和艺术家的高度重视。《西狭颂》摩崖有"惠安西表"四字篆额、三百八十五字正文、文前

《五瑞图》及其题榜十五字、正文后题名一百四十二字和四周历代访古题刻均清晰可观，保存十分完好。故清人杨守敬曾评其："首尾无一字缺失，尤可宝重。"当代书法家佘雪曼评价道："这块首尾完好的石刻，对于今天的我们，应是最佳的范本。"

二、书法雕刻、图文并茂的形式美

《西狭颂》摩崖石刻，不仅以其气韵高古的书法艺术为人们所称道，而且以其书法与雕刻合璧、颂文与图画并茂的石刻艺术形式美，在"三颂"乃至现存众多历代摩崖中异彩独放、别具风采。《西狭颂》摩崖文层次清晰、文笔流畅、语言朴实、言简意赅，是一篇难得的东汉表体文章。正文前，以阴线浮雕手法刻制有"五瑞"图。图之上方：黄龙昂首腾飞，白鹿引颈长鸣；图之下方：甘露降洒，嘉禾茁壮，木连骈枝。每幅图像或旁侧、或上方均有隶书大字题榜。"五瑞图"象征着武都太守李翕主政期间，武都郡境内政通人和、风调雨顺、五谷丰登的太平景象。

"五瑞图"及手持托盘的"承露人"画像，刀法娴熟、线条流畅、古朴生动，为研究东汉时期的绘画、雕刻艺术及当地的农业生产、民俗服饰等，都提供了宝贵的实物资料。同时，就整个摩崖石刻艺术来看，"五瑞图"是其重要的有机组成部分之一，是正文内容形象直观的注解，是这块珍贵的石头书最美妙的插图。

不仅如此，右面状似梯形的图像部分，与左面铲币状的正文形成了先图后文、图文相照、虚实相生的整体艺术形式美。综观摩崖整体，书法、雕刻、绘画与表颂文有机结合，四者融为一体，可以说是历代摩崖石刻艺术中罕见的图文并茂、珠联璧合的佳篇奇构。

三、叙事颂人、着墨有度的内容美

《西狭颂》本名《惠安西表》,全文五百二十七字,可分为表文、颂辞和纪年题名三部分。

表文部分三百一十七字,根据内容可分为四个层次:从开头至"致黄龙、嘉禾、木连、甘露之瑞"为第一层,主要介绍了李翕的身份籍贯、从小受到的良好教育及其家世情况,并概述其"德治精通"、屡致祥瑞的政绩。从"动顺经古"至"粟麦五钱"为第二层,主要叙述了李翕任武都太守之时施行德政的准则、方法及其所取得的显著成绩。从"郡西狭中道"至"惴惴其栗"为第三层,形象地描述了西狭栈道的险恶情状,以及给行人商旅造成的危害。从"君践其险"至"乃刊斯石"为第四层,主要叙述了李翕亲自考察西狭栈道,并派遣官员加固拓宽栈道的经过,以及过往商旅与当地居民额手称颂的欢悦情景。这一层是表文的中心层次和主体部分,也是《惠安西表》全文的中心所在和破题处,亦即重点凸显了"惠安西"三字之内涵。

颂辞部分五十六字,这是表文部分悠扬和谐的余音,是《惠安西表》全文的诗歌化总结。其中虽不乏溢美之词,但以表文所述事实为基础,简要而比较真实地赞颂了李翕高贵的品德和显著的政绩,而不像西汉及后世的长赋大颂那样,连篇累牍的诡谀之言,叠句重章的虚夸之语。仇靖作为封建社会下层文人和李翕的随从官员(秘书),能做到这点,已属难能可贵。

纪年题名部分共一百五十六字,其中包括十四个大字和一百四十二个小字。大字标明了摩崖造碑的具体时间,小字注明了参与此项重大工程的郡、县官员的姓名及其官职、籍属。该部分也是《西狭颂》摩崖石刻艺术的有机组成部分之一,是对正文的说明和补充,是我们研究摩崖建造状况和东汉边疆少数民族地区地方官制的第一手资料,也是我们研究、临习《西狭颂》书法艺术不可多得的原始依据。

总观全文，着笔以叙事表功，说明情况为主，颂扬人物、抒发感情为次；叙事简明扼要而不铺张繁缛，颂人褒扬有余而略具阿谀之嫌。有关治路、摩崖造碑情况，以及参与郡县官员的述载都很清楚，较好地体现了"表"体文"标著事绪，使之明白"的特征与要求。摩崖文不仅记述了李翕这个封建官吏的美德与善行，也为我们研究"表"这种古代实用文体提供了较好的范例。

四、行文流畅、言简意赅的文笔美

明朝人吴讷《文章辨体序说·表》引"西山云：'大抵表文以简洁精致为先，用事忌纤巧，铺叙忌繁冗。'"《西狭颂》无论从内容的表述，还是从表述方式、语言风格上都突出地体现了这些文体写作要求。从其表述内容看，《惠安西表》紧扣标题组织、安排内容，以叙事颂人为主、说明抒情为次。叙述清晰练达，颂辞简短扼要，主次分明，详略得当。而全文仅有五百二十七字，可谓"简洁精致"矣。

从表述方式来看，表文部分第一层介绍李翕简历及政绩，使用了说明的方式，语言平实，一目了然；第二层介绍李翕在武都郡为官牧民的方法、原则和取得的成绩，采用了评论和叙述相结合的方式，先评后述，扼要简明；第三层则采取描写的方式，形象地再现了西狭道路的险恶；第四层以叙述的方式，比较详细地记载了李翕主持修治西狭栈道的经过。第二部分"颂辞"，则使用了诗歌的表现形式，语言典雅，音韵和谐。第三部分纪年和题名，又使用了说明的方式。这样，叙述与说明、描写、评论、抒情相结合，散文韵文相比翼，通过多种表达方式，完美地表达了叙事颂人的内容与主题。

从语言风格上来看，表文通俗易懂，文风平实质朴。正文八十九句，行文以四言为主，间以参差不齐的杂言；长句短句相错，整句散句相间，读来语气自然平和，语调抑扬顿挫，文意明白流畅，文辞十分优美。其体式正合于《文体明辨·表》所言:"至记其体,则汉晋多用散文,唐宋多用四六。"同时,表文还运用了引用、比喻、对偶、排比、叠词、顶真等多种修辞方法,强化了表意,藻饰了文采,扩大了容量。

关于《西狭颂》的文笔,前人从文章学角度已有初步认识与评价。清人陈奕禧说:"汉德(仇靖之字)、子长(仇绋之字)奇思横出,制为雄文,运兹妙笔,君臣懿美,并传来骥。"清人王昶也说:"二仇盖深于文学者。"的确,武都郡太守李翕高尚的品德、良好的修养、卓著的政绩,若没有仇汉德凝练的文章与卓越的书法给予记录和表现的话,其人其碑恐怕将会要么湮没尘霾、默默无闻,要么沦为下品、为人不齿。反之,作为随从官的仇靖超人的书艺、练达的文笔,若没有武都郡太守李翕善美的德政为基础和表现内容,恐怕也很难产生出形式与内容、目的与手段结合得如此完美的艺术精品而流传千古。

五、方正雄伟、气势博大的章法美

《西狭颂》书法艺术的美学特征,首先表现在整体布局的方整雄伟、气势博大方面。对此,古今书家、论者有口皆碑。

清人杨守敬评其"方整雄伟",首次指出了《西狭颂》章法所具有的阳刚美特征。梁启超赞其"雄迈而静穆",又指出了其雄强苍劲、平和神虚、亦刚亦柔的美学特色。也有人称其"书法精整宽博、气势宏大,在汉碑中实不多见。"简要地概括了其章法美的内容。佘雪曼先生曾说:"《西狭颂》的艺术特点,是庄严浑穆,天骨开张,有博大真人气象。"可谓惮悟之语、知音之言。

当地研究者中,张鹏飞先生认为:"在众多摩崖中,唯《西狭颂》结构布白十分匀整有致,全碑气韵贯通,又错落有致";"方劲高古又稍见秀逸,气势雄浑中又渗入瑰丽，形成了自己的格局和风貌。"以感悟之语指出了其章法布白雄浑而秀丽、刚中见柔的美学特征。王林宝先生则认为："布白很宽松，在宽松的氛围中又有着一定的严密，显得胸开气阔、博大精深，有海纳百川之势，有满腹文韬武略的大将风度。"形象而生动地道出了自己对其布局的独到感受与发现。

综上所述，不难看出，自古至今论者对《西狭颂》书法艺术的审美判断，首先都不约而同的着眼于章法的方整雄伟、气势博大方面。这是因为："古人论书以章法为一大事"（董其昌语）；亦即康有为所解说的："古人论书，以势为先"；"盖书，形学也。有形则有势。兵重势，拳法亦重扑势，义固相同。得势便则已稳操胜算。"这位博学君子的阐释，可谓形象简明而又通俗易懂。

与《石门颂》全文二十行、每行三十字或三十一字所构成的长方形布局不同（暂撇开题额不论），《西狭颂》全文纵横皆为二十行，这种极其方正的布局，在古代碑碣中确属罕见。而在我看来，它恰似一盘围棋，黑白双方势均力敌，拼杀得难解难分，各自正在奋三军之志去争夺最后的一个"金角"（其第十六、十九、二十行三行空缺未满）；又如古代两军对垒时阵地前沿勒车立马的战阵，虽然呈现暂时的静止状态，却给人以气势咄咄、威不可犯、密不可入、牢不可破之感。即使是全文结尾处三行因缺字而形成的参差不齐的空档，也好像是这个方阵故意打开的袋口，令人望而生畏，不敢轻举妄动。似此章法，如布棋、如运兵，难怪古今人们异口同声："气势真不凡啊！"

由此看来，书家姚孟起先生所言："作隶，须有万壑千岩奔赴腕下气象。"真可谓是深解隶法之三昧的经验之谈、真灼之见。

六、势方意圆、雄强疏宕的书体美

关于《西狭颂》书体之美，清代方朔说："字大纵横不下三寸，宽博遒古。"康有为评道："疏宕则有《西狭》。"梁启超赞其"雄迈而静穆。"以上三家从各自不同的角度，指出了《西狭颂》书体宽绰古劲，于方正之中见沉静，于雄迈之中见虚和的美学特色。也有学者认为："结构势方而意圆"，精确地指出了《西狭颂》书体外形美的特点。

如前节所述，虽然正方形的章法给人以气势磅礴、雄浑有力之感，但这种雄伟感不是从龙腾虎跃的动态或长枪大戟的威猛中表现出来的，而恰恰是通过书体所呈现静态的庄严肃穆感得以充分体现的，是静极生动所产生的效果，是由三百八十五个正宗汉隶古朴平稳的结构、外密内疏的间架、方圆错综的笔画，经过有序排列、巧妙组合所生成的内在力量的外现。这才是《西狭颂》不同于其他摩崖和碑碣，从而拥有独特风貌和超凡脱俗神韵的秘密之所在吧！

所以，正是其书体造型势方意圆，刚中有柔；雄强疏宕，静中有动的特点，便为其章法的雄浑博大奠定了坚实的表现基础。由此可见，仇靖作为一位杰出的隶书大家，是深深懂得和善于应用书法就是一种造型艺术这一书学至理的。

如果说，从章法分析，布局方正严整、茂密雄强、气势夺人，显现了整体造型力量的宏大的话。那么，再从书体考察，其字型结构宽绰平稳，古拙而又柔婉，刚健而又潇洒，则又显示出每个字个体结构造型的力量。

透过《西狭颂》章法的茂密雄强、外密内疏，书体的敦厚稳重、外刚内柔，我们似乎都能从中感受并体会到雄伟而静穆、茂密而疏宕、古劲而虚和的阳刚之力与阴柔之气的和谐统一。这的确是一种非常高妙的艺术境界，是中国古典美学思想的完美体现。我想，如果理解了《西狭颂》章法与书体所呈现的疏密相间、虚实相生、刚柔相济、方圆相调的东方古典辩证思维特点，及其所生成的奇妙、魔幻之力；那么，书法、太极拳乃至气功为什么会使练习者延年益寿这一奥秘也就迎刃而解、豁然明了。也许正是这个原因，清人徐树钧评价《西狭颂》所言"疏散俊逸，如风吹仙袂，飘飘云中"，可谓妙悟之语。而有学者引清人杨岘题跋并分析说："'古而肆、虚而和'的特色耐人寻味。它浑穆的气象、开张的架势、遒劲的笔力，无不体现出汉人博大的胸襟。"则是从汉人思想与心理方面指出了《西狭颂》书体美的原因。

另外，《西狭颂》被日本人视为"隶书的典范"，"汉隶的正宗。"我以为：这是因为《西狭颂》一反当时通俗流行隶书的扁宽结体，而依然坚持和保留了作为汉人思想与审美偏好的方正古朴书体的缘故。我们看到，《西狭颂》虽为隶书，但其结体不仅保留性地融入了篆体圆通古劲的韵致，而且也已经显露出稳健方正的楷书造型。正是由于其书体隶中有篆、隶中见楷的特色，故而其书体便自然呈现出势方意圆、雄强疏宕的审美特征。

七、方圆兼施、朴拙遒劲的运笔美

《西狭颂》书法艺术的审美特征，还表现在运笔方法的方圆兼施和运笔风格的朴拙遒劲方面。

有学者指出："《西狭颂》字画短，短则易见朴拙。像《乙瑛》《礼器》长，长则易出潇洒"藉此就"三颂"来看，《石门颂》之所以奇纵恣肆、风神逸宕，就在于其运笔不仅瘦劲，而且笔法流畅，长画较多。例如著名的"命""升""诵"等字。而《西狭颂》《郙阁颂》运笔沉着稳健，笔画较短且多粗笔，所以显得更为朴拙遒劲。

兴许如此，日本松井如流先生把《西狭颂》和《郙阁颂》同分类于第七——"点画有力富野性者"不过，就二者之古拙而言，《郙阁颂》的朴拙是凝重而天真的，其稚拙多于精巧；而《西狭颂》的朴拙是悠闲而洒脱的，其巧妙多于拙意。诚如有人所言："虽形短而气势万丈，于空灵逸宕、变化多端之中蕴万千之境。"兴许这也是日本真田但马先生把《西狭颂》分类于"朴素有趣者——浪漫派"，而把《郙阁颂》分类于"朴素强劲者——古劲派"的理由所在吧。

关于《西狭颂》的运笔方法，今人亦多有论述。有人认为："通碑虽全为隶书，但用篆法处颇多"，"运笔方圆兼施，溢史折笔意"，"其笔画则方圆错综、粗细相济、轻重互用，欲方先圆，以显其高妙。"这里对《西狭颂》运笔的分析，侧重于篆法在隶体中的渗入、存留与运用，指出了《西狭颂》书法运笔的承继性特点。也有人认为："多取方笔，不乏圆笔"，"方笔取险，圆笔对比，方圆相济，以方为主"；"圆笔藏锋，不失篆意；方笔出锋，向正书演变"，"许多字体点画已具正书面目"等。这一分析，看重于篆法与隶法的相互作用，并密切注视着隶体中所显露出的楷意。

那么，为什么运用了方笔和圆笔，或者说因有了篆法的渗入和楷意的流露就产生了运笔朴拙遒劲、书体平正稳健、疏宕虚和的美感呢？这是因为："所有书画刻印艺术的手段都是线条——直线和曲线，或者两者的结合。直线能获得坚硬有力、质朴稳健的效果；曲线则给人以运动、轻快、文雅和优美的感觉。"这段话，乃是我们借以洞察《西狭颂》卓越的运笔美实质的一面镜子。

具体而言，正是由于其对篆法有一定程度的坚持与保留，那些圆融婉转的曲线在运笔、结体中的介入，才使我们感受到了"疏宕""虚和""瑰丽""秀逸""洒脱""典雅""悠闲"等等柔美的品质。正是由于其对于隶法的波磔跌宕、简洁率直，以及对于楷法的方笔出锋、刀头切入笔法的钟爱，那些粗壮、坚硬，甚至有些锋利的线条在运笔、结体中的出现，才使我们感受到了"雄迈""静穆""雄强""遒劲""雄浑""方劲"等等阳刚之气的显露。

记得康有为曾说过："余谓隶中有篆、楷、行三体。"他认为《石门颂》

为"隶中之草",《郙阁颂》为"隶中之篆"。若依此类推,则《西狭颂》当然就是"隶中之楷"了。众所周知,在我国汉字与书法发展的历史长河中,隶书是篆楷之间过渡的桥梁。如果说《郙阁颂》肥雍稚拙的运笔特点,保留了较多大篆意趣;属于书风比较保守的一派;《石门颂》飘逸恣肆,出现了较多行草笔意,书风渐趋于革新一派的话;那么。《西狭颂》就是承前启后,继往开来的汉代隶书杰作。它运笔方圆兼施,篆法隶形楷意相参并存、谐和相生,书体方正平稳、静穆虚和的特色,忠实地记录了汉字由篆经隶向楷嬗变发展的生动有趣的全过程。《西狭颂》摩崖在汉字演进史和书学史上的地位与价值,也正体现在这一点上。

八、儒家审美观与辩证思想之美

为了便于论述,上面我们通过七个方面来论述了"西狭摩崖石刻群"艺术的审美价值问题,尤其是将《西狭颂》文章之美与书法之美各分成两三个方面的特征加以分析。而事实上,《西狭颂》摩崖石刻艺术是一个有机的整体,它的总体美当然是通过各个有机的组成部分,从不同的内容、角度与方式来给予共同表现的结果。例如,其书法之美中章法美的"方整雄伟、气势博大",乃是通过"势方意圆、雄强疏宕"的书体美和"方圆兼施、朴拙遒劲"的运笔美具体加以体现的,在其实质意义上相互是根本不能分割的。

从上文各个侧面的论述中,我们还发现了两个秘密,这就是贯穿于《西狭颂》摩崖石刻艺术之中的两条红线:

一是无论从李翕其人的颂扬、政绩的陈述上,还是文辞的写作、书与文的结合、书体的设计、"五瑞图"的配置、摩崖石刻整体结构的安排布置等方面,都严格遵循和体现着儒家学派的政治思想和审美规范。

例如:李翕政绩、五瑞图像,体现了孔子所倡导的政治思想——"仁政""德治",以及统治阶级一旦施行这一政治思想后所产生的强大神力和巨大的社会效益:"君昔在邑池,修崤嵚之道,德治精通,致黄龙、白鹿之瑞","是以三剖符守,致黄龙、嘉禾、木连、甘露之瑞","咏歌懿德、瑞降丰稔,民以货殖。"再如,表文中数处引用《诗经》诗句,且叙述李翕幼年生活,也以"敦《诗》悦《礼》"来衡量和赞颂,充分体现了孔子"诗主教化""不学《诗》,无以言"的儒家文艺观。表颂以朴实简练的文笔来写贤人善行的内容,并以方正舒展、雄健秀逸的书法来给予表现,则体现了儒家代表人物孔子"文质兼美",孟子"尽善尽美",荀子"不全不粹不足以谓之美"和扬雄"文德兼美"的美学思想和审美追求。而其章法的方整雄伟,书体的静穆虚和,则又体现了孔子"威而不猛""文质彬彬,然后君子"的完美人格标准,如此等等。

二是《西狭颂》书法艺术所表现的诸多审美特征的背后,让人感觉到那里总是站着一位鹤发童颜的老人,那位老人就是中国古代朴素的辩证思想。只要我们细加考察,就会发现:辩证思想的火花闪现于《西狭颂》书法艺术的各个角落。

例如:在章法布局上,密中有疏,疏密相映,实中见虚,虚实相生;在书体造型上,势方意圆,方圆相调,如"以、古、而、山"等字;以斜为正,斜正相照,如"姿、惴、歌、瑞"等字;在运笔方法上,以圆写方,方圆兼施,如"于、守、伯、宿"等字;拙中见巧,巧拙互用,如"督、继、幼、广"等字。在笔画处理上,粗细(轻重)相间,刚柔相济,如"嘉、阿、卫、朝"等字;增点减画,点画呼应,如"克、土、害、谷、寡"等字。诸如此类,不胜枚举。限于体例与篇幅,容当另文再论。

作者在此意欲指出的是:儒家思想及其审美观与古代朴素的辩证思想,乃是生成《西狭颂》书法艺术"自具瑞丽"审美风格的筋骨,也是建构起《西狭颂》摩崖石刻艺术具有丰富多彩的古典艺术美审美内涵的梁柱。

高天佑，现任陇南市人大常委会副主任、教科文卫委员会主任委员，陇南市社会主义学院院长。

甘肃省《西狭颂》文化研究会副会长，甘肃省轩辕文化研究会顾问，民盟陇南市"陇学"研究院院长；天水师院陇右文化研究中心特邀研究员，陇南师专历史与文化旅游学院客座教授。著有《西狭摩崖石刻群研究》《西狭颂研究在日本》《杜甫陇蜀纪行诗注析》《陇右诗选注》（与人合著）《陇南重大自然灾害研究》（与人合著）《玉桴集》（与人合著），主编《陇蜀古道——青泥道研究论文集》（合编）。另有现代诗集《迎风而唱》，连环画《西和乞巧》，连环画册《画说乞巧》等文艺作品。其中《西狭摩崖石刻群研究》一书荣获"第四届甘肃省优秀图书奖"，中国艺术研究院"学术著作（提名）奖"。

历史上的成县杜甫草堂

张 忠

甘肃成县杜甫草堂是一座纪念伟大诗圣杜甫的祠宇，又称"成州同谷县杜工部祠堂"、"同谷草堂"、"子美草堂"、"诗圣祠"，俗称"杜公祠"。这一文化积淀丰厚的先贤殿堂，从始建迄今经历了漫长的兴衰史。为了弘扬地方传统文化，让更多的人对杜甫草堂（以下简称草堂）的历史沿革、人文景观、自然风光及其文化内涵等加深了解，本文拟就这些问题作一简述。

草堂是民意的象征

杜甫作古后，唐代诗坛上的樊晃、元稹、白居易、韩愈等著名诗人，曾对杜诗给予很高的评价。但真正普遍推崇杜甫则是到了北宋中叶和南宋中叶这两个阶段。其主要表现在以下几个方面：第一，尊杜崇杜，大力搜集、整理、刻印杜诗；第二，注家蜂起，形成了千家注杜之风；第三，修建祠堂，在杜甫游历栖迟之处建立工部祠，镌刻诗碑、祠碑。

杜甫在同谷居住的时间虽然很短，但对同谷留下的影响却很深远。同谷秀才赵惟恭捐地五亩，县令郭慥在其上建立了工部祠堂，诗人、成州知州晁说之为之作记，晁说之说："古人得庙祀，或因乘时奋厉，以治易乱；或因为民父母官，有德于民；或因崇仁笃行，有功于风俗。像杜甫这样，以老儒士身屯丧乱，羁旅流寓，呻吟饥寒之余，数百年之后，即其故庐而祠焉，如吾同谷之于杜工部者，殆未之或有也。"（《成州同谷县杜工部祠堂记》）。

胡宗愈说："先生以诗鸣于唐，凡出处、动息劳佚、悲欢忧乐、忠愤感激、好贤恶恶，一见于诗，读之可以知其世。学士大夫谓之诗史。其所游历，好事者随处刻其诗于石"。（《成都草堂杜甫诗碑亭序》）陆游也说："我思杜陵叟，处处有遗踪。锦里瞻祠柏，绵州吊海棕。"（《感旧》）事实确实如此，在杜甫游历栖身之地，几乎都有他的祠堂、塑像和诗碑、祠碑。从有关典籍和地方志乘可知，仅陇右工部祠堂就有8处之多，而成县杜甫草堂则是秦、陇、蜀、荆、楚、豫等地修建最早的祠宇之一。

清初胡承福曾在《同谷八景说》中写到："同谷古今名胜地，其间水秀山奇，美不胜收……乾元中，公从此入川，爱兹山水、泉石，留连逾月，不忍遽去。邑人思其高风，立祠而春秋祀之。庙貌依然，泉石如故，千秋瞻拜所至，当亦乐游从之，为盛事也。"

从"立祀而春秋祀之"到"千秋瞻拜所至"，这正是表达民心民意的一种象征。"

草堂始建年代辨析

成县杜甫草堂始建的具体年代，直到20世纪80年代前一直众说纷纭，莫衷一是。

《广舆记》云：诗圣流寓四川途中曾于此"结茅而居，后人感其高风，即其址立祠祀之。"

明万历四十六年（1618年），成县教谕管应律撰《重修杜工部祠记》云："少陵公祠，其来远矣。"

两记对草堂的始建年代均含糊其词。

民国三十二年（1943年），成县县长陶自强在《成县杂忆》中云："考此草堂建于宋绍熙间，中供工部塑像，春秋二祀不绝。"此论未提出其具体根据，故难以让人置信。

1962年，当地文史学者徐克林著文称：绍兴是南宋第一个皇帝赵构的年号，绍兴三年（1133年），成州郡守宇文子震去杜工部草堂游访，并勒石镌刻了《杜工部草堂》一诗。宇文题诗、刻石这一事实说明，草堂修建必在这之前。但具体时间，徐文没有确定。

为了搞清草堂始建的确切年代，1984年4月下旬，笔者应邀有幸参加了在成都草堂举行的杜甫诞辰1270周年大会暨杜甫研究学会第二届年会。会后曾拜访了研究杜甫的知名学者、著名诗人、四川大学历史系资深教授缪钺先生。先生看了拙文《杜甫陇右行踪综述》及"少陵钓台"拓片后，称文中提到的杜甫行踪遗迹是"研究诗圣在陇右行踪的一个罕见发现"。并说："要弄清成县杜甫草堂的始建年代，可参阅一下北宋宣和年间成州知州晁说之的《嵩山文集》，也许会有帮助。"之后，随先生到川大历史系图书馆浏览了《四库全书丛刊续编》景印旧抄本中的《嵩山文集》。经先生指点迷津、成都杜甫纪念馆研究员扬铭庆先生鼎力相助，笔者全文抄录了晁说之在成州写的3篇有关杜甫的文章，成县杜甫草堂始建的迷雾终于廓清。

从晁说之的3篇文章中可知，晁氏在短短的几年间，不仅舍财出力兴建了"成州同谷县杜工部祠堂"和"灌凤轩"、"发兴阁"等3处纪念杜甫的祠宇轩阁，而且撰写了文情跌宕、记事感怀的《灌凤轩记》《成州同谷县杜工部祠堂记》《发兴阁记》等3篇散文佳作，并镌刻于石。惜这三通重要的宋代碑刻可能于明代前就已散佚。

特别值得一提的是，晁说之在宣和四年（1122年）二月二十六日撰写的

《濯凤轩记》提供了一个非常重要、无可辩驳的事实："杜工部昔日所居之地，新祠奉之者也。"也就是说，在宣和四年二月濯凤轩告竣之时，"新祠已开始祀奉"，说明杜工部祠堂必建于宣和四年之前，即宣和三年（1121年）。近些年有的出版物和报刊署名文章曾毫无根据地片面断言草堂建于宣和五年，此论与晁说之《濯凤轩记》中所述事实相悖，可谓误也。

草堂人文自然景观

晁说之倡导、郭憺于宣和三年始建的草堂位于县东南凤凰山下、飞龙峡口。由于同谷百姓崇拜杜甫，敬重杜甫，数百年来，草堂一直保存完好。1954年夏天，笔者看到的草堂基本上是清末民国以来遗存的原貌，草堂主体建筑为两进两院，沿中轴线往上为草堂大门，两面是一副明刻板对，上联刻：天地尚留诗稿在；下联刻：江山亦藉草堂传。门楣上悬一匾额，榜书："诗圣祠"。进入院内，南北各有一排厢房，穿过庭院，上几级台阶，二门两边，刻有一副明代楷书板联，上联刻：一片忠心微寓歌吟咏叹；下联刻：千秋诗圣独追雅颂风骚。走进二门，是一座清幽的祠院，正殿大门两侧是一副清刻楷书对联；上联刻：李杜朔神交诗圣酒仙我忝列通家子弟；下联刻：陇秦寻故宅龙蟠虎踞公先占同谷江山。正殿庭堂上方是清代成县著名书法家姚嗣云写的草书巨制匾额，上书："气吞江海"。下方是杜甫全身塑像，两旁各有一手捧诗笺的诗童。殿内南北墙壁间和殿外雕花窗棂下墙中镶嵌着十二通宋、明、清历代镌刻的诗碑、祠碑。

南宋偏安江左后，成州成了抗金保蜀的军事重地，常有朝廷精兵驻境。文武官员每到成州，都要拜谒草堂，并多有题名、刻石。据张维著《陇右金石录》载，与之相关的题名、刻石就有3处。

一处题名是绍定三年（1230年）郭镒所题。题名内容为"章贡郭镒文重以制幕来城同谷，偕郡守常山李冲子和丞资中杨约仲博阅视龙峡守关之备，因谒杜少陵祠，观万丈潭。绍定三年七月乙卯。"此题名凡8行，正书，摩石刻字大1寸6分。

两处刻石一是"玉绳泉摩崖"。玉绳泉在飞龙峡中万丈潭西侧。杜诗"玉绳回断绝"即此。摩崖勒宋代诗人俞陟诗一首：

万丈潭边万丈山，

山根一窦落飞泉；

玉绳自我题崖石，

留作人间美事传。

另一处是"子美谷摩崖"。谷后岩壁上勒"潭云崖石"4字，正书，字大1尺6寸，取杜诗"停骖龙潭云，回首虎崖石"中每句末两字，为清道光四年（1824年）所刻。

草堂故址位于县东南7里飞龙峡口，这里水带山环，霞飞雾落，百鸟争鸣，风景宜人。西侧为仙人崖，崖顶巉岩状肖如虎。杜诗有"停骖龙潭云，回首虎崖石"之句。从草堂向南，即是飞龙峡，河水流经，相传有龙飞出，故名。中为万丈潭，洪涛苍石，其深莫测。万丈潭之上，水自岩窦飞落，状如玉绳，悬溜似练，水极清冽。万丈潭东南侧有一状肖凤冠的山峦，水经注云："中有二石双高，其形若阙，汉世有凤凰栖其上，故谓之凤凰台。"这些景观杜诗中均有名句传世。如："龙依积水蟠，窟压万丈内。"（《万丈潭》）"玉绳回断绝，铁凤森翱翔。"（《大云寺赞公房之三》）"徘徊虎穴上，面势龙泓头。"（《寄赞上人》）"山峻路绝踪，石林气高浮。"（《凤凰台》）

草堂傍山依水，岩峦峻秀，松竹耸茂。后有子美崖、子美谷、子美泉诸景观。草堂院内有八棵苍劲的古柏，大门外有1棵古槐，花圃里有斑竹、海棠，一树一态，一枝一景，构成了迷人的胜景奇观。

厚重的历史文化给草堂增添了丰富的内涵，优越的自然条件营造了可唤起万物峥嵘的生态环境，一尘不染的清新空气和山光水色组成了神奇幽美的人间仙境，自古以来，一些风流倜傥的文人墨客，或者经纶满腹的高人隐士，多来此拜谒吟咏，听风涛水吼，为赏心乐事。

草堂诗联简说

自唐宋以来，杜甫栖迟过的同谷，大凡文人雅士、名宦乡贤，都有缅怀杜甫的诗、联，或怀古，或拜谒，或凭吊。最早的当推咸通十四年（873年），即杜甫流寓同谷114年后，成州刺史赵鸿的《杜工部茅茨》一诗。诗云：

工部栖迟后，邻家大半无。

青羌迷道路，白社寄杯盂。

大雅何人继，全生此地孤。

孤云飞鸟外，空勒旧山隅。

赵鸿为一代名宦，善诗工书，他在成州任上做了好几件有益的事。一是勒刻了杜甫的《万丈潭》诗；二是写了《杜甫同谷茅茨》一诗；三是在杜诗提到的玉井，题刻了"鹿玉山狮子洞石室玉井三题；四是刻石同谷曰："工部题《栗亭十韵》不复见"，为《栗亭十韵》的散佚深为惋惜，并题诗曰：

杜甫栗亭诗，诗人多在口；

悠悠二甲子，题记今何有？

由此可见，迫于当时的流亡生活，杜甫散佚的诗歌肯定还有不少。

宋绍兴三年（1133年）成州郡守宇文子震题《杜工部草堂》诗云：

>　　燕寝香残日欲西，来寻陈迹路逶迤。
>
>　　江涛动荡一何壮，石壁崔嵬也自奇。
>
>　　鸡犬便殊尘世事，蛟龙常护老翁诗。
>
>　　草堂欲见垂扁榜，却忆身游濯锦时。

诗歌对草堂一带的自然风光作了淋漓尽致的描绘，对诗圣杜甫的坎坷遭遇倾注了发自内心的同情。

到了明、清，在草堂题诗咏怀几乎成为风气。明嘉靖三十二年（1553年），按察使洮岷兵备副使杨贤于是年仲春往游草堂，特赋七律一首，以纪此行。诗云：

>　　三春花柳乱啼莺，古木丛祠傍曲成。
>
>　　一代风骚归大雅，千秋臣节仰名卿。
>
>　　苔碑藓碛寒烟护，远浦遥岭暮霭横。
>
>　　唐室只今无寸土，草堂终古属先生。

清初著名诗人宋琬顺治间任四川按察使分巡陇右时，也曾专程拜谒草堂，他心驰神往，触景生情，即兴题了两首五律：

>　　最爱溪山好，因成秉烛游。
>
>　　碧潭春响乱，红树晚香浮。
>
>　　橡栗遗歌在，苹蘩过客修。
>
>　　先生如何起，为我听吴讴。

>　　少陵栖隐处，古屋锁莓苔。
>
>　　峭壁星辰上，惊涛风雨来。
>
>　　人从三峡去，地入七歌哀。
>
>　　欲作招魂赋，临留首从回。

近代题咏草堂的咏怀之作也不乏其人。20世纪40年代,甘宁青监察使、诗人高一涵壮游成县,曾赋七律一首,表达了对杜甫的咏怀之情。诗云:

飞龙峡口路迷离,龙去潭空异旧时。

一掌平原同谷县,数椽矮屋杜公祠。

萧萧短发荒山客,耿耿孤忠故国思。

我亦无家堪送老,白云深处望仇池。

自唐宋以来,历代名公咏歌以纪其胜者,在同谷可谓众星捧月,不胜枚举。鉴于篇幅关系恕不一一列举。

草堂楹联六副:

一片忠心微寓歌吟咏叹;

千秋诗圣独追雅颂风骚。

回首望秦州谷远时萦行客梦;

驰心在唐室江清鉴及老臣忠。

天地尚留诗稿在;

江山亦藉草堂传。

唐室只今无寸土;

草堂终古属先生。

明:杨贤撰

李杜夙神交诗圣酒仙我忝列通家子弟;

陇秦寻故宅龙蟠虎踞公先占同谷江山。

清　李焌撰

一谷风清问先生真穷极到此；
四壁诗满笑后人何胆大如斯？
民国初　刘朝陛撰

草堂历代修葺概述

在漫长的岁月长河中，草堂曾历尽沧桑，规模几更，然而其遗址始终保持原貌。从明、清至民国几代都有人维修、改建和续建，规模逐渐扩大，确也肃穆雅致，颇有气势。

据地方志乘记载，草堂建成后，从南宋至元代，连年战乱，兵刀相继，祠宇年久失修，濒于倾圮，直到万历四十六年春，知县赵相宇奉命尹成邑，特前往谒祠，并登堂拜像，见栋宇倾圮，风景依然，乃捐俸命教谕管应律修葺之。不久落战，"祠焕然一新"。事竣管应律请题名纪胜，赵侯义不容默，骑马挥一律，洒洒传神，颇有盛唐之风。

清光绪十一年（1885年）甘肃学政陆廷黻、知州叶恩沛发起重修草堂，知县李焌主其事。修葺后的草堂宽敞高大，气势宏伟，令游人流连忘返。

1942年，成县县长陶自强进行了再次修葺。陶自强在翌年写的《成县杂忆》中翔实地记述了修葺经过："清明日，余偕诸同事登堂展谒，祠宇年久失修，濒于倾圮。自清光绪时县令楚南李焌曾为修葺。数十年来无人过问，乃与县人士发起修复，咄嗟间得数千元，墙瓦启牖，焕然一新，又于祠外辟精室数楹，以备游客之居，虽不能与浣花之媲美，亦不失为历史上一名胜。"这次修葺奠定了草堂后来的规模，使草堂呈现出崭新的面貌。

数百年来，草堂虽几经摧残，但同谷百姓却一次又一次把她修复起来，使这一被誉为我国文学史上的圣地，成为后人永远瞻仰的地方。这里的一砖一瓦，一碑一石，一溪一水，一草一木，无不充满诗情画意。如果借杜甫的诗句，到草堂寻觅诗人的遗迹，定会使人心情愉悦，雅兴倍增。

> 张忠，1938年生，笔名肃啸，甘肃成县人。1960年毕业于甘肃省立成县师范学校。先后在国家、省级报刊发表诗歌、散文、游记、随笔、文史散论等1600余篇（首），并多次获奖。著有《成州春秋》《成县史话》。

陇蜀道青泥岭的文化精神

| 许占虎

徽县是一个与道路密切相关的陇上小城，北接天水，东邻关中宝鸡，南通四川等地，是蜀道上的重要组成部分，早在西周就南北通途。公元前206年夏秋因刘邦夺取关中"明修栈道，暗度陈仓"而闻名，南北朝时期更是佛教传播的南北通道，唐宋时期是南来北往的大通道，更是南宋王朝抗金守疆的前沿阵地。后元、明、清至民国通蜀主要通道。今天，宝成铁路、十天高速、316国道贯穿全境，古代与今天路的走向一脉相承，堪称远通吴楚和入川的大动脉。

今天，我要与大家交流的是"陇蜀古道，青泥岭道"。2010年以来，笔者作为研究地方文化的作者，对徽县段蜀道及青泥岭进行了多次考查，从古遗址、古遗迹、佛教、道教、石窟造像、摩崖碑刻，对历代出土文物进行了甄别研究，对历代古蜀道的走向路线进行了较为翔实的考察与研究，通过考察，对徽县青泥岭古道有一个较系统全面和清晰的认识。

一、青泥岭古道历代属交通枢纽

青泥岭主峰绵延20多公里，海拔高达1902米，是蜀道从长安到四川成都途中三道险岭（秦岭、青泥岭、剑门）中的最险山峰，其地理位置复杂多样，是最崎岖、最雄伟、最壮观险要的一岭。据《史记》记载，这条古道从殷商通蜀，秦以前称故道，汉代称陈仓道和嘉陵道。青泥岭以北至陕西宝鸡为北故道，以南至陕西汉中沔水接金牛道这段为南故道。历史上把这条古道总称为蜀道，它从长安到成都全长约1626公里。唐代开辟入蜀官道，系国道大动脉、入蜀之高速公路。唐宋时期，青泥古道属交通枢纽。由于青泥古道是自古秦通蜀之要道，因此属交通大动脉。南来北往的商贾贸易经此转运。南边的茶叶、丝绸、造纸、印刷发展很快，加上南方的手工业，如青瓷、扬州的制玉业等源源不断沿长江输到嘉陵江运往长安，而西北的盐、铁器、种子、美玉等源源不断输入江南，这期间青泥古道十分繁忙。唐宋时期不但经济发达而且佛教盛行，据《洛阳伽蓝记》记载，全国四大佛教名城（长安、扬州、成都、敦煌），成都、敦煌第二、三，长安、扬州第一、四，这就给南北僧侣云游说法互相传教提供了广播佛教的途径，也给古河池带来了丰富的佛教文化。据《唐史》记蜀绣是全国四大名绣之一，"蜀锦"被视为上贡珍品，产量全国第一，上贡唐朝君臣士大夫，下供南北富商骑士，远通丝绸至西伯利亚，王公贵族，胡人边疆。成都是中国雕版印刷术的中心，唐宋时大部分印刷品出自成都，成都除了有全国的重要茶市、蚕市外，还有草市、竹市，农作物盛产大米，这些商品源源不断沿蜀道运往长安和西北地区，给蜀道上游的故道沿途带来了更大的收益，唐宋以后直至今天仍然是南北的交通枢纽。

二、蜀道青泥岭在文学方面对历史影响极大

据《李白全集校注汇释集评》《唐史·文学史》《元和郡县志》卷二十二记载，公元742—744年李白送友人王炎入蜀途经青泥岭，写下了千古绝唱《蜀道难》。"青泥何盘盘，百步九折萦岩峦……天梯石栈相勾连。"据考证，青泥指现在徽县青泥岭，天梯指青泥岭主峰"铁山"，从山顶向下行走至嘉陵江"水会渡"渡口的半山腰中，山崖倒挂，道宽一尺半，两边有铁索相

钩，至今还有明显的柱孔。"上有六龙回日之高标"，高标泛指青泥岭主峰因高1746米形如"巾子"，诗中形容太阳神六龙驱车过往此峰当作标记。

公元759年冬，在栗亭驻足的杜甫闻讯友人李白入蜀，于是携家眷登徽县木皮岭，经白沙渡到青泥岭，经此道入蜀，打算与李白会于锦官城（现成都市），在青泥岭上写下了"始知五岳外，别有它山尊"、"朝行青泥上，暮在青泥中"。在《水会渡》一诗中为青泥岭留下了"山行有常程，中夜尚未安。微月末已久，崖倾路何难"的纪行诗句。

唐元和初年（806年），唐宋八大家之一柳宗元在青泥岭于陕西长举途中写下了《兴州江运记》，对青泥岭有专门描述："青泥山，又西抵于成州，过栗川逾宝井堡，崖谷峻隘，十里百折，负重而上，若蹈利刃，盛秋水潦，穷冬雨雪，深泥积水，相辅为害，颠镝腾藉，血流栈道，糗粮刍藁，填谷委山，牛马群畜，相藉物故。运夫毕力，守卒延颈，嗷嗷之声其可哀也。"该文记述了青泥岭山势险峻，四季雨水连绵，道路泥泞，蜀道天栈难行的情形，历史价值和文学价值极高。

唐代诗人韦应物于天宝年间路经青泥岭，夜宿嘉陵江驿站，写下《嘉陵江闻水声寄深上人》："凿崖池奔湍，称古神禹迹。夜喧山门店，独宿不安席。水性白云静，石中本无声。如何两相激，雷转空山惊。"诗人以现实和浪漫结合手法，吐露真情，对青泥岭脚下的嘉陵驿站直抒胸怀，对自然风光进行真实描绘。

唐代文学家元稹所写《青云驿》曰："苔绕青云岭，下有千仞溪。徘徊不可上，人倦马亦嘶……昔游蜀关下，有驿名青泥，闻名意惨怆，苦坠牢与狴……虫蛇吐云气，妖氛变虹霓。"诗人从青泥岭的高峰与险滩，把看到的险景与听到的艰难糅合自己的感悟，写出了青泥岭另外一种风光。

以诗人李白为代表的文人墨客，从长安通往蜀锦官城云集。途经青泥岭的有李白、杜甫、王勃、卢照邻、高适、岑参、韦应物、元稹、雍陶、薛涛、李商隐、康术、薛逢、柳宗元等十多位杰出的文学家和诗人,他们经过青泥岭时赞叹青泥岭的艰难、雄奇、壮观、高峻,或吐露真情,或抒发感慨,均留下了美丽的诗篇和歌赋,对唐代文化发展,对后世研究青泥古道文化有着深远而重要的意义。唐以后的宋、元、明、清、民国,历代文人学士写青泥岭的诗词歌赋约200余篇,为中华文化的发展创造了辉煌的一页。

三、蜀道青泥岭摩崖石刻、碑刻历史信息集中

青泥岭古道在今徽县嘉陵江畔,似一座巨峰冲天而立。古县城南门谓"通蜀门",从通蜀门向南五公里上青泥岭山门(即现在的太山庙周围),向南山继续攀登,山山相随,层峦叠嶂,层层拔高,把青泥岭托举在层云蓝天中。崎岖的山道,终年笼罩在茫茫的云雾中,迂回曲折,盘来盘去,行人整日在泥泞中跋涉,艰难异常。历代在青泥岭古道上设两个驿站,一个是主峰上的青泥驿,一个是嘉陵江畔的虞关驿。在23.5公里的区域内分布着历代摩崖石刻及碑刻71方。其中摩崖石刻8方,其他碑63方,记载着蜀道青泥岭的历史。刻于北宋嘉祐二年(1057年)的《新修白水路记》曰:"至和二年冬,利州路转运使主客郎中李虞卿以蜀道青泥岭旧路高峻,请开白水路,自凤州河池驿至长举驿,五十里有半,以便公私之行。具上未报即预画财费,以待其可……邮兵驿马156人,岁驿廪铺粮五千石,畜草一万围,另有执事役夫30人。"镌刻为北宋雷简夫撰文书写,刻石详述了白水路的修建和青泥古道兴废变迁史。摩崖右下方另有明代万历二十一年(1593年)陕西布政使陇右道按察司副使高应夔题诗石刻一方。

《新修白水路记》摩崖石刻因历史记述详尽,笔法圆润遒劲,学术价值和历史价值贡献突出,2006年5月30日被国务院命名为国家级文物保护单位。

刻于南宋吴王城摩崖石刻,高3.46米,宽1.56米,上刻碑文"制緫管府

口察",碑首8个大字,每字直径约21厘米,碑体内文字计16行,每行32字,共计约512字,小字每字直径约7厘米,字体属唐楷宫廷馆阁体,通篇属颜体,经辨认144字,有"有此事、军、川兵、自古、周郎,斩蛟龙,不见晋朝、南山、太尉、御前诸军"等语句。经新华网2014年5月刊《吴王城新发现摩崖石刻考证记》考证,青泥岭南吴王城摩崖石刻是南宋朝廷应用文本,其正文是褒奖南宋时镇守青泥岭仙人关守将杨从义的一篇文章,对研究南宋王朝当时的政治、经济、军事、文化有较高的学术和考古历史价值。

明代"玄天神路"摩崖石刻,又名"新刊修路碑记",位于大河店乡青泥村辛家吊沟村北,青泥岭古道左侧石崖上。高0.67米、宽0.40米、厚0.04米。碑额外上部自右至左横刻"玄天神路"四字,碑额自右至左分两行楷书"新刊修路碑记"6字,系明代万历二十九年(1601年)民间修路所立,碑文记述了当时巩昌府徽州坊下等里人民自发维修青泥古道的情况,是一处有关青泥古道的历史见证。碑文如下:"巩昌府徽州坊下等里人民,见口居物赉店,方圆一郡,口得官路。上自青泥岭,下至青泥河,土路坍塌,顽石阻隔,往来奔走不便,人人所忧虑者。今众等集乡约会,各施各资财粮石,发心修理道路。会首袁得郎、赵子科……张英。万历辛丑季春三月吉旦完路。"

清代有"远通吴楚碑"与"修路碑记"残碑。"远通吴楚碑"位于大河店乡青泥河村南前往李坝、铁山、太和庵的青泥古道左侧,高0.67米、宽0.40米、厚0.4米。系清代嘉庆十六年(1811年)青泥村附近百姓为整修青泥古道所立纪念碑。碑文记载了青泥古道自明代以来的通行路线、险易程度及当地百姓自发维修青泥古道的情况,是又一处有关青泥古道的历史见证。碑文如下:"徽县口虞关之通道也,自石家峡至杏树崖二十余里,路皆崔嵬,险阻可畏。自明以来,虽屡经口口,崎岖如故,往来负载莫不寒心。但功力浩大,难以举动。己巳秋,方左右奋发起念,同心协力,急施口口。悉内一旦成功,爰立二碑,以示不朽云。捐资人,首领:监生、介宾……嘉庆十六年四月吉日立。"

"修路碑记"为同期所立第二碑，碑额横向楷书"修路碑记"四字，内容专门刻载修路捐资人姓名。近年在修筑徽县至武家坪车路时，搬迁中断为两截，文字模糊，今存于青泥村党支部书记王志坚院边，徽县文化馆存有碑文拓片。

以上青泥岭摩崖石刻及碑帖对研究蜀道文化、青泥岭古道文化提供了翔实的历史佐证，在史学上、文化上都产生了巨大的影响，对青泥岭古道文化挖掘起到了不可估量的作用。

四、蜀道青泥岭历代寺庙建筑及石刻造像艺术源远流长

（一）历代寺庙建筑集中

依据《唐史》《宋史》《唐史·僧略记》《元和郡县志》《隋唐史》《南北朝史》《太平寰宇记》《佛祖历代通载》等考证，位于蜀道上的青泥岭有唐代寺庙建筑6座，北周石窟石造像1处。位于青泥岭东侧柏阴坡唐代万安院，从遗迹看规模宏大，建筑占地约8000平方米，已损毁殆尽，现存有宋人摩崖石刻"唐万安之院"五个大字、"大宋"两个小字，前五大字字体以颜体为形，每字约18×18厘米，横廋竖肥，右弯富有弹性，形体圆润大方，规整有力，后两小字属宋徽宗瘦金体。另一座在青泥岭主峰铁山楣下的太和庵，经历代维修现在保存较为完整。据《唐史》《唐代诗人传记》记载，公元756年夏唐玄宗李隆基为避"安史之乱"途经青泥岭。高适在潼关失陷后快马经渭水上秦岭来河池郡向李隆基报告军情，于青泥岭太和庵谒见玄宗。青泥岭唐代建筑寺院还有长丰寺、南禅寺、太山庙、罗汉洞等，规模宏大、建筑完美。现保存最完整的是太和庵和太山庙。太山庙内两棵唐代栽植的白皮松直干高约27米，直径约1.6米，是国家一级保护树种。北周佛爷崖石窟石造像堪称石刻艺术瑰宝，对

了解魏晋南北朝时期石刻艺术有较高的学术价值。

（二）佛教文化传播之路

徽县（古河池）青泥岭古蜀道上的佛爷崖石窟石造像，北邻麦积山石窟，南邻广元千佛崖，整体石窟造像从地理坐标上看凿刻在南北朝时期，佛龛石造像处在南北延伸带上；从简约的刀法、流畅的线条，圆润敦实的造像风格上看，与麦积山、广元千佛崖、敦煌莫高窟、云冈石窟等北周时期各窟佛造像一脉相承；从装饰技法、佛龛样式，龛楣垂幔的造型、莲台花瓣的拙板表现上、构图一佛二侍组合上看，与敦煌、麦积、蜀地北周石窟造像相近。这些共有的石窟造像特征，充分体现出北周时期佛教石窟造像艺术的大发展。又据《魏书·释老志》《洛阳伽蓝记》记载，北周各地寺庙达3万，当时佛教有四大胜地即敦煌、麦积山、长安、洛阳，并形成两条佛教传播通道。一条从敦煌起沿黄河北路向中原传播，这条道路曲折蜿蜒、高山险滩、河道纵横，一般要经历数月才能抵达长安洛阳。另一条是从敦煌沿古"丝绸走廊"中段到兰州，越黄河到陇西至秦州麦积山，后越西秦州小陇山到古河池（今徽县），向东经陈仓道入关中到长安、洛阳；向南翻越河池青泥岭，顺故道（又称陈仓道、嘉陵道）入长举（今陕西略阳县）到沔水（今汉中勉县），经金牛道到广元、成都，或顺嘉陵江到重庆直至吴楚。这个时期基本形成以秦州麦积山石窟造像为中心，南与巴蜀连接，以秦州为轴心的南北石窟佛造像走廊。而青泥岭佛爷崖石窟石造像恰是这条走廊上的一座石刻奇葩，对研究青泥岭古蜀道文化有着极其深远的意义。

（三）明清道教传播胜地

青泥岭主峰现名铁山，依据徽郡志记："唐时青泥宋名铁山"。海拔1902米，它横断蜀道，依江雄立，有东峰玉皇殿、观日台、云海台、舍身崖、有西峰紫霄宫、真无殿、修真观、复真观、山门、排殿、藏经阁、观峰台等。北峰有遇真宫、成仙台。半山腰有戏楼、太和庵。其东峰远眺有七十二峰之说。西峰周围有三十六峰之列。若愚天晴观之在嘉江涛水两岸如雨后竹笋排列，山岛竦峙，千山叠翠。

今年夏季当地重修排殿时平基挖出一块石碑，此碑记约500字左右，上面出现前朝溯字："唐宋以上，验风应于今日，传渚江汉而遥斯诚钟灵毓秀之奥区，光宜生渚。霜既久，风雨飘零，金碧辉煌、丹青灿灿……道人王来德"。这块碑文信息大概是明晚期重修真无祖师观时的记事碑。经考证，道人王来德是元代丘处机创立的龙门派第十三代掌门人来字辈。明清时期，道教界有"龙门子弟半天下之说"。全真教立下的清苦隐修、躬耕自养的教风、依旧保持着全真教原初风貌，而铁山成为当时道行天下、人与天一、天地交合，象征通泰的主要名山名观。原因有二：其一，青泥岭的太和庵的太和一词出自《周易·乾卦·彖辞》："乾道变化，各正性命、保合太和，乃利贞"。意思是说，大自然的运行变化，万物各自静定精神，保持完美的和谐，万物就能顺利发展。中国古代思想家认为宇宙天地万物是太和的，依据这一说法，青泥岭太和庵是指天地和谐、天地在这里交感，万物化生。其二，青泥岭主峰中的东峰目极有七十二峰，西峰目极有三十六峰，是出自《周易》中，一、三、五、七、九被称为天数，二、四、六、八、十被称为地数。中国古人把天代表圆，地代表方。是测圆方的周径比约为三比四，故而三、四两数不仅是圆方的象征数，更是十个天地数中正真的天数之数。而三的倍数是九，四的倍数是八，又由于古人认为天九地八分别是天地的至极之数。因而是定风水八的三倍为二十四向。"三十六（九的四倍）及七十二（八和九的乘积等数）视为可以配天配地、达成天地交感万物化生"，在南宋王象之的《舆地纪胜》一书中，把自然景观的数字已被赋予了天地交泰的神秘色彩。而青泥岭东峰和西峰出现的七十二峰、三十六峰也恰巧印证了这一点，这组神秘的数字不仅象征着青泥岭天地因交感而产生的那种神秘化生力量，而且象征着希望与天地合德，法象天地之道的道家风水名山。对陇蜀道青泥岭古道上的道家文化有一定的学术研究价值。

许占虎，甘肃宕昌人。发表诗歌300余篇。现为徽县督考办主任。

漫话望子关

李如国

家乡康县望子关，近些年因为在境内发现一块明代的茶马古道石碑，引起省内外历史文化学者们的普遍关注。这块碑的发现，对望子关，乃至康县、陇南都有标志性的意义，因为国内对茶马古道的研究都集中在"滇藏"南茶马古道上，对北茶马古道虽有各种史料记载，但都没有实物佐证，学术界一些人还对北茶马古道存有怀疑态度。这块碑的发现，不但证实了北茶马古道的存在，还证明了陇南是茶马古道的重要节点区域，也间接地证明了望子关、康县、陇南是陇蜀古道及南北丝绸之路的重要连接点和枢纽地区。

如果说，因茶马古道碑让望子关、康县，进入了省内外社科界专家的视野，那么，美丽乡村建设更让望子关、康县不断地通过荧屏、报刊和网络媒体走向了全国。我也经常到康县下乡或回望子关看看，亲眼见到美丽乡村建设给家乡带来的巨大变化，每次回家都有不一样的感受。每每看到家乡人们脸上洋溢的笑和他们的幸福生活，我都会为他们由衷地高兴，我也常常被乡亲们的热情和喜悦感动。在家乡，总有老人对我说："没想到现在生活这样好，现在的世道真的变了。"确实，家乡真的变了！家乡的变化无数次触动我的心灵，更激发了我多年来一直想写写家乡望子关的愿望。

在人类社会发展的漫长时空里，位于西秦岭南麓秦巴山地深处的望子关，小得如一粒砂尘，但在中华民族发展壮大的五千年历程中，望子关却同样经历了风云激荡、波澜壮阔的峥嵘岁月。一叶知秋，望子关的发展轨迹，就是中华民族发展的缩影和折射。在我眼里，望子关就是一部浓缩版的中华文明史。翻读望子关，可读出千百年来这片土地上白云苍狗、沧海桑田式的朝代兴衰更替和多民族先民们生生不息、昂扬向上的精神状态。

庚子年时令已过寒露，但每天还是阴雨连绵。在这深秋雨夜，遥忆曾经战火纷飞的望子关，真有陆游"夜阑卧听风吹雨，铁马冰河入梦来"的感觉。

寻找望子关历史本源，探索望子关文化血脉；抚今追昔，把酒桑麻；感慨沉思之余，那些望子关历史上的事件和人物一齐涌向笔端。我无法讲得头头是道，只好记起哪里说到哪里，索性就叫《漫话望子关》。

望子关地名的传说

"走到望子关，望儿泪涟涟"。这是我小时候常听的望子关当地民谣。听父辈们说，望子关的地名，来自于古代杨大人征西。说是番族叛乱，黑胡子将军杨大人领兵西征，在西征战役中，儿子丢失，在这里立马回头遥望儿子，期盼儿子归来，因此得名。后来我工作之后，对传说中的杨大人究竟是否杨家将产生疑问，并查阅各种资料进行过求证。

现在关于"杨大人"有两种说法。一种说法：杨大人是北宋杨家将杨六郎之子杨文广；另一种说法是南北朝时期古仇池国国主杨茂搜等人或名将杨大眼。

最近，读景笑杨主编的《中国民间故事全书·武都卷》，书中有《杨文广征西》的长篇传说，文章详细讲述了杨六郎之子杨文广征西的全过程。因故事较长，无法整篇抄录。其故事梗概是：杨六郎之子杨文广在驻守甘谷时，有哨兵来报，说是西礼一带的番族王坎达起兵反叛大宋。杨文广接到报告后安顿好甘谷事务，领五万人马，绕过西礼，经过秦州到达成州，在成州宿一晚后，第二天出发前往阶州。大军过了西汉水，沿平洛河向上走，走到一个三岔路口，杨大人看这里地势险要，道路最窄处的豁垭子地只能过一个人，可谓"一夫当关，万夫莫开"。他在感慨地形的时候，有人告诉他，他儿子在后面不远的沟峡地方掉了队，还没有跟上来。杨大人盼儿心切，就到山峁梁上望儿子，望了很久，还是不见儿子跟上来，由于军情紧急，杨大人只好领着大兵继续前行。后来的人就把杨大人儿子掉队的那个沟峡叫吊（掉）子峪，杨大人登高望儿的那个险关叫望子关。杨文广当天到了歇马店，在歇马店得知先行官杨文义牺牲，第二天杨文广把杨文义安葬在巡爷池上面的分水岭。之后，走到一个村庄，又歇下来等候儿子，这个地名后来叫候儿坝。过了候儿坝、东固城，来到一个山脚下，见一眼泉水，甘甜可口，这个地方后来叫甘泉。杨文广在甘泉驻扎，部队分驻在米仓山、雪岭山、五凤山等处。此时，为纪念牺牲的杨文义，在雪岭山北面山脚下建了杨侍郎庙，后来这个地方叫杨庙村。后从佛堂沟、龙凤、雪岭山、甘家山、北峪河流域几路进军，在阶州沿白龙江而上，到达两河口、西固（今舟曲）、下塄子、上塄子等地方。杨家将在阶州（今武都）、西固（舟曲）、宕昌以及今天西和、礼县的西北部等地方和番族打了几年，最终平定了番族。

杨大人征西的传说，在望子关周边一线传说甚广，因传说留下的地名主要有：丢儿坡，因为战役，父子走散，丢失儿子；酸草坡，将军失子心痛，眼酸流泪，泪水掉落于地，长出两簇青草得名；吊子峪，一说是将军得知儿子牺牲后，在这里祭奠凭吊；一说是将军的儿子在这里掉队；望子关，杨大人在这里登高望儿子；歇马，杨大人在这里歇马休整。候儿坝，杨大人在这里等候儿子；东古城，杨大人确定儿子牺牲的事实，在这里动哭声，后演变为"东攻城"；甘泉，杨大人的军队在这里饮马，喝干了泉水，后演变为"甘泉"。

杨文广征西只是传说，是不是真实的？《宋史·杨文广传》记载：

1064—1067 年（治平中），名将杨业之孙、杨延昭之子杨文广任成州团练使、龙神卫四厢都指挥使，迁兴州防御使。秦凤路副都总管韩琦让文广筑筚栗城，文广声言城喷珠，率众急趋筚栗，天暮时到达并将兵力部署安排就绪。次日天尚未明，敌骑兵大队人马突至，知不可攻破，便退兵，敌人留下书信说："当白国主，以数万精骑逐汝"。敌退后，杨文广派兵进行袭击，斩获甚多。有人问这次战斗的道理，文广说："先人有夺人之气。此必争之地，彼若知而据之，则未可图也"（录自陈启生编著《陇南地方史概论》）。

这段文字中虽未提到杨文广征西，但提到："名将杨业之孙、杨延昭之子杨文广任成州团练使、龙神卫四厢都指挥使，迁兴州防御使。"这就说明杨文广曾在成州任过团练使、龙神卫四厢都指挥使、兴州防御使等，曾在成州、阶州、兴州领兵打过仗，这就为传说《杨文广征西》提供了理论上的可能性。

又有一部分人认为传说中的杨大人，是南北朝时期氐族政权首领杨茂搜、杨难当、杨广香或北魏名将杨大眼等人，杨家将根本没有到过陇南。

东晋南北朝时期，全国各地割据政权林立，四方战乱不已。从公元296年到公元580年的284年中，陇南先后出现过仇池国、宕昌国、武都国、武兴国、阴平国等5个氐、羌民族地方政权，通称为陇南5国。其中，仇池国、武都国、武兴国、阴平国都是氐族杨氏所建。仇池国在国主杨难当时最为强盛，国土东至汉中，南逾广元，北达天水，西据宕昌，人口在50万以上。这一时期，陇南5国与中原十六国、南北朝等大国及周围其他地方政权频繁交往和连续战争，而望子关又是北上阶州、阴平、羌藏，南下武兴、宁羌的重要关隘咽喉之地，不断带兵过望子关的杨大人多得无法计算，其中不乏名将杨大眼。

原陇南市文广新局副局长、作家、文化学者龙青山，就认为杨大人是仇池氐族杨氏首领或领兵将官。他在《康县，氐人的故乡》中有这样一段论述：

康县平洛吕家坝对面，明月山麓原有一个广袤的大坪，叫二郎坪，缘起于那里曾有一座规模不小的杨二郎庙，后在清初发了一场罕见的山洪，坪成了沟，二郎庙也毁于山洪。但那条沟仍叫二郎水沟。吕家坝的老人说这个庙是杨大人征西死后为杨大人所建。史料中的杨大人只有仇池一族在康县境内活动频繁，绝不是连黄河都未过的杨继业父子。而且这个杨大人在征西过程中，在距二郎庙不远的地方留下的吊子峪，望子关的传说都在康县境内。学者李思纯在《江村十论·二郎神考》中考证，灌县二郎庙中的二郎神是南北朝时期的氐人杨难当，二郎神的三只眼是古蜀国纵木人的图腾。康县平洛的二郎庙亦是为杨难当所建，而不应是杨戬。大眼（当地转音为an）爷庙，在平洛河流域不止一处，均毁。称为大眼（an）爷庙，大眼（an）爷梁的地方不止一处，当地至今对大眼爷尊敬有加。大眼爷就是杨大眼，有时又叫大眼六爷。康县平洛的庙坪山，最早就有一座大眼爷的庙，后庙被毁，此地转叫庙坪山。康县平洛中寨对面上龙家坝西边一沟，原有一庙，最早是白马庙，后来因发生了巨蟒吞人的事件，才被改成了大蟒寺。庙中所供奉的白马爷让位于佛和诸神诸仙。还有云台的白马关，望子关的白马寺（明末毁于泥石流，据考在今望关乡政府山梁北面东侧）。这是氐人在康县境内的依据之三。

先放下杨大人是谁不说，再看一下传说中杨大人征西途经的路线。

我把康县叙事民歌《木笼歌》（又叫《花儿姐》）中花儿姐押解阶州走的线路和杨大人征西中成州到阶州段路线比较，基本一致。《花儿姐》的路线是：成州、西城门、西大寨、广化、抛沙河、黄龙潭、小川、丢儿坡、大船（川）坝、泰石山、药铺沟、龙凤桥、团庄、平洛、中寨、吊子峪、马嘴石、望子关、贾家店、歇马店、燕儿崖、东固城、佛崖、窄峡子、旗杆坪、甘泉、庙底下、毕家山、佛堂、汉王寺、仓园、东江、阶州。

木笼抬到丢儿坡，送葬人群庄前过。

白发老人送青发，黄叶未落青叶落。

木笼抬到大船坝，两个女子打连枷。

连枷扇子上下翻,世道啥时翻过家。

木笼抬到泰石山,山尖插进云里边。
玉皇耳朵象石崖,千遍万遍叫不喘。

木笼抬到药铺沟,解差大人要喝酒。
林秀掏钱买一斤,一边喝酒一边走。

木笼抬到龙凤桥,上下摆动左右摇。
林秀想替没法替,花儿姐笼中罪难熬。

抬上木笼过团庄,庄边有人高声讲。
阶州知州他姓吕,贪赃枉法爱美女。

木笼抬到平洛街,半年无雨遭旱灾。
皇粮一颗也不减,十家九困把牙歇。

木笼抬到中寨里,两个女孩挖菜哩。
宁在阳间喝菜汤,不到阴间赶道场。

木笼抬到吊子峪,碰见两个吊死鬼。
冤鬼要去阎王殿,要向阎王诉冤屈。

木笼抬到马嘴石,百姓户户没粮吃。
家家寻菜把命救,苜蓿苦苣填肚子。

木笼抬到望子关，望子关前站一站。
手扳指头仔细算，还吃几天阳间饭。

木笼抬到贾家店，林秀替妹把命算。
九十九条是死路，除非州官把驴变。

木笼抬到歇马店，郎吃包子姐吃面。
郎吃包子把泪掉，姐吃面条无心咽。

木笼抬到燕儿崖，花儿姐盼大雨来。
盼望久旱逢甘雨，百姓才不把饿挨。

木笼抬到东固城，只有人家没有城。
穷山恶水产量低，一户更比一户穷。

木笼抬到佛儿崖，观音菩萨坐莲台。
观音菩萨瞎了眼，民间冤屈你不管。

木笼抬到窄峡子，抬进庙里歇尕子。
听说龙神很灵验，许愿也是比屁淡。

木笼抬到旗杆坪，旗杆坪上埋新坟。
一个女人冤枉死，不知她是哪里人。

肚子饿了没有劲，木笼实在抬不动。
勉强抬到甘泉里，抬不动了干旋哩。

木笼抬到庙底下，抬不动了撂求下。
民夫歇尕还得抬，不然又把皮鞭挨。

眼看太阳到端天，木笼抬到毕家山。
肚子饿得咕咕叫，吃了几颗洋芋蛋。

抬上木笼过佛堂，过路的人个个讲。
弯弯曲曲羊肠路，永远不走也不想。

木笼抬到汉王寺，天黑找个店来住。
梦见林秀在怀里，全是刀子都挨哩。

抬上木笼过仓园，苦胆锅锅熬黄连。
人人都说窦娥苦，花儿姐我更可怜。

木笼抬到东江水，花儿姐心头无限悲。
死到临头全不顾，大胆和哥亲了嘴。

木笼抬到教场坝，花儿姐一切全不怕。
悲极生乐哈哈笑，到死要把贪官骂。

木笼抬到城跟里，林秀忙去买草席。

买哩再买一根绳，一席要卷两个人。
——摘自李争楠著历史叙事民歌《木笼歌》

说到地名，我还想说说康县的乡镇地名。康县乡镇的地名大多数"没文化"，或者说文化含量低，这在弘扬优秀传统文化，推进地方文化建设中存在地名上的"先天不足"。譬如：两河、三河，这只是河流在地理位置上的排序；碾坝、豆坝、王坝、长坝、周家坝、迷坝、阳坝，叫坝的多，但都只是地理方位和形态上的坝，没有多少文化含量。

康县地名有文化含量有大南驿（兰皋镇）、白马关和平乐。但可惜的是大南驿（兰皋镇）现在叫大南峪，平乐现在叫平洛，一字之差，意义就变了；白马关，变成了云台，名字虽然漂亮，但却抛开了历史文化元素，有云里雾里的感觉。同样，望子关在近二三十年叫转名了，好好的望子关，现在叫成了"望关"，让人有点遗憾，好在现在望子关公路沿线的文化旅游宣传牌、高速公路收费站上方地名都是望子关。康县地名传承延续最好的是铜钱，这个据传在明代铸造过铜钱地方，现在仍以铜钱命名是幸运的。

我有一个观点，在广大农村或城镇，要弘扬传承中华优秀传统文化，要寻找乡愁要留住乡愁，首先要尊重千百年来传承的地方名称，对地方名称除了个别不雅或带有歧视、污蔑意味的名称之外，最好不要随意改地名。一个地名叫了几百年，祖先的祖先在叫，当祖先生活的世界沧海桑田、物是人非的时候，只有那地名没变，地名中已经包含了几十代人、几百代人的乡愁情感和历史文化积淀，这样的地名像父母心里儿女的乳名一样，已具有灵性。陇南市政协文史委副主任、文化学者焦红原在他的《四川江油武都与甘肃陇南古白马氏地武都地名联系初解》中提到，四川江油也有个地方名叫武都。经他考证，原因是这里原是最早甘肃武都的移民，他们为了纪念家乡武都，把这个地方起名为武都，而且这个地名一直叫到现在，武都这个地名，早已成为这个族群的乡愁寄托。

望子关，"茶马贩通番捷路"

一溜溜山，两溜溜山，三溜溜山，
脚户哥下了个四川，诶，脚户哥下了个四川。
一朵朵云，两朵朵云，三朵朵云，
雨过天晴出了彩虹，雨过天晴出了彩虹。
一阵阵风，两阵阵风，三阵阵风，
古道上传来了笑声，古道上传来了笑声。
一串串铃，两串串铃，三串串铃，
骑走骡摇了个舒坦，骑走骡摇了个舒坦。

——甘肃民歌《下四川》

这首流传广泛的甘肃民歌《下四川》，形象地反映了古代茶马脚夫们，背着行李，赶着马帮，艰难地行走在茶马古道、荒山野岭上，仰天高歌，思念故乡；或哼唱小调，消困解乏的场景。我之所以说起《下四川》，是因为这首民歌最早是西北"花儿"歌王朱仲禄在陇南礼县采风时，根据礼县山歌改编的。一首古秦地的山歌，经朱仲禄改编后在全国传唱，并成了西北"花儿"的名曲之一。也就是说，这首民歌的源头"山歌"在陇南礼县一带。作为同在西汉水流域、离得很近，又在陇蜀古道、茶马古道一线的望子关，应该也是这首"山歌"的传唱地。

茶马古道，是指唐宋以来至民国时期，汉、藏、西番之间以茶叶和马匹相互交换为主要内容的古代商贸通道。在两宋时期，大规模的茶马交易主要发生在陕、甘地区，明代是我国历史上茶马互市的黄金时期，也是茶马古道最兴盛、最繁荣的时期，承担了四川、汉中及湖南等地同陕西、甘肃、宁夏、青海番地茶马交易的主要任务，成为当时最重要的茶马商道；茶马古道干线及支线所经路线主要在陇南境内，徽县火钻镇为明代巡茶御史的官署之地，负责监管全国养马苑围和茶马交易，成为全国茶马交易的管理中心。

陇蜀茶马古道南起成都（今四川成都市），北至秦州（今甘肃省天水市），这条道路早在先秦时期，就是西南通往西北的主要交通道路，是主干线，其主要路径是嘉陵道、陈仓道。成都为卖茶地，汉中为茶叶加工地，秦州为卖茶买马地。茶叶由成都运至汉中加工后，再集中运至略阳，过青泥岭或新修白水路，再至秦州（今天水市），然后运至陇右番地交易马匹。在主干线之外，还有两条支线：散关道（或窑坪道）和阴平道（或称甘川道），而望子关就是散关道（或窑坪道）上的重要节点。

2009年在全国第三次文物普查中在康县望子关发现一块碑额为"察院明文"，正文有"巡按陕西监察（御史）……示知一应经商人（等）……茶马贩通番捷路……"的石碑。经省内外专家学者辨认，确定为明朝时期对茶马贩告示之类的碑，这也是目前在全国发现的唯一有碑文佐证的茶马古道。

那么，该怎样理解"茶马贩通番捷路"？陇南市委党史办（史志办）主任、文化学者罗卫东的《茶马古道陇蜀道考述》中有这样一段论述：

关于碑文中"茶马贩通番捷路"的理解，笔者认为这里所说的"通番捷路"并不是指陕西略阳经置口、窑坪、大南峪（古兰皋镇）、大山岔（古七防关），翻乔家山到关沟门后沿西汉水经河口、李山、毛坝、太石，进入武都县境内的道路，即前面所说的散关道或窑坪道，因为这条道路是秦蜀茶马古道的支线商道，是一条官方确定的"大路"，官府在这条道路上设有许多关卡，如置口巡检司、七防关巡检司及黄柏关、盐茶关等，驻防有兵士，凡往来商贩都要通过关卡，接受检查，缴纳税费等，不存在私运偷贩问题。而私运茶马的茶马贩，为了逃避检查，走的都是没有设置关卡的深山峡谷小路，即永乐皇帝圣旨"陕西、四川地方，多有通接生番径行关隘与偏僻小路，洪武年间十分守把严谨，不许放过假定、布绢、私茶、青纸出境、违者处死。"《议茶马事宜疏》中的"偏僻小路"，也就是碑文中所称茶马贩私运茶叶通番的"捷路"。这种"捷路"遍布全区各地，防不胜防，官府只能在险要处设关把守，其主要路线为：从陕西略阳经横现河、郭镇、王坝、嘴台，翻黑马关到长坝，再到望关，即今略（阳）武（都）公路路线。从望关分路，一路经歇马店、甘泉、翻米仓山、到达武都后可去舟曲、迭部，或经宕昌走岷洮到兰州，最远可达青海和西藏。一路沿平洛河北去，从药铺沟翻太石山到大川坝至成县，或经昌河坝到礼县、岷县，直至陇右番区。另外，从四川姚渡经宁羌青木川、康县太平、阳坝、嘴台，翻黑马关到长坝，再到望关，也是一条"偏僻小路"。或从武都汉王，经佛堂沟至龙凤、甘泉，至陇右番区。这些偏僻小路，在当时不属官府规定的商道，没有设置关卡，又是捷径，符合茶马贩私运茶马的条件，因此，这些路就是碑文中"茶马贩通番捷路"的"捷路"。石碑竖立于望关路口，就是告诉路经这里的"一应经商人等"不要贩运私茶，否则将要受到严惩。这块石碑十分珍贵，值得进一步研究。

罗卫东的这段话，至少告诉我们四点：一是望子关没有设置茶叶巡检司关卡。二是过望子关就可以通番。三是走望子关是避开茶马官道大路之外的深山峡谷小路。四是既有官府告示说明私运茶叶走望子关这条道的茶马商贩很多，更说明当时茶马贸易兴盛的程度。

茶马交易的兴盛，带动了古代陇南地区的繁荣，而古代陇南地区经济贸易都经过了"望子关"。我查阅了相关资料，望子关不光是战争双方争夺的关隘重地，更是商贸交易的重要连接点。它处在古代甘肃四大商贸名镇之一的碧口、盐官，及甘肃西南角茶马贸易重镇窑坪之间，这三镇之间的贸易大部分要经过望子关。

古镇碧口，位于陇南市文县的东部，白龙江的下游，是重要的水陆码头。阴平道南下至碧口，可水陆并进，直通西南夷道，有"小上海"之称。民国年间，碧口年税收曾占全省税收的一半以上，有"运不完的阶州，填不满的碧口"的说法。

古镇盐官是古祁山道上的军事要塞和重要商埠，也是丝绸之路进入陇右地区后连通巴蜀的必经重镇。盐官因盐得名，因"产盐而生"，因"运盐而兴"，盐官也一直是西北地区最大的骡马市场。

古镇窑坪在古代是北茶马古道在甘肃西南角上最为繁华的集镇之一，是陕甘川交界地带的陆路码头，南北货物运到这里后，向西可达甘南、临夏、兰州、青海；向北可达成县、天水；向东过邓子院、药木院，渡嘉陵江到略阳后直达汉中；向南过木瓜院、灯草沟、入目岭，到达郭镇，然后由此入川，远去成都、云南。

望子关，西接阶州、碧口水路贸易码头，北连徽县火钻镇茶马交易中心和礼县盐官骡马市场，东南连接窑坪、汉中商贸通道，在茶马古道贸易上发挥了重要的联结和枢纽作用。

陇蜀古道与望子关

"噫吁嚱，危乎高哉！蜀道之难，难于上青天！蚕丛及鱼凫，开国何茫然！尔来四万八千岁，不与秦塞通人烟。"

——摘李白《蜀道难》

难于上青天的蜀道，不与秦塞通人烟的陇蜀之间，为了战争的需要，古人在秦陇和巴蜀之间走出许多条路——陇蜀古道。汉高祖刘邦"明修栈道，暗度陈仓"走出陈仓道，诸葛亮六出祁山走出祁山道，三国魏将邓艾偷渡阴平灭蜀时走出阴平道。

陇蜀古道又叫秦蜀道、陇蜀道。陇蜀古道是战争之路，战争的间隙，茶马贩们也走这条道，就又走出了一条茶马贸易之路——茶马古道。

如果说，茶马古道的望子关，是天涯路漫、驼铃声声；那么，陇蜀古道的望子关，就是战马嘶鸣、杀气腾腾。

途经陇南的蜀道主要有祁山道、陈仓道和阴平道。

祁山道起于天水，经天水郡、平南、小天水、礼县盐官、祁山、西和长道、石堡、汉源（西和县城）、石峡、纸坊、成县城、徽县城，之后或南下经水阳姚坪翻越青泥岭到陕西略阳，诸葛亮六出祁山，两次就走的这条线路；或绕开青泥岭经徽县大河店、王家河、白水峡到陕西略阳。祁山道北连丝绸之路，南通陈仓道，直达金牛道。祁山道与广义的阴平道之间也有道路相通。如从盐官向西经礼县城后或北上武山马坞与武山县城相连，或西行经礼县石桥、西和大桥、康县太石、平洛到望子关；在成县也可以经西狭古栈道、翻越太石山、过康县平洛到望子关；在望子关既可以经安化到武都与阴平道相接，也可以经长坝、巩集、白马关、大南峪、窑坪出陇南，再经陕西木瓜园到略阳，继续往东到汉中；还可以经长坝、黑马关、咀台（康县城）、岸门口、铜钱、阳坝、托河出陇南，经陕西燕子砭南下四川。

陈仓道起于宝鸡西南大散关，经凤县、两当县、徽县后翻越青泥岭直达略阳、汉中。特别是徽县青泥古道更是因唐代大诗人李白的诗作《蜀道难》而远近闻名。杜甫入蜀途经青泥岭时也发出"朝行青泥上，暮在青泥中"（《泥功山》）的感叹。

阴平道起于阴平郡，即今甘肃文县鹄衣坝（文县老城所在地），途经文县县城，翻越青川县境的摩天岭，经唐家河、阴平山、马转关、靖军山、清道口，到达平武县的江油关（今南坝镇），与金牛道连接。后来阴平道从文县继续沿白龙江河谷北上经武都、宕昌、岷县、最后抵达临洮（狄道），从成都直接通向陇西地区。

从这里我们可以看出，望子关作为陇蜀古道支线上的一个重要关隘地区，它的重要作用是把陇右地区南面阴平道和北面陈仓道、祁山道（或嘉陵道）连接起来，让南北两大古道之间调兵遣将，让"战争"畅通无阻。同时，在休战时期，望子关也把茶马贸易、南北丝绸之路连接起来，弥补了主干道货运不足不畅的问题。

古代陇南，是陇蜀交锋的边关和战场，是中原政权"得陇望蜀"的前哨阵地。千百年的战争杀伐，毁灭了一切，又重建了一切；战争中的人口大流亡、大迁徙、大融合，更加速了陇蜀之间文化的融合，形成了陇南"陇蜀味"鲜明的文化特色。陇南群众的生产生活、民风民俗、饮食习惯、口语方言都和川北一样。特别是文县、武都、康县等地有"在甘不像甘，在蜀不是蜀"说法。"莫怪武都多川味，只缘蜀道有秦腔"，这副挂在武都张坝村古村落墙上的对联，就是对陇南陇中有蜀，蜀中有陇的最好概括。

近两年，市上提出了建设陇蜀之城的思路，这是符合陇南地域条件和文化特色的。陇南是中华文明的发源地之一，华夏人文始祖伏羲的诞生地，是秦人的发祥地，也是秦文化的重要源头。陇南是南北文化的汇聚地，又是汉、藏、氐、羌、回、蒙等多民族聚居的地方，既有古代羌、氐、藏等民族文化与汉文化的大融合，又有秦陇巴蜀文化的大交汇，陇南历史悠久，文化底蕴深厚，为建设"陇蜀之城"提供了重要的原生基础。

所谓"陇蜀之城"，陇南市文化旅游局局长、作家毛树林这样概括：

我们说的"陇蜀之城"，它既是陇，又不是陇，既是蜀，也不是蜀，它是陇和蜀产生的一种新的生命体，是一个全新的陇蜀文化品牌。"陇蜀之城"它不是陇和蜀两个硬性的配对，它是陇和蜀融合碰撞产生的新的概念，它是一个新的地域构成、文化构成和生命构成；它传承着陇和蜀的传统文化基因，它是陇与蜀血和肉、身体和灵魂的深度融合。

——摘自毛树林《建设陇蜀之城　塑造文旅品牌》

作为陇蜀古道上的望子关，"蜀味浓郁"，民间好多习惯都是从蜀道上传过来的。望子关民间传统的麻辣饮食、罐罐茶、民歌《下四川》、小调唱书、打花棍儿、社火耍灯等民俗习惯无不看见"蜀味"的影子。还有，在望子关或康县，只要问到祖先，好多地方的人都会说，自己的祖上是"四川大槐树底下"迁来的，村里有人过世了，说是到四川背茶去了，就连大人或小孩儿到河边危险的地方去，也会有人开玩笑说，小心把你淌到四川吃白米去。

望子关马嘴峡和支腰崖的传说都和蜀地有关，都是陇蜀道、茶马古道轶闻。

望子关北面数公里的马嘴峡，上起马嘴，过支腰崖、吊子峪、红土塄干，下止高石嘴，两边悬崖峭壁，群山对峙，形成一个"Z"字形的"一线天"峡谷地带。江武公路蜿蜒穿行其间，平洛河在两山夹峙之间咆哮奔腾而过；在最窄处的东岸，凌空凸起一个状若马头的山崖巨石伸向河面，似战马饮水，故名马嘴峡。这一段是古望子关北线防守的战略关隘，易守难攻。

相传，蜀地有个地方连年遭灾，村里灾难不断，当地的群众就请了一个风水先生来看。风水先生在村庄里看了之后，说在上游有个"马"在作怪。于是，风水先生领着村里的头人沿着嘉陵江、犀牛江（西汉水康县段）、平洛河逆流"跟穴"上来，来到了马嘴峡。风水先生指着这个石马说，就是这个石马在害你们，这个石马已成精，它头在甘肃，屁股在蜀地，在这里喝水吃东西，把粪便排在蜀地。听了风水先生的话，蜀地的头人们信以为真，连忙问风水先生解救的办法。风水先生说只要打掉石马的哈擦子（下嘴唇），让马喝不成水，吃不成东西就行了。于是，四川的头人们就找来钢钎、大锤，夜里偷偷地把石马的哈岔子打掉了，风水先生又做了一阵"法"回去了。听说，从那以后，四川那个地方就顺顺当当，再没有遭过难。

传说中的石马有没有作怪暂且不论，我想定会有人问，风水先生为什么会说是神马，不会说是神牛、神驴等其他的？这是因为马在古代的蜀人或陇人眼里都是重要的"神物"，特别是白马羌人把马视为图腾。因为在南北朝时期或更早，整个陇南和川北都曾是白马羌和氐族的聚居地方，如今云台的白马关，就曾因白马羌而得名。现实中,马又是战争的重要工具,中原王朝用茶叶换的就是马。所以,风水先生把马嘴峡这个山崖巨石称为"神马"也就一点都不奇怪,更何况这个山崖巨石也很像马。风水先生眼里的"穴道",从侧面印证了陇蜀古道望子关段支线的存在。

这个传说,同时也说明,蜀人及更多的蜀人曾来到过这个地方,或者在这里经常过路;马嘴峡这个地方的山势确实与众不同,有些邪乎。记得小时候,大人们都说马嘴峡闹鬼,我上学时每次走到这里就害怕,看见马嘴对面山崖底下葬着的几座坟,崖底窑洞处还有一座棺材盖都露在外面的坟,就毛发倒竖。现在,随着江武公路的拓宽抬高,那里的坟都让公路掩埋着看不见了。

在马嘴的下面,江武公路的旁边有一段大红崖,叫支腰崖。相传,古时候背茶或做生意人走到这里都要找些小木棍支在山崖的缝隙处。据说,这里的山是站着的,崖是山的腰,山站久了也腰疼。所以,只要路过的人,给山支些小木棍,山就不累了,山的腰就不疼了,山也就会保佑过路人腰不疼。我小时候就相信这个传说,当时,在望子关、长坝上中学时,每周回家返校背上背筐路过支腰崖时,总要和小伙伴们一起在崖根底支些小木棍。现在出门大都坐车,尽管背东西走路的人少了,但在支腰崖仍能看到崖底下支着的小木棍。

支腰崖的传说,同样是陇蜀道、茶马古道轶闻,它寄托了古代茶马脚夫们的美好愿望,从侧面说明了他们负重行走在古道上的苦累和艰难。

地名中的战争印记

望子关,还有地个名字,叫望贼关。

有一次,我到陇南市档案馆参观,在展厅一处墙上有一张清同治年间的地图,地图上在陇南的这一块儿我发现了"望贼关"的标注,这是我发现年代最早的"望贼关"称呼。

又据《康县志》载："望贼关在县西一百里，道出武都要路，为州境险隘，有官兵防守。"相传古关隘旁有一石山突起，临河曾建有六方形，高三层，瓦盖顶炮楼一座，每层各面都有炮眼，可观阶、成及康三路，若有匪寇经过即可进行反击，鹰鹞难越，因而名为"望贼关"。

"望贼关"相当于望子关的别号，名号虽不好听，但却形象，贴切，它从一个侧面说明了望子关在军事地理位置中的重要性和在战争年代发挥的独特作用。

望子关，不光是茶马古道的望子关，更是战争的望子关。望子关咽喉的地理位置，让望子关成为战争的前哨阵地和双方互相争夺的关隘。在战争年代里，"望贼关"比望子关叫得响。读陇南地委宣传部原部长、文化学者文丕谟的这段文字，会对战争中的望贼关有个大概印象：

米仓之北，依次有甘泉城、东固城、望贼关，自古为交通要道，兵家要地。甘泉，北魏设戍，唐置驿，明为军塘，驿城东西长300米，南北宽200米。东固城原为阶州分州驻地，乾隆后移至白马关，有遗址东西长100米，南北宽100米。望贼关是通往成州、阶州的三岔路口。三山对峙，二水环绕。龙王山巍峨雄峻，窝窝山挺拔壁立，大草山起伏连绵。长坝河、望关河在此交汇，聚为平洛河。关口栈道凌空，别无他路。走进关口，犹如走进壁垒拱抱的深谷。古关石峰突起，高入云天，可览群峰。峰巅有望贼楼，高三层，六方形，每层六面都有望贼孔，可观阶州、成州动静，一旦发现敌情，即可迅速传递，抑或堵截反击。连接望贼关的是中寨。中寨建有规模较大的营堡，为南宋时所设。中寨城垣，高11米，宽14米，环城路宽80厘米。有城门2个，炮楼4个，城垛400多个，土城周长80多米。清同治十三年补修遗迹犹在。望贼关至中寨栈阁相连。有如此多的城堡关寨相守，米仓城固若金汤。

——摘文丕谟编著的《陇南五千年》

如果让时光倒流至三百年、五百年、一千年，甚至更早，那望子关更多的时候一定是"车辚辚，马萧萧，行人弓箭各在腰"的战争场景。在这秦巴山地、荒城古道的望子关，不知有多少天涯游子发出"云横秦岭家何在，雪拥蓝关马不前"的感叹，不知有多少将军"醉里挑灯看剑，梦回吹角连营"，不知有多少英雄"醉卧沙场君莫笑，古来征战几人回"，又有多少征夫变成"可怜无定河边骨，犹是春闺梦中人"。

很多时候，一个地名就是一个地方的历史文化标签。康县农村地名中以"战争"命名的很多，譬如大堡镇、平洛团庄村。最明显的是两河镇的中营村、吴营村、后营村，20世纪80年代末，我在两河工作几年，经常在这几个村子走动，对这里的地形地理位置有所了解，曾对古人的军事智慧钦佩不已。

从宋代开始，陇南境内各地屯兵、筑城、修寨、屯田、屯粮盛行，官兵战时为兵，休战时为民，垦荒种田，在陇南留下大量的"城"和"寨"。武都米仓山城，康县平洛中寨城、大堡大城、望子关沈湾城就是宋代筑建的。平洛河流域及整个康县地名中叫城和寨的都与宋代以来军屯有关。"城"和"寨"往往是古代战争最明显的印记。

康县叫"寨"的地方不多，在望子关和相邻的平洛，叫"寨"的地方有三处，平洛的中寨，望子关的寨子村和沈湾村的"寨"。

望子关的寨子村好理解，就是宋代屯兵屯粮的地方；平洛中寨，汉代时曾是平乐道治所所在地，后历代为屯兵或商贸重地。只是给后人留下疑问：既为中寨，那么，上寨和下寨在什么地方？沈家湾的寨是否上寨？现在无法知道。

我想说说，大家都并不了解的望子关沈家湾村的"城"和"寨"。沈家湾村，位于望子关镇政府北面五公里处的平洛河西岸的半山腰，西靠谈山梁，南侧高石嘴，北侧下高石嘴，形成一个环形的"大椅子"地势。河对岸是我的家乡李家坝村。李家坝村东靠麦草树湾、王家山，南边斜崖湾、圆嘴山、磨台崖，北边陈家山、尹家山，几座山又形成一个"大椅子"，李家坝、沈家湾两把"大椅子"相向汇拢成一个环形的河谷开阔地。

沈家湾地形的奇特还在于"大椅子"上偏南侧有一座突起的大土山，当地人把这座大土山叫作"城"，把城上面平坦的地块和附近的庄叫"寨"。相传，这里是宋代军队土筑的城，是宋军屯兵屯粮的地方。20世纪70年代，农业学大寨时期，群众在土山周围修成大面积的环形梯田，远看像"盘馍馍"，所以沈家湾、李家坝人一些人又把这座山叫盘馍馍城。沈家湾，包括李家坝河两岸的地方，良田数千亩，土地肥沃。站在沈家湾背面的谈山梁上，西望白草山、鹞子湾，直至米仓山；南眺马嘴峡、望子关；北瞰平洛河、犀牛江；加之，又在天堑高石嘴、磨台崖峡谷附近，所以说，沈家湾一片是望子关北线除寨子、中寨、团庄之外，历代军队防御、屯兵、屯粮的理想之地。

沈湾这个地方，人类居住生活较早，但因为战争和移民，人口迁徙频繁。现在的沈家湾，没有一户姓沈的，现在住户大都是谈、苟、刘、蒲、高、李、毕等姓。但现在的沈家湾人仍然把庄前的这座土山叫城，把城上面及周围的地方叫寨子，把那里的住户叫城背人、城门上人、寨子里人等。这些地名和叫法，看似随便一叫，却无形中把古代战争的印记世世代代传了下来。对面李家坝现在居住的地方，由于处于河谷地带，加之，古代兵荒马乱，兵匪横行，不是天灾就是人祸，河谷低洼地不利于生活居住。相对沈家湾地区来说，李家坝河谷地区人类居住时间较短。现在居住的李家坝李氏家族，在明末清初从"四川大槐树底下"搬来只有三百年左右时间；搬来后最先居住在东边王家山左侧半山腰一个叫老庄的地方，后来才搬到现在的李家坝居住。这之前，这里河谷地区很少有人居住。

古望贼关，曾望过哪些"贼人"？

月黑雁飞高，单于夜遁逃。
欲将轻骑逐，大雪满弓刀。

>野幕敞琼筵，羌戎贺劳旋。
>
>醉和金甲舞，雷鼓动山川。
>
>——录卢纶《和张仆射塞下曲》两首

每每读到卢纶的这首塞下曲，就感觉写的就是我的家乡古代的望子关。诗中的月夜、单于、羌戎等字眼就禁不住跳出来。夜逃的单于、羌戎的庆功宴、醉酒后的金甲舞、震天的锣鼓——这些情景都会把我的思绪带入到古代望子关的那个风雪夜晚。不是吗？现在的整个陇南，在古代是西北少数民族和中原王朝相互争夺的前哨和战场，陇南曾是西戎、氐羌、吐蕃、匈奴、金人等少数民族轮番占领区，望子关是战争中各路人马竞相争夺的战略关隘。历史上，少数民族内部的争斗不停，少数民族和中原王朝的战乱不止，"兴，百姓苦；亡，百姓苦"，战争让望子关这块土地饱受了太多的创伤和沉重。

在广袤无垠的大西北，望子关只是一个很小很小的山岔峡谷，它在华夏五千年的文明进程中微乎其微，在各类史料中也很少有望子关及康县的记载，史料中记载较多的仅有平乐道（今康县平洛镇）、兰皋镇（今康县大南峪镇）、白马关（今康县云台镇）。

有学者认为，康县建县应该从西汉时设置的平乐道开始，理由是在东汉时在今康县平洛镇的地方，设置过氐族县级政权平乐道。

西汉武帝元鼎六年（前111年）汉发兵征西南夷，于白马氐地置武都郡，治武都道（今西和县洛峪），辖九县（道）：武都道、上禄（治今西和县六巷乡）、河池（治今徽县银杏）、沮（治今陕西勉县沮水坝）、故道（治今陕西凤县，又说在两当县）、平乐道（治今康县平洛，又疑在武都区东固城）、嘉陵道（治今礼县）、循成道（治今成县镡河乡将利村）、下辨道（治今成县），西县仍属天水郡。今文县地置阴平道，设北部都尉，属广汉郡。西汉武帝元封五年（公元前106年），全国设十三刺史部，武都郡、广汉郡均属益州刺史部。王莽时改武都郡为乐平郡，武都县为循虏县，阴平道为摧虏道。秦汉时"道"为在少数民族地区建立的县级政权。

东汉（公元25年—220年）东汉光武帝刘秀建国初年，将乐平郡复为武都郡，郡治移下辨道（治今成县抛沙，又说在红川），领七县：下辨道、上禄县、武都道、故道、河池、沮、羌道（今武都西部及宕昌一带）。改天水郡为汉阳郡，西县随属之。今武都区境内设有武都西部都尉。东汉安帝永初二年（108年）改北部都尉为广汉属国都尉，领阴平、刚氐、甸氐三道，仍属益州刺史部，辖今文县及四川南坪等地。东汉末年，武都郡改属雍州。

——摘自罗卫东主编《陇南史话》

秦汉时，"道"为在少数民族地区建立的县级政权，相当于现在的少数民族自治县。平乐道在东汉裁减后的数百年里，在今康县的地方再没有过县级机构设置，自两汉之后，今望子关及康县的大部分地方隶属阶州（武都）。明代时，阶州属陕西布政司所辖巩昌府，康地为阶州之域。洪武四年（1371年），降州为县，移治今武都，十年（1377年）复为州，六月设七防关（今云台镇大山岔）巡检司。清代阶州辖于陕西右布政使司之巩昌府。康熙六年（1667年），改右布政使司为甘肃布政使司，阶州随入甘肃省，雍正七年（1729年）升阶州为直隶州，康境设白马关（今云台）州判。乾隆元年（1736年）分置白马关为阶州直隶州分州（即右堂督粮厅），辖今康县。民国十七年（1928年）由武都县分置永康县，民国十八年（1929年）改名康县，取"安宁、康福"之意。

那么，古代的望子关都曾是谁的属地？守关的都是哪些人？

在周及秦早期，陇南全境是戎、氐、羌民族和秦人的活动区。今礼县东北部、西和县北部一带属古西垂地，秦始皇的祖先大骆、非子曾在这里养马，有"非子牧马"的说法。并且还是秦庄公、秦襄公、秦文公等几代君主的都邑所在地。这期间，秦人在和戎、氐、羌民族之间的战争中不断壮大，并不断东扩，问鼎中原。秦统一天下后，武都道隶属陇西郡，望子关及康县属秦朝中央集权管辖区。

两汉时，在今康县平洛设平乐道，东汉裁撤平乐道后，康境归属阶州，望子关及康县属中原中央集权管辖。

三国时期，武都、阴平郡是魏蜀拉锯之地，魏武都郡属雍州，蜀汉占领后属益州管辖。蜀汉亡，归凉州统之。望子关及康县先后被魏蜀占领。

东晋、南北朝时期，陇南境内先后建立仇池、宕昌、武都、武兴、阴平五个氐羌政权，称为"陇南五国"。在此段近三百年的时间里，望子关及康县远离中原政权之外，长期处于氐羌五国之间，以及氐羌五国与前秦、南朝宋、北周、北魏、西魏之间的战争纷乱中。

隋唐时期，陇南地区政治经济相对稳定，唐代于陇南置文、武、成、迭、宕、岷等州。宝应元年（762年），吐蕃攻占陇南。咸通年间，唐收复武州，更名阶州，咸通七年（866年）收复成州，唐后期收复文州。北宋熙宁六年（1073年），王韶打败吐蕃，陇南被完全收复，吐蕃据有陇南前后共311年，望子关及康县为吐蕃属地。

两宋时，陇南为宋、金两国边境，战争频繁。南宋绍兴三十年（1160年），金大举攻宋，破凤州、大散关，朝廷命大将吴璘据守陇南。吴璘之子吴挺与西夏缔盟，共同攻金。开禧二年（1206年），吴挺之子吴曦叛宋，在成都称王，割让阶、成、文、西和4州给金国，此时，望子关及康县为金人属地。

元代，蒙古军占领陇南，在礼县置礼店蒙古军元帅府，后更名为礼店文州番汉军民元帅府，在河州设吐蕃宣慰司，望子关及康县归属蒙军管辖。

明清时期，陇南经历明末李自成起义、白莲教之乱、太平天国等事件，各路人马都曾在望子关过路、驻兵和交战。

"暗淡了刀光剑影，远去了鼓角铮鸣"。在民族融合、华夏盛世的今天，古望贼关的"贼人"早已烟消云散。站在今天的角度回望历史，古望贼关已没有"贼人",那些战争也只是中华民族大家园在融合发展中的浪花。因为,古代战争的双方无所谓正义和非正义,大家都在攻城略地、开疆拓土,都在称王称霸、逐鹿中原,大家都在遵循丛林法则和"胜者王,败者寇"的规矩,所以说,战争的双方也无所谓贼人不贼人;古代的望子关,也只是在经常"城头变幻大王旗"的时空里,此一时,彼一时,守关的人由一群人变成另一群人而已。

不断放大的乡愁记忆

我对望子关的记忆始于20世纪70年代末80年代初,那时的望子关称公社,村称大队,大队数及行政区划和现在村一样,只是现在叫乡、叫镇、叫村了,各村村名也没有变。当时的望子关公社驻地建筑较少,周围住户也少。公社大院在三岔路口西面的高台子上,刚到这里的人还找不到。三岔路口的东面有一座水泥桥,桥下甘泉河自西南向北缓缓流过,在前方半公里处和长坝河汇聚后向北流入平洛河。三岔路口连着三条砂石路,三条路通向康县、武都、成县三个地方。那时的公路都很窄,每天公路上有很多道班工人清理塌方或铺沙子。水泥桥边供销社的两层楼房是望子关最洋气的建筑,就是现在镇政府办公大楼的地方,对面还有门面砖土木结构的卫生院、信用社、木材检查站、税务所等单位;在西面向北绕公路半圆处有农具厂、望子关附中;粮站在马嘴室,也就是马嘴峡的上面,这里是全公社社员缴公粮、购粮的地方,每到是缴粮季节,这里人背畜驮缴粮,像集市,非常热闹。

那时的望子关公路沿线,上到乱石窖、叶湾、下河坝,下至吊子峪、沈家湾、李家坝,庄庄泥泞便道,户户"罐儿墙"土房。高区地方多为石板房,门面多为橡子或苞谷草一堵,留下一个门出入。由于经常过大卡车,公路沿线的村庄房屋、庄稼全被灰尘覆盖,路上行人个个灰头土脸。80年代初,生活水平已开始提高，全民吃饭穿衣"清一色"，吃饭苞谷面，穿衣绿军装，后来发展到"吃的中单，穿的中山"。那些年，群众的生活水平虽普遍不高，但群众的精神面貌却很好。记得大集体时，望子关公社抽调各大队群众在吊子峪沟进去的阎王沟万丈悬崖上修水渠，说是要把水引到沈家湾，当时我父亲也参加了。全公社群众在阎王沟修了两年水渠，最后以牺牲几名群众的代价不了了之。阎王沟水渠虽是劳民伤财的工程，但父辈们那种战天斗地，天不怕、地不怕的精神是值得我们后辈学习的。

80年代的望子关三岔路口，没有集市，除了偶尔经过几辆车或供销社门前十来个人外，人少车少，冷清寂静。倒是三岔路后面学校和农具厂这块地方，是最热闹的地方。

农具厂和学校紧挨着，一边铁器在吵，一边学生在闹。农具厂打制的农具堆满院子，墙角长期停放着一辆生锈的55型拖拉机。五六个工人，不是电焊，就是加工修理，那时的农具厂机械化程度很低，加工制作全是力气活，像放大了的铁匠铺，叮叮当当的声音从早响到晚。

一九八〇年的我，刚满13岁，在望子关附中读初一，并驻校。学校四排教室，有小学一至五年级、初一十来个班，近三百多个学生，但驻校生只有五六十人。学校没有食堂，长三间土木结构竹笆青瓦的宿舍，里面高架两层床铺住满了几十个学生，男生两间，女生一间；宿舍外面墙周围垒着一大圈土灶或放着瓦箍的灶。这些灶都是露天的，房檐遮不住雨，遇上下雨，都不做饭，吃口干馍馍就算过顿。有时正做饭，大雨来了就赶紧把半生不熟的饭连锅抬进宿舍放到床底下等雨晴。那时候，老师和学生都自己做饭。下课铃一响，几十个学生蚂蚁样围着黄土墙早已熏得黑到房顶的宿舍周围闹腾起来，烟熏火燎中，劈柴的、生火的、借盐的、争吵的、擦涕抹泪的、搭热锅子的（别人饭做熟了，乘人家现成的灶火做饭，不用再生火），一片热闹。我不会做饭，就学着做饭，做简单的酸菜拌汤或煮米汤，吃干馍馍，由于生不着火，我经常搭热锅子。这样露天做饭的方式一直延续到我初中毕业，在岸门口上高中时学校条件好一点，修建有统一的灶房。那时学生露天做饭绝对是校园一景，因为烟雾大，远观像农村在烧窑，又像一群人在救火。

学校不但书声琅琅，还是烟火最旺的地方。特别是隆冬时节，学校取暖，除老师的房间用少量木炭外，教室全是用木柴生火取暖。我从李家坝上小学一至四年级、吊子峪上五年级、望子关读初一，教室都是用木柴取暖。生火的木柴多是湿马桑，这马桑柴烧起来水汽多、吹泡泡，而且火焰小、烟雾大。试想，十几个教室同时生火，有时因天气原因不出烟，校园便烟雾弥漫。有时，值日生在上课前把火没生旺，教室死烟活杠，老师和学生都呛得鼻涕一把、眼泪两行，常常擦一把眼泪，读一句课文。那时候，学校都是农村孩子，回家后也经常帮助父母拾柴、烧炕、坐锅眼门上架火，都是在烟火里成长，教室的那点烟都习惯的。

后来，每每想起少年时所经历的烟火教室，我总感慨，我们这一代人不但经历了困难时期，还在学生时代的教室，在经受书香熏陶的同时，更经受了烟火的熏陶。这些烟火熏陶，不光给我们留下了那个年代的特殊记忆，更促使我们每个经历者心灵的成长和成熟，以至于每个经历者的人生也就多了许多的烟火味。现在好多年轻人很飘，还经常抱怨这也不好，那也不好，做人做事像是不食人间烟火，我想，这大概就是没有经历烟火的熏陶，因为现在城市和乡村，生活条件好多了，取暖都是煤炉、电暖器、烤箱、空调，少了烟火气。

也因为柴火，那年望子关学校组织学生到望子关南面的透牛儿山上拾柴，在山巅我第一次俯瞰到望子关的全貌。又听到带队的几位老师们闲聊说，望子关是"五马窜槽"的地方。我不懂他们说的"五马窜槽"，我只是看见周围五座大山扭动着向望子关汇聚，形成一个环形的巨盆。这个巨盆更像是一个大漏斗，甘泉河和长坝河从西南面渗入，又从北面漏出。那天，秋高气爽，瓦蓝瓦蓝的天空没有一丝云彩，最远只走到望子关的小小的我，第一次看到望子关周围群山的雄伟和地势的险峻。

　　住校生每周要回家背一次"生活"，一般是星期六下午回家，星期日中午用背篼背上一周的"生活"步行到校，那时候别说坐车，就连自行车也没有。我每次回家走时小方背篼里总会被母亲装满，什么苞谷面、苞谷面馍（锅塌塌）、洋芋、酸菜、盐和木柴等必需品，样样不能少；装东西时，母亲总嫌少，怕我饿着；我总嫌多，怕路上重。我一周的"生活"虽说只有二三十斤，但对于个头矮小的我来说还是很吃力的，更何况是要上"长路"，要背到望子关。

　　背上背篼，我和同村伙伴从李家坝家里出发，过小木桥或蹚河，过高石嘴、吊子峪、支腰崖、马嘴峡、阳崖上，再到望子关，路上走走歇歇，短短的五公里砂石马路在那时要走多半天，遇上雨天或风雪天，马嘴峡一段路越加湿滑难走，一走就是一天，那时感觉望子关路很远，什么时候才能走到，仿佛走到望子关，就达到了人生的目标。初一上结束，望子关附中撤销，所有学生全部归并到长坝中学上学，就是当时的康县三中，这下更远了，比望子关远了两倍多，初二、初三在长坝上学的两年里，每周回家背"生活"虽说路长难走，但那时不觉得累，因为大家都在走，更何况我家里条件还算好，背篼里背的常是苞谷面或少量小麦面，家庭条件不好的同学背的大都是黑面、黑面馍和酸菜。那时候，村里人把大路上背东西行走的人叫"背老二"，上学住校那几年，我倒是扎扎实实地当了几年的"背老二"，也当了几年"茶马脚夫"。

　　在长坝上学的两年里，总感觉到了别人的地方，离家远了，但心却离望子关近了，常常想起望子关上学的好来，多年之后，我体会到那是望子关这个最初的家乡观念已在我的心里萌芽生根。

　　后来，我越走越远，家乡的观念也不断放大，走出望子关，在长坝、岸门口上学，后到两河、大堡工作，我就会感觉自己是寓居他乡的游子，碰到邻近乡镇的人感觉是外乡人，我的家乡就是望子关，望子关人就是家乡人。当我调到康县县直单位工作后，经常在各乡镇跑的时候，突然感觉各乡镇都是我的家乡，康南、康北、康中都是家乡人，但对外县人感觉是外乡人。当我调到陇南市直单位工作后，我的家乡观念一下子放大了无数倍，我到文县、两当县或是其他县下乡，从不感觉到了别人的地方，感觉陇南九县区的人都是家乡人，相反见到市外其他地方的人就感觉是外乡人，后来由于工作原因，山南海北地跑，感觉到处都是乡里乡亲。有几次我和在广东务工的几个兄弟姊妹们闲聊，他们说，在广东他们只要听说是甘肃人或是西北人，马上就认老乡，大家都很亲切。这种奇怪的故乡感觉一直伴随着我的工作和生活。

我明白，我的人生轨迹一直被一条无形的线牵着，在不断地跨越乡界、县界、市界、省界向外画圆，画着同心圆，在不断地放大着我的乡愁，无论这个圆的半径有多长，面积有多大，却始终有一个圆心，有个圆点，在那里支撑；这个圆点让我牵挂，更让我前行，这个圆点就是望子关。

新时代的望子关

"康县的美景，要你慢慢看，慢慢品！"这是康县公路边的广告语。

早些年，城镇或乡村都要建花园，在农村，有条件的家庭门前的菜园边会栽上几株月季、芍药或牡丹，城里会找一个空闲地方建个花园，象征性地种一片花，植一片绿地。后来又有个提法，要把城镇建在花园里，不是把花园建在城镇里，那时候，几乎所有的人把它只是当作一个美好的愿望。但谁也没想到，近些年康县城镇乡村飞速发展，城乡面貌大变，康县全域成了"不要门票的旅游大景区"，"把城市建在花园里"的理想一下子就实现了。而且，康县的广大农村整村、整社率先"搬进"了花园里。

在经济社会大发展的浪潮中，康县是幸运儿，望子关更是宠儿。在建设康县这个不要门票的大景区中，作为康县北大门的望子关没有缺席缺位，望子关还做得很好，有好多事情还跑在全县的前面，比如，康县的新农村建设就是从望子关徐罗村开始的，在"徐罗经验"的带动示范下，新农村建设在康县大地遍地开花。

望子关徐罗村，位于望关乡北面高半山地区，江武公路西侧，山高坡陡，自然条件严酷，农业基础薄弱。2011年、2012年，在没有任何经验借鉴的情况下，徐罗村在市、县、乡的帮助下硬是创了出来，把贫穷落后的徐罗村建成了"生产发展、生活宽裕、乡风文明、村容整洁、管理民主"的生态新农村，创造了高半山区新农村建设的模式。

2012年，徐罗村成为全县、全市、全省的新农村示范村，每天迎来全省各地的参观团，市县也对"徐罗经验"进行大范围宣传和推广。我多次随团到徐罗村参观，并对徐罗村的变化感叹不已。

那年，市白龙江艺术团的张玉英团长找我，说是市上安排，让她们剧团创作编排一个徐罗村新农村主题的快板节目，到各地进行演出，她硬让我写一个快板。这把我难住了，不是我看不起快板体裁，而是我是写现代新诗的人，有自己的文学语言习惯，写快板我怕让自己的文学语言变得油滑和随意。在康县文联工作时尽管也写过朗诵诗、晚会串台词、旅游解说词、电视片解说词，到武都工作后这些体裁再没写过。最后，禁不住她的软缠硬磨，还是应承了下来。既然应承了，我就在报纸、网上查阅了徐罗村的大量材料，进行了认认真真地创作。心里想着，徐罗村是全市的示范村，要写就写到位，真正写出徐罗村新变化、新面貌；另外，作为望子关人，也算是为家乡的建设出把力。

现在想起来，那个快板我还是比较满意的，听张玉英团长说，她们在各地演出几十次，群众反响都很好。我知道，这个快板并不是艺术性有多高，而是它以形象贴切的语言全面反映了徐罗村新农村建设的方方面面，更迎合了广大群众当时建设新农村的迫切愿望。现把《康县徐罗村赞》全文录于此，以便读者从快板中认识当时的生态文明新农村、高半山区新农村建设的样板徐罗村的情况。

打起竹板喜事多，我把新农村建设说一说；
"生态文明"新事物，陇上新村数徐罗；
高山沃土结硕果，我给徐罗唱赞歌！

康县望关徐罗村，曾经贫穷出了名；
全村仅有四百人，至少三百待脱贫；
都说昔日徐罗人，生活困难没精神；
村庄脏乱没形象，垃圾遍地不干净。

如今徐罗大不同，灾后重建绽新容；
核桃花椒果成林，产业开发脱了贫；
"生态为基，发展为要，民生为本"的新标准，
高半山区生态文明新村当典型。

走进徐罗看一看，我把徐罗赞一赞
徐罗有个好班子，带领群众有路子；
市县乡帮扶领导出点子，各级干部进村结对子；
花小钱，办大事，发挥村民主体作用建机制；
立足实际求靓化，不搞大拆大建和浮夸；
培育文明新风好做法，陇原百里传佳话。

走进徐罗看一看，我把徐罗赞一赞；
徐罗新村不一般，环境整治是重点。

村有文体小广场，娱乐锻炼好休闲；
组有池，户有箱，垃圾处理有地方；
人有厕，畜有圈，农机放在棚里面；
"六有"目标新机制，从此徐罗变样子。

还有"五问"是关键，培养文明好习惯；
大爷！今天您的个人卫生讲究了吗？
大伯！今天您的家庭内外整理了吗？
大娘！今天您的房前屋后打扫了吗？
大哥！今天您对公共清洁爱护了吗？
大嫂！今天您对环境改善满意了吗？

"六有""五问"已实现，人人都是环保员；
隔三差五搞评比，保护环境人心齐。

走进徐罗转一转，再把徐罗赞一赞；
村庄靓丽似桃源，仿佛走进画里面；
通村大道云中旋，硬化路面门槛沿；
沼气做饭真方便，自来水管上灶沿；
家家电视大得玄，太阳能路灯亮灿灿；
家家门前小花园，村上大事看专栏；
民主管理制度全，文明新风众口传。

说一千，道一万，徐罗话题说不完；
陇南科学发展示范点，徐罗就是一亮点；

"文明长廊"树样板，陇南遍地新家园；

惠民政策人心暖，抢抓机遇谱新篇；

学习徐罗再实干，小康生活蜜样甜！蜜样甜！

徐罗村经验迅速在全县推开，康县也很快建成了王坝大水沟、何家庄、城关凤凰谷、岸门口严家坝、朱家沟、白杨桂花庄、阳坝宋沟、长坝花桥、平洛团庄等招牌新农村。随之，康县把农村工作重点放在美丽乡村建设上，推行"多个渠道进水，一个龙头出水"的项目整合机制，大规模整治人居环境，花力气建设生态宜居的秀美乡村，探索走出贫困山区环境整治、绿色发展、脱贫攻坚、乡村振兴的新路子。这之中，望子关，丝毫没有松劲，持续在新农村建设上发力，先后建成沈湾、塄上、寨子、叶湾、贯上等新农村，现在全镇无论高山还是沿河已村村建成了新农村、户户脱了贫。

新时代的望子关，镇区面积放大了好几倍，山岔路口，楼房林立，车水马龙；成武高速穿镇而过，望子关至略阳高速正在开工建设，"蜀道"已不再难，"茶马古道"也变成了通天大道。一座座生态家园，星罗棋布，掩映在青山绿水当中。家家新房、靓院、花草、菜园、走廊……村村"天蓝地绿水清，村美院净家洁"，农村更比城镇美，户户不是园林胜似园林，不是别墅胜似别墅。

望子关，乃至康县的新农村，我不想用过多的篇幅来叙述，各村有各村的特点，各乡镇有各乡镇的优势，虽然各地的建设大同小异，但他们都有共同的特点：在这里，就是乡村风景如画，群众安居乐业；在这里，看得见山，望得见水，留得住乡愁；在这里"绿水青山就是金山银山"。

"谁不说俺家乡好"！让我展示一下康县近几年获得的荣誉：康县先后获得中国最美绿色生态旅游名县、中国最佳生态宜居旅游目的地、国家全域旅游示范县、国家级生态建设示范区、全国休闲农业和乡村旅游示范县、国家农村一二三产业融合发展示范县、全国村庄清洁行动先进县、全国农村人居环境整治成效明显激励县、第二批国家全域旅游示范区创建单位、2018中国最美县域榜单、第一批全省医养结合示范先行县和最具生活环境竞争力的县等荣誉称号。2018年3月被中央文明委提名为2018—2020年全国文明城市创建城市，2019年11月"一带一路"美丽乡村联盟论坛会址落地康县。说这些荣誉不是为了炫耀，而是要说明这些荣誉中也有望子关的一分，望子关也值得点赞。

甘肃省作协名誉主席、作家马步升在康县考察之后，在他的《康县四美》中写道，康县除山美、水美之外，还有物美和人情美。在说到康县号称中国最美乡村时，他甚至借一句广告语说，没有最美，只有更美！马步升的"四美"论，就是对今天望子关及康县城乡小康生活的生动注解。

有位作家说，所谓故乡，就是黄土中埋着祖先的地方。望子关，是我的故乡，是我扯不断、理不清、忘不掉，经常魂牵梦萦的地方。有人说，乡愁是一枚钉子，钉住一个人的过去和未来；我要说，我的过去、现在和未来都钉在了望子关。

已说了很多，仍感意犹未尽，却该掩卷搁笔了。最后，把仓央嘉措的两句诗送给望子关及故乡的人们：

    在看得见的地方，我的眼睛和你在一起。

    在看不见的地方，我的心和你在一起。

| 李如国，网名麻柳树，甘肃康县人。甘肃省作家协会会员。现供职于陇南市文联。

成县北部神秘的双窑峡

严凤岐

双窑峡位于成县北部黄渚镇的北边,邻近徽县地界。据史料记载,明朝正德年间,由于当地矿业发达,朝廷在黄渚设立了巡检司署,直到清朝雍正二年(1724年)才裁撤,其主要目的是收税。黄渚一带的岩石为距今一亿八千万年前印支造山运动时岩浆活动的产物,称为黄渚花岗闪长岩体。岩体富含铅锌、黄铜、黄铁等金属矿藏,亦富含花岗岩、白云岩、石英岩、大理石、重晶岩、滑石、石灰石等非金属矿藏。清朝咸丰年间,黄渚一带"采冶之风日炽",谣云:"清水沟,雾腾腾,上下磔子赛北京,日掏千石砂,夜烧万两银……"表明了当时开矿的兴盛场面。清末至民国年间,这一带属黑峪乡辖境。民国十年(1921年)前后,陇南镇守使孔繁锦曾组建"华翔矿务公司",开矿铸造铜钱。"民国十三年(1924年),冯天社于四耳沟、赵子和于清水沟、李永西于茨坝里、彭长泰于木瓜园开办炼铁厂",后并为新陇铁厂。

当时,冶炼金属需要添加熔剂熟石灰,即氢氧化钙。熟石灰是将碳酸钙含量高的石灰石在窑中煅烧至九百摄氏度以上温度即成生石灰,与水反应后即是熟石灰。石灰从何而来?只能就近寻找有矿体、有燃料的地方建窑烧制。从双窑峡大小两窑所处的地理位置以及窑口的高、宽度分析,两窑很可能是煅烧石灰用的。

窑对面马蹄湾内大溜槽沟岩石上留下的"马蹄"形坑迹,疑是人工开凿,用来固定木柱的。由于多年的水流冲刷，这些人工开凿的孔洞已被改变了原先的形状。固定于"马蹄"形孔洞中的木柱，很可能是为支撑栈道路面或临时桥面而立，以方便施工人员运送矿石、烧柴等材料。古人在陡峭的崖壁上修建栈道或寺庙时，首先要在崖壁面人工开凿内大口小，圆形或方形的孔洞，以固定悬空横梁。为避免横梁脱离崖壁，安装横梁时都要在嵌入孔洞的梁头上摁入几个"破头楔"，使横梁在外力的作用下，越进入越稳固，其原理类似今天广泛使用的膨胀螺丝。溜槽里"马蹄"形坑中凹进底部的那几个小孔洞，是给"破头楔"预留的空间。历史上，始于飞龙峡口，止于陕西略阳封家坝，全长约65公里的青泥河道飞龙峡栈道段就是用这种"楔木法"固定悬空横梁的。至今，一些古栈道的残木犹存，人们想取出嵌入岩体的横木，仍不是件易事。

　　至于窑口岩壁上的"岩画"，因不够规范，也许是当初窑工用錾子弄出的无意之作。"杨思元"即是某位窑工或工头的姓名。另外，历史上，沿双窑峡有条通往外界的山路。从太山行政村往北，经太爷庙下、曹家庄，翻越楸木梁即达徽县麻沿乡境。路虽险峻，但路程较短，只有十余华里，因而修建驮道的可能性亦不排除。笔者未去过实地，仅是纸上谈兵，愿抛砖引玉。

严凤岐，1957年生，甘肃文县人。文县作家协会副主席。发表小说、散文、科普文章、通讯、专业论文、摄影作品等100余篇（幅）。

新开白水路记

张巧红

北宋仁宗至和二年（1055年）冬，利州（今四川广元）转运使主客郎中李虞卿以蜀道青泥岭山高陡峻，行路艰难，严重影响公私运输为由，呈奏朝廷，新开白水路。次年春，朝廷批准这一呈奏。李虞卿积极组织，率领桥阁并邮兵五百余人，先将青泥岭上树木伐去运走，作好修路准备。兴安军事虞都员外郎刘拱为修路总指挥，兴州检判官太子中舍人李良祐负责长举县修路事宜，王令图"专干其事"，具体负责修路事宜，首先修通河池县境内的道路。河池属凤州，长举属兴州，这条路修至河池县境即移交长举县修筑。从七月开始十二月修竣，共修阁道2309间，邮亭、营屋389间。这条路修通后，比原路近33里，废青泥驿后可减少邮兵156人骑，年节省粮食千石，蓄草万围，只需役夫30余人。宋代始建白水路是原故道中避开青泥岭险道舍远求近的一段改道工程，成为历代由秦陇入蜀的一条捷径。由此可见，道路的远近好坏对运输有直接关系，同时，也说明，在北宋时期，修筑道路对选择路线、施工组织、技术要求都比较重视，且有进步。

新开白水路是在唐中期开拓的青泥路的基础上改线而成。这条路线由河池驿（今徽县）至长举驿（今陕西略阳白水江）全长50余里，是一条长安（今西安市）经陇南入蜀的重要孔道。在徽县境内的具体走向是：使"故道"中自徽县大河店至长举县白沙渡的一段，改线经王河、大石碑、白水峡，顺洛河至白沙渡，缩短路程33里，避开了当年李白在《蜀道难》诗中描绘的"青泥何盘盘，百步九折萦岩峦"的自大河店越青泥岭，经硬湾、三泉、伍家坪，过虞关达白沙渡一段重峦叠嶂，群峰颠连，天多云雨，道路泥泞，行走艰难的路段，便利了交通。但由于途中自大河店以下大石碑峡峡长15里，水流湍急，峡谷险峻，两岸石壁陡峭，沿河（洛河）巨石林立，难以通行，工程艰巨，施工不易，至今在大石碑的悬崖上还留有当时的栈道孔遗迹，可见修通白水路的艰难。宋代以前都是舍此道而沿木皮岭大河店向东攀青泥岭（今铁山）的路线入蜀的，由此可见唐代时尚没有白水路。白水路的建成为以后改建徽白公路奠定了基础。

新开白水路的建成，初始是李虞卿之功，具体修筑是王令图等地方官员以及广大民众之劳。转运使工部郎中田谅等和主持修路的地方官员赴路检查非常高兴，由田谅上奏呈朝廷表彰，朝廷依其奏章，对修阁道采伐树木监督工程组织民众有功之臣，予以提升，有显著成绩的工匠，民众予以酬劳，并奉劝后人以资效法。但这条路修通不久，青泥驿一带的土豪等认为青泥旧路原有的驿站、客店、酒炉均废，浮食游手者无法生活，要求官方仍兴旧路，因为争执不休，上奏朝廷，宋神宗熙宁十年（1077年）九月四日下诏，在旧路上又置驿馆驿马递铺等，新开白水路也任其商旅往来两路并存，同时使用。

新修白水路建成后，在徽县城南徽白路400公里处的大河乡王家河白水峡的大石碑悬崖上有宋代雷简夫撰文的摩崖刻石（新修白水路记），距地面高七米的悬崖上，叙述了修路的全过程，文章精练，字迹工整对称，书法雄健有力，堪称佳作，为徽县古代道路建设的纪实丰碑，也是研究宋代书法的珍品。

北宋仁宗宝元元年（1038年）西夏元昊称帝，国号大夏，建都兴庆府（今宁夏银川市）疆域"东尽黄河,西界玉门（敦煌县西）南接肃关（宁夏固原县西南），北控沙漠，地方万余里，倚贺兰山以为国，占据甘肃省河西走廊。西夏与北宋长期处于对峙局面,但是双方经济贸易的往来仍很频繁。西夏北境的荒漠和草原，盛产马、牛、羊和食盐等，而谷物、茶叶和铁制工具则比较少，特别是茶叶东南所产、西北所无，"茶之为物，西戎吐蕃古今皆仰给之，以其腥肉之食，非茶不消。青稞之热，非茶不解，是山林草木之叶而关系到国家之大径"，西夏的战马为北宋用兵所需，北宋的茶叶和谷物为西夏人民群众生活所必需，西夏人望茶如婴儿望乳。西夏所缺的正是北宋所有的，而北宋所少的正是西夏所有的，西夏地区在经济上依赖于北宋，而北宋则利用经济优势制约和限制西夏地区，经常导致冲突和战争，宋太宗淳化四年（993年）北宋王朝下令"绝其青盐不入汉界，禁粮食不给番夷"危及西夏人民生活，迫使西夏举兵攻宋，北宋失利，不得已，又取消青白盐禁令，以示和好。北宋统治区域的江南和中原，少有战马，加之北宋在军事上常败于西夏和辽、金，战马更显不足，北宋要马，西夏要茶，南茶北运，北马南行，促进了道路运输的繁荣和发展。宋神宗熙宁七年（1074年）朝廷采纳西河经略使王韶的建议。正式开设茶马司，以茶易马遂成定制，宋仁宗至和二年（1055年）北宋政府用库银十万两，在秦州（今天水市）买马，并设茶马贸易市场，在成县亦设置茶马司。茶马互市始于唐代，所谓"番汉互市，起于茶马"，唐代是商业性的贸易交换，而宋代、明代则有其政治军事因素，它的发展使道路运输出现了"略无猜情，门市不羁，商贩如炽"的繁荣景象，河池古道则首当其冲，作出了重大贡献。

南宋期间建炎、绍兴（1127年至1162年）年间，金兵寇境，宋金长期对峙。几十万大军驻守陇南，抗金入蜀，吴玠、吴璘据仙人关（徽县虞关）天险，累败金兵，当时为保证军队给养运输，调兵遣将派先行逢山开路，遇水搭桥，"人马未动，粮草先行"，曾多次大规模整修水陆道路，绍兴初，始运陆路，后又凿通广元至徽县永宁漕运，调成都、利州粮以济军需，也整修过自（徽县）河池驿至（略阳县）长举驿的白水路。

北宋新修白水路记碑文抄录

"新修白水路记碑"是一尊摩崖石刻，位于徽县城南大河店乡王家河行政村大石碑村。徽（县）白（水江）公路沿洛河左岸，穿峡越过，自古为秦陇入蜀之要冲，碑刻位于徽白公路的左侧，距路面高约七米左右的石壁上。

据《徽县志》载：此碑立于宋代嘉祐二年（1057年）二月六日，碑高2.83米，宽1.83米，碑面突出石崖2.6厘米，共顶篆额楷文，从右到左，竖写26行，每行37字，碑刻为宋宣德郎守殿中丞。雷简夫撰文并书及篆额。

"新修白水路记碑"是研究"古蜀道"兴废，雷简夫书法艺术、李白《蜀道难》诗篇的实物文字资料，碑文精练，字迹工整对称，书法雄健有力，堪称佳作。一九七五年列为县级文物保护单位，因系陇蜀古道，特抄录碑文如下：

《新修白水路记》至和二年冬（1054年），利州路转运使、主客郎中李虞卿以蜀道青泥岭旧路高峻，请开白水路。自凤州河池驿至长举驿，五十里有半，以便公私之行。具上未报即预划财费，以待其可。明年春，选兴州巡辖马递铺、殿直乔达领桥阁并邮兵五百余人，因山伐木，积于路处，遂籍其人用讫。是役又请知兴州军州事虞部员外刘拱总护督作，一切仰给，悉令为具。命签署兴州判官太子中舍李良佑，权知长举县事、顺政县令商应祥程度远近，按事险易同督斯众。知凤州河池县事、殿中丞王令图首建路议，路去县地且十五余里部属陕西，即移文令图，通干其事。至秋七月始可其奏，然八月行者已走斯路矣，十二月诸功告毕。作阁道二千三百九间，邮亭、营屋、纲院三百八十三间，减旧路三十三里，废青泥一驿，除邮兵驿马一百五十六人骑，岁省驿廪铺粮五千石，畜草一万围，放执事役夫三十余人。路未成，会李迁东川路。令转运使、工部郎中集贤校理田谅至，审其绩状可成，故喜犹己出，事益不懈。于是斯役，实肇于李而遂成于田也。嘉祐二年（1057年）三月，田以状上，且曰："虞卿以至和二年仲春兴是役，仲夏移去，其经营建树之状本与令图同。臣虽承之，在臣何力？愿朝廷旌虞卿、令图之劳，用劝来者。又拱之总役应用，良佑应之，按视修创达之，采造监领，皆有著效，亦乞升擢。至于军士什长而下，并望赐予，以慰远心。朝廷议依其请。初，景德元年（1004年），尝通此路。未几而复废者，盖青泥土豪辈唧唧巧语，以疑行路。且驿废则客邸酒垆为弃物矣，浮食游手安所仰耶？小人居尝（常）争半分之利，或睚眦抵死，况坐要路，无有在我，迟行人一切之急，射一日十倍之资，顾肯默默邪？造作百端，理当然耳。向使愚者不怖其诞说，贤者不惑其风闻，则斯路初亦不废也。大抵蜀道之难，自昔青泥岭称首。一旦避险即安，宽民省费，斯利害断然易晓，乌用听其悠悠之谈耶！而后人之见已成之不易，不念始成之难。苟念其难，则斯路永期不废矣！简夫之文虽磨崖镂石，亦恐不足其请。请附于尚书职方之籍之图，则将久其传也。嘉祐二年二月六日记。

在此摩崖刻石的右下方，另有一块长方式小刻石，系明朝万历二十一年陕西布政司陇右道按察司副使张应登的题诗：开踞磨碑记至和，于今险易较如何。水来阪陇寻常见，峰比巫山十二高。一线天光依峡落，悬崖鸟道侧身过。蜀门秦塞元辛苦，何故行人日似梭。

整修白水路

清代光绪二十年（1894年）陕甘总督杨昌浚移督关陇，以河池驿至长举驿路自北宋至和三年修成白水路"迄今近千年矣，陵谷变迁，雨雪剥蚀，向之坦途，遂成崎径，亦固其所，地左山而右江，水涨辄阻。山故多雨，循山穿石呼以行，羊肠一线，石滑无一妥足，稍怠即仆，人与马滑落江，葬于鱼腹，行者若之，每遇淫雨，恒弥月无行人……檄知县龚炳奎，以修路属之。饬总兵易顺胜率部，勇偕里夫石工举锯操奋，劈山斧石或穴石实以斫礦屑引以长线，火发石裂，于是凸者斩之，窄者展之，凹者补之，曲者直之，土人以为穿见云。逾两车之久，全工共计途程五十余里，内修桥梁十四处。昔者狭仅尺许，如循蚁垤者，今可并辔而驰矣。昔之，高至数丈，杳入云际者，今周道如砥矣。昔之湍湍然涉春冰、蹈虎尾者，今且歌于行，舞于市矣。往者来者肩其物，负其子者，相属诸道，庆幸同声，昔危而今安，行旅之欢呼，固应尔……该路线整修后，便利了交通，为人民造了福。并立"徽县大河店修路碑"原坐落在城南约23公里的大河乡王家河村洛河东岸，为妥善保管于一九八三年十月迁移县文化馆，碑文记述了自宋至和年间开白水路以来经元、明、清历时八百余年白水路之兴废变迁和修复情况，反映了关陇人民开辟"古蜀道"沟通秦、陇、蜀发展经济和交流文化的历史实证，碑文隶书遒劲有力，苍古厚朴，刀法纯熟，刻字清晰，是研究清代书法艺术的珍贵资料。

> 张巧红，女，笔名蓝雪，甘肃徽县人。中国诗歌学会会员，甘肃省作家协会会员。供职于徽县交通运输局。

辑二 文化索引

陇南氐羌民族的兴衰存亡

文玉谟

氐羌民族是陇南的土著民族，陇南的历史就是一部氐羌民族兴衰存亡的变迁史。其变迁的本质原因是什么？需要我们去探索。试就我所掌握的资料作些粗浅的分析。

一、迁徙，大起义，带来氐羌民族的大动荡

西汉是氐人势力最强盛的时期。武都郡建立之前，陇南属广汉郡所辖，因鞭长莫及，氐民族基本上过着平静的半耕半牧的生活。西汉元鼎六年（前111年），汉武帝建立武都郡后，这种平静被打破。氐人纷纷逃入山谷。朝廷将一部分氐人远迁河西酒泉一带，少数迁入今清水、秦安，及陕西陇县一带。氐人在武都、下辨、河池、故道、平洛，人口众多，势力很大，不断起义，反叛朝廷。元封三年（前108年），氐人起来反抗，又将一部分氐人强迫迁往河西禄福。

为了削弱氐人势力，西汉朝廷采用了对外迁徙的办法，以分而治之。这种迁徙长达三百年之久，一直持续到曹魏时期。魏蜀两国交战，以数千家、数万家被"拔徙"。曹操迁武都氐五万余落至扶风。刘备前后迁徙汉民、氐人使居京兆（今陕西西安、扶风、天水界）者万余户。姜维迁氐人千余落于关中。诸

葛亮驱略武都氐王符健及氐民400余户于广都（今四川北境）。三百年间，前后被迁出陇南的氐人达50多万。其中迁往天水的氐人，多以"清水氐"、"略阳氐"、"临渭氐"称谓。

迁徙的原因，是因为氐民族与中原朝廷之间产生了剧烈的利益冲突，归根结底是生产方式和生活方式之间出现了严重的摩擦和碰撞。战争年代的迁徙，多因战事而起。大迁徙，带来武都郡较长时间的社会动荡，同时也推动了社会进步。氐人迁徙之地，皆为中原文化较为发达的地区。在中原文化的影响下，氐人的生产方式和生活方式得到逐步改变，为氐人与汉民族的融合创造了极为有利的条件。

东汉时羌人崛起。政府或征用羌人去打仗，或强迫去守边屯田，有的还被沦为奴隶，为贵族种田，甚至有的逼迫流离失所。羌人对政府的横征暴敛不满，迫使铤而走险，举行了三次大起义，几乎与东汉政权相始终。东西羌人聚众暴乱，相互支持，一呼百应，声势浩大。

安帝永初元年（107年），羌人举行了第一次大起义。东汉政府强征羌人远赴西域作战。政府以羌人途中逃跑为由，残酷迫害各地羌族群众，逼迫羌人举行了大规模起义。东汉政府倾其全力进行镇压，野蛮地进行烧杀抢掠，达11年之久。陇右遭受到一次空前的洗劫。

永和五年（140年）东汉政府任命"以天性虐刻"昭著的刘秉为凉州刺史。他一上任，即将镇压的矛头指向羌人。羌人举行第二次大起义。起义坚持了六年之久，最后被政府军各个击破。

桓帝延熹二年（159年），羌人举行第三次大起义。东汉政府任命段颎为护羌校尉。段颎采取"长矛挟胁，白刃加颈"的手段，随意掠夺和屠杀羌人，起义军也遭到血腥镇压。

三次大起义，长达60多年。在东汉政府的残酷镇压下，甘肃全境遭到空前破坏，羌人数量大大减少。比如，塞外白马羌攻广汉属国，益州刺史斩首招降者20万人。东羌犯塞外西县，段颖斩其渠帅以下19000人，招降4000人。陇右的羌人数量大大减少，只有宕昌羌和邓至羌没有受到大的损失。

宕昌羌人之所以没有被卷入这场旷日持久的大暴乱，是有其原因的。宕昌羌豪历来被朝廷重用，与朝廷始终保持着良好的隶属关系。在暴乱中，他们或以攻击屯田而敷衍之，或以归顺朝廷而招降之，因而躲过了朝廷的镇压。历任武都太守，文韬武略兼而备之，征剿和抚慰并用，或瘁力于政事，或劳心于布威，服羌济民，不敢稍事怠慢，多有留下美名者。比如，羌人第一次起义期间，武都郡太守虞诩，开凿水道，漕运粮食，招纳流亡，救济贫乏，参加起义的羌人，在政府的感召下，纷纷返回家中。在第三次起义期间，武都郡太守李翕，以德义、博爱抚慰羌人。郡内羌人，年谷丰登，家家有储。郡外羌人归附者达2000余人。20世纪80年代，宕昌城关出土了《汉率善羌君》和《魏率善羌佰长》两方铜印，化马村出土了《魏率善羌仟长》铜印，这些铜印都是朝廷给宕昌羌豪授封的官印，就是最好的印证。

二、仇池国和宕昌国的建立，氐羌民族登上了权力的顶峰

两晋南北朝时期，兵连祸结，战争频仍，社会极为动荡。武都郡的氐羌民族乘势起来，建立自己的割据政权。

两晋时期，被外迁的武都氐人纷纷起义称帝立国。天水氐人齐万年在安定郡称帝建国。临渭氐人苻健起义后，在长安建立了前秦，吕光在姑藏建立了后凉。汉献帝建安中，迁徙天水的清水氐人杨腾，率众移居仇池，至其孙杨千万已有部落万众。西晋时，杨茂搜率部四千家还保仇池，建立了氐人政权仇池国。北魏初年，宕昌羌帅梁勒自立为王，建立了宕昌国。仇池国历时300多年，传18代，33王。宕昌国历时142年，传9世，12王。氐羌政权几乎与整个两晋南北朝相始终。陇南的氐羌政权何以能够存在如此长久？缘于他们选择了

适应自己国情的立国之策，缘于他们不同的文化。仇池国和宕昌国共同的特点是，国民强悍，勇往直前，百折不挠，永不言败。仇池国军事势力强盛，冲锋陷阵，拓疆扩土，雄心勃勃。前仇池国灭亡后，又建立后仇池国，接连又建立了武都国，阴平国，武兴国。宕昌国敢于冲破吐谷浑的胁迫，投靠北魏，北魏承认其为附属国，为宕昌国的生存找到了靠山。

其不同的特点却各不相同。仇池国"以武立国"。氐人以仇池山为大本营，连年征战不休，倾其国力向南向北发展。前仇池国，"并氐馒为一国"。抗衡前赵，控制后蜀，鼎峙三国，雄霸一隅。其疆域包括今礼县、西和、武都、文县、徽县、康县和四川北部的青川县。晋简文帝咸安元年（371年），苻坚遣骑七万讨伐仇池，前仇池国灭亡。苻坚下令"遣其民于关中，空百顷之地"。氐人不甘失败，伺机复国。之后，杨定又集旧部千余家，重上仇池。后仇池国，攻汉中，拔广元，围绵阳。前后击败前赵、后赵、成汉、前秦、西秦、后秦、大夏，击退了东晋和西晋诸多政权的进攻。最强盛时人口达50万以上。善于"延纳抚接"，招用人才，尤重用汉族文人志士，以许穆之、郝恢之等人为幕僚，为其出谋划策，不断提升运用汉文化治理国家的能力。国力强盛，四方流民以仇池丰实，多往依附。其疆域扩展到今天水市，陇南市的两当县、宕昌县和陕南的凤县、四川的平武县。西晋朝廷特授仇池国金印两方，一方是《晋归义氐王》，一方是《晋归义羌侯》。氐王是仇池国国王，羌侯是仇池国羌豪，羌人也是仇池国的一支重要力量。最后，因用兵不当，仇池国被强大于自己数倍的宋军所击败。

宕昌国农牧兼营，尤重畜牧，国无法令，俗无文字，平日里各事生业，不相往来。三年一相传，杀牛羊以祭天。每遇征战，乃相聚。与仇池国相比，宕昌国在经济和军事上存在着许多差异，这种差异是牧业文明与农耕文明之间的差异，归根结底是文化上的差异。

宕昌国军力不济，部落间却心力相同，奋发有为。宕昌国依据国情，审时度势，奉行了一条"兴内安外"的立国之策。左右逢源，与南北朝皆称臣朝贡，以求荫护，很少向相邻发动战争，也难以抵御其他政权的进攻。所谓"兴内"者，就是善于利用隶属的部落酋豪管理地方，令部落之间各事生业，以凝聚地方，增强国力。宕昌国王就是曹魏政权时期受封的"羌君"，宕昌国王又封大部落酋豪为郡王。部落酋长们的权力很大，治理一方，可呼风唤雨。宕昌国设25王。宕昌国王，南北朝廷既封为宕昌王，又授封为刺史。两晋南北朝的刺史，相当于今日的省长。部落郡王，相当于今日的地级市长，可能是曹魏政权授封的以"仟长"为主的部落酋豪。在边寨置76寨，用于设防。寨的部落酋豪相当于今日的县长。所谓"安外"，就是与尊主国始终保持着密切的主仆关系，或朝拜或进贡，几乎连年不断。吐谷浑数次进犯，被北魏驱逐。国内出现内乱，被北魏化解。尊主国也利用宕昌羌人守界护边，以防生乱。与南北朝各国称臣纳贡，以求在大国的夹缝中生存。南北朝各国争相为宕昌国王封号授王。这是一套比较完整的国家管理体系。后来，在吐谷浑的利诱下，宕昌国丢弃了"兴内安外"的立国之策，联合起来攻打北周，被北周灭亡。北魏提倡汉化，穿汉衣，说汉话，用汉字，行汉俗。在长时间与中原文化的交往中，宕昌羌人逐渐向汉文化靠拢。国王弥承朝拜魏王，因不懂礼义，闹出一些笑话，弄得弥承很尴尬。宕昌国高层说汉话，懂汉文。弥承遣使向齐王朝请赐军事和技术工艺书籍，齐王特赐《五经集注》《论语》各一部。加速了中原文化在宕昌羌人中的传播。

仇池国和宕昌国的建立，展示了氐羌文化各自不同的魅力。仇池国的成功是善于兴业强国，抵御外族侵犯，但过度征战，则消耗国力太甚。宕昌国的"兴内安外"，也算是一种特立独行的立国之策，而忽视强军之道，一旦发生战事，则莫能幸免。如果说陇南氐羌历史是一部壮丽的史诗，仇池国和宕昌国的建立则是史诗中一页扣人心弦的华章，也是氐羌民族最辉煌最鼎盛的历史时期。

三、大变革，大交流，加速了氐羌民族与汉民族的大融合

吐蕃乘安史之乱，攻陷陇南各州，征服了陇南的氐羌民族。吐蕃令氐羌易服改为吐蕃。从此，陇南氐羌从历史舞台上消失了，氐羌文化被吐蕃文化所代替，这是氐羌民族命运的大转折。

唐宣宗大中年间，朝廷收复了陇南的西和、礼县以及宕昌的南阳。僖宗初年，收复了文州、成州、武州，被吐蕃统治了100年的氐人和羌人，以吐蕃民族的身份回归朝廷。宕昌邓邓桥以下属武州所辖，邓邓桥以下的陇南氐羌民族，从此，脱离了吐蕃的统治。

文化是民族的血脉，回到中原的这些氐羌民族，虽然受到吐蕃文化的影响，但因时间较短，仍保留着本民族文化的基本形态，诸如生活习惯，民族信仰，民俗民情，服饰穿戴，乃至房屋建筑。随着汉民族的大量迁入，这些已摆脱了吐蕃统治的氐羌民族在与汉民族的交往中，逐渐融入汉民族。其中的氐民族于南北朝时，穿汉衣，行汉俗，说汉话，懂汉文，与汉族一般无二。隋唐时期已经完全与汉民族融为一体。

宕昌临江寨以上的羌人，被吐蕃统治达310年。这些羌人被汉民族同化是一个漫长的过程。熙宁六年（1073年），北宋朝廷派遣王韶收复了熙州、洮州、河州、迭州、宕州，宕昌重回中原朝廷。三百年间，宕昌的这些羌民族已全部番化。元代以来，朝迋实行土司制度，在宕昌设土司衙门，以管理番民。又有麻龙土司、闾井土官、绰斯觉土官，分别管理着宕昌部分番民。番民已演变为两种，一种是已经番化的羌人（也包括极少的原吐蕃民族），称番民，一种是正在汉化的羌人，称土民。番民已经定型，就是现在的藏民，土民于清末已全部融入汉民。元代末期，朝廷从四川黎州（今四川广元）迁来百余汉民，作为"样民"，以教化宕昌番民。明朝初期，从陕西歧山迁来部分汉族作"样民"。清朝后期源源不断迁入大量汉民，加速了番民的汉化，也促进了宕昌地

方的生产进步。

　　历史是人类最生动的风景。氐羌民族创造了陇南的历史文明。氐羌文化是陇南文化之源，有着深厚的历史渊源。由于时势的变迁，由于文化的相互交流与转换，氐羌文化始终没有形成自己的文化体系。所以，氐羌文化是陇南文化之源，但不是流。陇南文化之流，仍然是中原文化，主宰陇南历史发展的核心是中原文化。氐羌文化遗存不仅在藏族中存在，也在汉族中间被保留下来。为什么人们对文县白马藏族和宕昌羌藏民族的文化形态那么喜爱，争相欣赏、考察、研究，就因为是氐羌文化的原始形态，唤起了我们心中的激情，而在汉民族中广泛存在的氐羌文化遗存，仍然保持着不朽的生命力。

| 文丕谟，原陇南地委宣传部部长，著有《陇南五千年》。

礼县：秦文化的故乡

赵文博

礼县，古称西、西垂、西犬丘，秦汉时称西县，北魏时称兰仓，明成化九年改称礼县至今。

早在七千年前的新石器时代，先民们就在这里繁衍生息，创造出了灿烂辉煌的大地湾一期文化和仰韶文化，现藏于甘肃省博物馆被称为"少女像"的红陶人头像，属于国家一级文物，被选入全国中学生美术教材。这尊稀世珍宝，就出土于距礼县县城不到10公里的石桥镇高寺头村。

根据西汉时期《开山图》记载："仇池山四绝孤立，太昊之治，伏羲生处"；又据南宋时的《路史》记载："伏羲生于仇池，长于成纪"。这两本书中的"仇池"，就是与礼县相连的西和县仇池山，历史上，西和县和礼县是一个县。东汉建安中，氐族杨氏以西和仇池山为基地建立了前仇池国、后仇池国，历时计146年，其势力深入到了陇右、陕南、川北等地，对全国南北政局及西南各族经济文化的发展产生过很大的影响，对朝廷的安全形成了巨大的威胁。"成纪"，就是现在天水市的秦安县。

现藏于国家博物馆的国之重器秦公簋，1919年出土于礼县红河镇王家东台。王国维、郭沫若等老一辈学人，当年看到秦公簋后欣喜若狂，激情难抑。他们认为，这件宝贝的问世，一定会为破解长期以来困扰史学界和考古学界的"秦人是从哪里崛起的？西犬丘究竟在哪里？"这两大历史谜团提供重要线索。当时，王国维曾写了一篇《秦公敦跋》的文章，郭沫若写了一篇《秦公敦韵读》的文章，商承祚亦写有一篇《秦公敦跋》的文章，胡受谦、冯国瑞、李学勤等一大批近当代秦汉史研究专家都对礼县出土的这尊秦公簋情有独钟，并且都写有专门的学术论文。前述老一辈学人们关于秦公簋研究的学术成果，对当代的秦文化研究工作一直产生着直接的影响和指导作用。

甘肃是秦文化的发祥地，而礼县则是上演秦人崛起历史活剧的主战场，秦国开国国君秦襄公在礼县建都，在西垂宫举行了开国大典。秦文化的历史遗存在西汉水上游地区星罗棋布，随处可见，秦四大陵园中的第一座陵园——西垂陵园就坐落在礼县大堡子山上，甘肃秦文化博物馆就矗立在礼县城关镇的秦人广场上，西北地区唯一的一处西周时代秦人遗址——西山遗址，以及圆顶山秦人贵族墓葬，鸾亭山祭天遗址，四阁山祭祖遗址，都在礼县境内，它们都是世界上独一无二的先秦时代的历史文化遗存。

上古时代，在中国人的认知里，位于嶓冢山西边的礼县，就是夕阳西下、金乌西坠的天之涯。

早在史前的五帝时期，嬴秦先祖的和仲一族就开始率众在古称"昧谷"的今礼县红河镇峁水河谷天台山测量日影、制定历法，创造了二十四节气。今天流行于礼县龙鳞镇一带的"春官说春"民俗活动，就是对当年"和仲测日"、制定历法，用以指导农事活动文化现象的一种活态传承。

嬴秦一族自费昌弃夏入商，为商汤驾驭，在推翻荒淫残暴的夏桀时功勋卓著，所以在商朝的地位一直很高，尤其在商朝末年的殷纣王时期，中潏的儿子蜚廉、孙子恶来二人，都成了商纣王的得力干将，是"助纣为虐"过程中的两个代表性人物。蜚廉、恶来深受纣王宠幸，可谓权倾朝野，"炙手可热势绝伦"，曾经显赫一时，红遍天下。

"周武王伐纣"时，在"牧野之战"中恶来被杀，蜚廉因为在战斗之前被纣王派到北边执行任务，算是暂时躲过了一劫。

后来，蜚廉流亡躲避到了嬴秦聚居的东方，心心念念不忘旧主，所以就不断地进行游说活动，鼓动大家反周。

周武王去世以后，纣王的儿子武庚和武王的兄弟管叔、蔡叔一起叛乱。周公带病东征，平定了"三监之乱"，然后继续往东，把参与叛乱的东方部落也平定了，蜚廉就在这个过程中被杀掉了。

周公平定东方之后，就把参与叛乱的嬴姓人和蜚廉关系紧密的族人，强制性地从山东迁到了甘肃的西犬丘，也就是今天的礼县一带，让他们驻守边疆，防御西北的戎人，这就是《史记》里说的中潏一族"在西戎，保西垂"。

从此，他们与西戎人杂居共处，战斗交融。在逐渐掌握了统治西戎的主动权以后，就开始和周王朝交好。在与周王朝交好的过程中，大骆是最为典型的一个代表人物。大骆的小儿子"非子"在礼县盐官一带，依托"盐井"和丰美的水草"牧马"出名，被周孝王召去为周王室养马，因养马成绩突出，"封土为附庸，邑之秦"，"主马于汧渭之间"。《史记·秦本纪》是这样描述的："有非子居犬丘，好马及畜，善养息之。犬丘人言之周孝王，孝王召使主马汧渭之间，马大蕃息。孝王欲以为大骆适嗣"。从此，嬴秦一族得到周王室倚重，身份又开始逐步提升。

至西周末年，由于秦襄公在周幽王"烽火戏诸侯"、逗褒姒"千金一笑"的闹剧中"将兵救周"，平叛有功，并在拥立周平王即位后，"又以兵送平王东迁"，护驾周平王由镐京东迁洛邑，立下了汗马功劳。为了奖赏秦襄公，周平王便正式将他封为诸侯，并将周王室无力控制的陕西岐山以西的土地赐予秦国，从而为秦国的日益做强做大打下了基础。《史记·秦本纪》里是这样记述这件事的："周避犬戎难，东徙洛邑，襄公以兵送平王。平王封襄公为诸侯，赐之岐以西之地……与誓，封爵之，襄公于是始国，与诸侯通使聘享之礼"。于是，就有了后来秦襄公在礼县举行开国大典的"襄公始国"，以及从秦襄公的儿子秦文公开始的从礼县大堡子山前出发，一路东进，一路向阳，筚路蓝缕，迁都雍城、栎阳、咸阳的战略行动。

秦国的迅速崛起，引起了东方各国的觊觎和不安，面对东方诸侯国对秦国的鄙视、羞辱、排挤和意欲吞并秦国的步步紧逼，秦国不得不立下了逐鹿中原、问鼎天下的宏图大志，尤其在秦孝公时期齐、楚、燕、韩、赵、魏六国联合灭秦的行动，促成了秦国的"商鞅变法"和迅速崛起，凝聚了"赳赳老秦，共赴国难""赴汤蹈火，脚不旋踵"的意志和力量。从此，一代又一代的秦国君王，励精图治，一张蓝图绘到底，信念坚定不动摇，在历经了24代、33位国君、550年之后，终于在秦王嬴政的率领下，于公元前221年，横扫六合，一统天下，定都咸阳，建立起了大秦帝国。

因此，礼县就被秦汉史研究专家定义为"秦皇祖邑"和大秦帝国的摇篮。

秦人当年为了奋发图强，迅速增加生产力和战斗力，女子的法定结婚年龄是14岁。今天流行于西汉水上游地区的西和、礼县许多乡镇的乞巧民俗活动，就是当时给女孩子举办的成人礼与生产、生活技能培训班。由此，我们可以看出当年老秦人的日子过得是何等不易。

礼县还是《诗经·秦风》中的《蒹葭》《无衣》《小戎》《驷驖》《车邻》《终南》这几首诗歌的诞生地，其中"蒹葭苍苍，白露为霜。所谓伊人，在水一方"的优美诗句，至今仍雄居于爱情诗之首，被普天之下各种不同肤色的人们传唱不息。

礼县位于青泥古道的西北边，是当年西北地区通往四川的必经之地。《下四川》这首民歌，写满了乡愁与眷恋，近年来风靡歌坛，被人们称为"黄土高原的恋歌""出门人心底的歌"。这首歌，就是西北老歌王王仲禄，1953年跟随西北歌舞团创作人员来礼县采风时，听了一位牧羊人的演唱后，采编加工而成的。《下四川》这首民歌，已被编进了全国音乐学院的音乐教材。

礼县的西山城址，是西北地区目前发现的唯一一座西周时期的秦人城址。

从2020年由甘肃省考古研究所开始发掘的礼县四角坪遗址，是截至目前发现的唯一一处秦统一天下后，代表国家意志的大型礼制性建筑。四角坪遗址，是一处从王国到帝国阶段转型的标志性建筑，应该是秦始皇统一天下后回乡告慰祖宗、祭祀天地的地方。发掘工作目前正在进行中。

秦帝国所处的时代，是中国五千年文明史中最重要的一个时代。秦帝国不仅是中国文明的正源，而且秦帝国还是一个具有世界意义的东方帝国，是创造了一整套文明体系的大帝国。确切地讲，大秦帝国是一个为人类社会管理建章立制的时代，它推行的郡县制，至今仍在人类社会管理中充满了生命活力，至于"书同文、车同轨、统一度量衡"的功劳与作用，更是功德无量。在整个人类文明史中，这样的大帝国是独一无二的。

秦统一后，秦文化传布全国，成为后来辉煌的汉文化的基础。在中国古代文明的历史长河中，秦文化承上启下、继往开来，是博大精深的中华文化中的一朵奇葩。所以，我们今天在礼县召开这样一个级别和档次很高的、关系到陇南和礼县经济社会发展走向的会议，意义十分重大。

此外，礼县还是三国古战场，诸葛亮"六出祁山"的故事就发生在礼县境内。在祁山堡方圆三四十公里的地方，三国遗址一处接着一处，三国故事一个连着一个。

从天水市秦州区的天水镇和牡丹镇诸葛亮收服姜维的天水关、诸葛亮射杀张郃的木门道，到礼县石桥镇姜维大战司马昭的铁笼山；从祁山堡南边诸葛亮演练"八卦阵"的观阵堡、藏兵湾、圈马沟，到祁山堡北边的诸葛亮上马石、九谷堆、祁山古城遗址，沿西汉水两岸六十公里的川坝河谷地带，三国古战场的遗址一处接着一处，每一处都可以建设成世界上绝无仅有的历史文化旅游大景区。

与礼县紧邻的宕昌县邓邓桥记载着当年的魏国大将邓艾率领三万大军势不可挡地南下伐蜀的英雄气概；而邓艾大军偷渡阴平、在摩天岭的悬崖峭壁上和将士们一起裹毡护体滚下悬崖，并以剩余的两千兵力，灭掉了60万人的蜀国这样的传奇故事，让"出师未捷身先死，长使英雄泪满襟"的诸葛亮永远地遗恨在了九泉之下。

另外，礼县历史上还曾经出了两位大文豪，一位是"一赋压两汉"的上计吏赵壹，另一位是五代时期，人称"诗窖"的王仁裕。

东汉辞赋家赵壹，礼县红河人，他的《刺世疾邪赋》大家都耳熟能详，但他的书法论文却鲜为人知。赵壹除了赋写得好，他还是中国书法史上第一位书法评论家，是他开创了中国书法评论的先河，他的《非草书》一文是中国书法史上的第一篇书法论文。

唐朝末年出生在礼县石桥镇斩龙村的王仁裕，五代十国时期曾历任前蜀、后唐、后晋、西汉的翰林学士、户部尚书、兵部尚书、太子少保，因"有诗万余首，勒成百卷"，被世人誉为"诗窖"。关于诗仙、诗圣，可以说是家喻户晓，妇孺皆知，但对于"诗窖"，知道的人就很少了，这不能不说是我们工作中的一种缺憾。关于王仁裕，还有一个"西江浣肠"的传说故事，千百年来一直激励着西汉水沿岸一代又一代的青年学子健康成长，奋发有为。

安史之乱后，诗圣杜甫从长安出发前往成都，途经陇南时在盐官写下了《盐井》一诗："卤中草木白，青者官盐烟。官作既有成，煮盐烟在川。汲井岁榾榾，出车日连连。自公斗三百，转至斛六千。君子慎止足，小人苦喧阗。我自良叹嗟，物理固自然。"

礼县是一个文化资源大县。除了古代的人文历史资源以外，当代可供开发利用的文化资源也很多。

例如，崖城镇的何家庄和雷坝镇的甘山村，这两个村子在"文革"期间都曾经闻名全国。一个是战天斗地的先进村，一个是学习文化的先进村。"远学大寨、近学何家庄"，就是当年西北地区修梯田时的宣传口号，支部书记年继荣后来成了中央委员、九大代表、甘肃省委副书记；而当时的甘山村是与天津市的小靳庄齐名的文化村，支部书记郝怀珍后来当选为雷坝公社的副主任。何家庄和甘山村当年都有村史陈列馆，都有铁姑娘战斗队，都有"老红军"，也都有知青点。何家庄的新农村建设是当年全国的样板，甘山村当时曾接连在甘肃人民出版社出版发行了三卷本《甘山歌谣》。只要思路对头，像这样有文化资源的村子，都可以打造成很好的旅游度假村。

本文选自《在陇南礼县诗和远方旅游目的地〈诗经·秦风·蒹葭〉原创地探秘采风暨陇南市诗歌人才培训活动"上的发言》

> 赵文博，甘肃礼县人，陇南师专原党委书记，陇南市文艺评论家协会主席，甘肃省作家协会会员，著有诗文集三部。

找寻渐行渐远的盐官盐文化

赵琪玮

盐是维持人体及其他生命体内部机能正常运行不可缺少的主要元素，被誉为"生命的食粮""百味之祖"。在史前时代，盐是一种特别稀缺的战略资源，很多战争因盐而起，从西汉时起国家实施盐铁专卖，是中国古代最稳定、最重要的专卖商品，也是封建时代国家财政收入的重要来源。后来诸多商团崛起于盐业买卖。

算是上苍眷顾今天礼县的这片皇天后土，让盐官的井水中含有盐分，生活在此的先民很早就发现这个秘密，进而千百年来创造了丰厚的以盐为元素的各类文化遗产，有物质文化遗产，也有非物质文化遗产，异彩纷呈。

一、从"产盐而生"到"运盐而兴"的陇上名镇

我国明代宋应星著《天工开物》中说，食盐的种类很多，大体上可以分为海盐、池盐、井盐、末盐（土盐）、崖盐（岩盐）和砂石盐六种，东部少数民族地区出产的树叶盐和西部少数民族地区出产的光明盐还不包括在其中。在我国的广阔幅员之中，海盐的产量约占五分之四，其余五分之一是井盐、池盐和土盐。井盐使盐官成为从"产盐而生"到"运盐而兴"的陇上名镇。

（一）地位我国是盐资源大国，东部的海盐、西部的湖盐和四川盆地及其

周边的井盐资源非常丰富，但放眼关中、陇中、陇南一带，除了甘肃礼县盐官和漳县盐川的井盐之外，盐资源相对匮乏，而这两处井盐产地距离其他盐场也相对较远，其战略地位不言而喻。

（二）资源盐官井盐资源自古及今极其丰富，郦道元称"水与岸齐，味甘美"（《水经注》）。民国《西和县志》记载："盐官城内卤池，广阔十余丈，池水浩瀚，色碧味咸，四时不涸，饮马于此立见肥壮"（民国时期，盐官隶属于西和县管辖，新中国成立后划归礼县）。

（三）品质郦道元《水经注》中评价，盐官井盐"味与海盐同"。顾祖禹《读史方舆纪要》中说，盐官井盐"能消瘿瘤"。一般描述为盐官的井盐馨香醇绵，清火润燥，颇受世人青睐。

（四）历史盐官的井盐生产历史悠久。据史料记载，生活在西汉水流域的先民早在周代就发现这里水中含盐，并开始井盐生产。汉元狩四年（前119年）置盐铁官时，因此地有盐井故设盐官管盐，历代相承，营煮不辍。汉代在此设盐官，其盐业发展必已成一定规模，久而久之官名易为地名并沿用至今。

（五）产量从秦汉以来直至新中国成立初，当地井盐开发一直沿袭不断，产销两旺。《晋书·食货志》记载，太和四年（230年）和嘉平四年（252年），关中饥，司马懿上表请兴盐官池盐，以兴军实。唐代，伟大的现实主义诗人杜甫的陇蜀纪行诗中就有一首以《盐井》为名的作品，其中"卤中草木白，青者官盐烟"，"汲井岁搰搰，出车日连连"等诗句，客观地描述了当时井盐生产盛况。宋代，盐官盐井已成举世闻名的大井，产盐量已达相当规模。此后历代都是天水、陇南的食盐产销中心。盐官的盐业已成相当规模，一些史料记载宋代盐产量每年达70余万斤。元初，据现存的当年一些大户的（石氏等）家族家谱记载，盐官和店子川变为牧马草场。盐业的开发成了马饮卤水，井盐的营煮停顿了一个时期，遂恢复生产，但管理甚严。明代，《明史·食货志》记载："陕西灵州（今宁夏灵武县）有大小盐池，又有漳县盐井、西和盐井，洪武时，岁办盐西和十三万一千五百斤。清光绪年间，当地有盐民250户，盐年产销量23万斤。民国时期到新中国成立初期年产井盐13.5万斤，最多时达40万斤。1952年盐官有盐户256口，全年产销盐80多万斤。20世纪七八十年代之后，随着盐官盐业制作成本提高，价格低廉的河西雅盐逐步取代盐官产盐，历时两千多年的盐官盐业逐步走向衰落。

二、被盐浸透的风云历史

（一）嬴秦选择在此一带"安营扎寨"

盐官地处西汉水上游，据文物考古部门调查，此地发现的新集遗址、郑家磨遗址、黑土崖遗址和王家磨遗址等史前文化证明，早在6000多年前的原始社会晚期，就有先民定居在此一带。

据专家研究，广开卤池马饮卤水是秦人先祖非子牧马成名不可或缺的因素，煮水成盐也是秦人在此"安营扎寨"韬光养晦最终能东图关中一统华夏的重要战略物资，早期秦人在此建都邑，修陵园，留下了许多文化遗存。

嬴秦是东夷部族（少昊苗裔）。夏商时期西迁到西汉水流域（渭河流域：甘谷毛家坪、清水李崖秦亭、张家川马家塬、天水麦积放马滩等）。秦人西迁：分几批：第一次是伯益去夏；第二次应该是助纣为虐；还有一种是测日。

秦人有畜马善御的部族传统，《史记·秦本纪》记载，秦之祖伯益"为舜主畜，畜多息，故有土，赐姓嬴"，其后世非子"居犬丘，好马及畜，善养息之。"因"马大蕃息"，周孝王"分土为附庸，邑之秦"，号称"秦嬴"。秦人在西汉水流域完成了从"附庸"到"大夫"，再到"西垂大夫"，最后成"诸侯国"的华丽变身，西汉水流域是秦人的"老家"。

盐官地处西和水与西汉水交汇之地，地势平坦开阔，宜农宜牧，形成水草丰美的河谷盆地，特别是盐官一带水中含有大型牲畜健康成长必须的盐分，是非常理想的繁畜之地。一直以来，在盐官周边一带喂养的骡马毛色好、体型好、耐力强、能拉善驮，是短兵器时代国家的战备物资，也是农业经济时代各地比较青睐的"劳作工具"。秦人的"独特本领"也与这里的资源优势得到绝佳配置，那些经过悉心驯养的精良马匹成为秦人在战场上杀敌制胜的"秘密武器"。同时，这里的井盐也是秦人始终苦心经营的重要战略资源。可以说，在盐官镇所在的西汉水一带作为秦人东进关中一统六国的大后方，为秦人建立中国历史上第一个统一的封建王朝立下了汗马功劳。

1971年和1997年，在礼县永兴乡蒙张村和文家村分别出土了两件有铭文的青铜器，一件盖表、腹上部各阴刻篆隶书十三字："天水家马鼎容三升，并重十九斤"，另一件鼎盖表阴刻"天水家马鼎容三升，并重十斤"。这两件青铜器铭文中的"家马"二字，成为这一带养马业繁盛的重要佐证。家马应该是秦朝专门饲养马匹的机构，负责该机构的官员曰家马令，专为皇帝（王上）培育、选择、饲养和训练个人在各种场合专用的马匹，家马鼎是为马添加谷类、豆类饲料的量器。

（二）因运盐形成的古代交通道路网络

人因盐而聚集使当地成为经济聚集中心后，承担运盐任务的交通路线逐步"开通"，为运盐商贩提供方便的客店、酒肆随之产生，与盐相关的各类文化遗产也积淀形成。

为了运盐，以盐官为中心，呈"放射状"开通了多条商旅往来的道路。从盐官向东经小天水、平南、皂角直通天水市，与丝绸之路相连；从盐官向西经礼县城后或北上岷县马坞与武山县城相连，或西行经礼县石桥、龙林、肖良、昌河坝、隆兴，到达武都。从盐官向西南经西和长道、石堡、石峡、成县纸坊到达成县城，在成县城，既可以经徽县，或南下经水阳姚坪翻越青泥岭到陕西略阳。或绕开青泥岭经徽县大河店、王家河、白水峡到陕西略阳，与陈仓古道（古蜀道）相接。也可以经西狭古栈道、翻越太石山、过康县平洛到望关；在望关既可以经长坝、巩集、白马关、大南峪、窖坪出陇南，再经陕西木瓜园到略阳，继续往东到汉中；也可以经长坝、黑马关、康县城、岸门口、三河镇、铜钱、阳坝、托河出陇南，经陕西燕子砭南下四川；还可以经武都佛崖、米仓山、安化、武都、两水、石门、角弓、宕昌沙湾、两河口、官亭、宕昌县城出陇南境，再经岷县、卓尼（事实上的阴平古道），进入甘南、青海；当然在武都还可以沿白龙江而下进入文县，再沿阴平古道进入四川。在盐官与徽县之间，除了经西和、成县的这条线路之外，还可以从盐官东行，经天水大门、徽县高桥、榆树到达徽县城。

（三）同时提升盐官知名度的骡马市场

盐官的历史名片除井盐生产和运销之外，后来享誉西北的"骡马市场"也远近闻名。马是人类最早驯化的动物之一。最早的始祖马在五千六百万年以前就生活在北美洲大陆上。大约在六千年前，在广袤的欧亚草原上，马成为人类的"朋友"。从此之后，马作为典型的役使家畜，广泛用于挽车、载重、骑乘，在劳动、交通、战争中起着重要作用。直到工业革命之前，马一直为世界多民族的主要畜力，以至于"马力"成为后来功率的基本单位名称。特别在冷兵器时代，马作为高端的战争装备，是"甲兵之本，国之大用"（《汉书·马援传》），扮演着战争机器的重要角色。马作为一种国家重要的战略资源，属于国家专卖，管理非常严格。（《宋史·兵志》载："马分为二：一曰战马，生于西垂，来自宕昌、峰迭峡、文州；二曰羁縻马，产西南，短小不及格。"直到清康熙四十四年（1705年），因清兵用察哈尔马，不喜用西北马，解除了民间骡马交易的禁令，之后才有民间骡马交易，盐官的骡马市场迅速形成。从清朝中后期到20世纪80年代末，盐官一直充当我国西北地区的"骡马集散地"的角色。据1999年版《礼县志》记载，新中国成立前，由于陇南一带战事频仍，经济凋敝，有关盐官骡马交易数据方面的记载比较少。从1952年开始，盐官每年都召开以骡马交易为主的物资交流会（当地又叫骡马会），交易畜远销陕青宁及晋鲁豫皖等地。

1963年物交会上的牲畜日上市量超过2000头。1978年物资交会上的牲畜日上市量超过3000头。特别是改革开放初期，随着家庭联产承包责任制的实行，极大地解放了农村生产力，农民对畜力的需求急剧增长，盐官的牲口交易盛极一时。1979年至1983年，盐官骡马市场每年大致要提供4万余头商品畜，交易额达1000多万元，仅1983年冬召开的为期十天的物资交流大会，上市牲畜7468头，成交额达17.6万元。基于这些业绩盐官一度被列为全省大家畜繁殖基地。盐官之所以能成为"名震西北"的民间骡马交易市场，究其原因，一是这里适宜于发展畜牧业，自古至今是"养马"的最佳区域，在优势资源富集地形成交易市场完全符合经济运行规律。二是以运盐为目的的交通路线和经过长期积淀已经形成的商贸氛围为骡马交易提供了存在和发展便利条件。这些四通八达的交通线路便于骡马商贩降低成本，减少经营风险。民间骡马交易市场肯定和认同了盐官的商贸地位，同时也提升了这座因盐而兴旺千年古镇的商贸声誉。

三、与盐有关的民间文化密码

经过两千多年的发展，一些独特文化元素融入古镇。如以前的供运盐商人、农土特产品商贩居住的客店变成规模更大的骡马店，既要满足客商歇息需要，还要有专门的骡马圈舍，草料和精通喂马的伙计，在饮食上逐步形成了具有当地特色的扁食、猪油饼、火烧馍等。其中更多的是与盐不可分割的各类文化遗产。

（一）物质文化遗产

古盐井：1931第七次矿业纪要编撰的资料《各省盐业近况》中记载：有盐井一，呈方形，长宽各三公尺，深十余公尺，井之四壁皆用木板砌造，井底一部产盐水，一部产淡水，现将产淡水处用棉絮填塞，以防淡水之涌进。该井一昼夜可出盐水百余挑，每挑重八十斤，可煎水盐一斤。煎盐均用木柴，现此处共有盐户二百八十家。

井盐生产设施与器具（作坊）（1）设施：①盐井。②盐田，俗称"盐土台台子"，是晾晒滤盐土的场地。③盐锅房。盐锅房要三至四间，一边安置盐锅，一边存放晒干的滤盐土，另安置槽板，用于淋漏盐水。（2）器具：木桶、井绳、滤盐土、木锨、刨子、木耙、大小马勺、步桶（无梁木桶）、扫帚、槽板、铁锅、木盐盘、粗瓷碗、竹篓子、沥盐棍。

供盐民祭祀的盐神庙：盐神庙建造在镇旧城南门外，又名盐井祠，是当地重要的标志性建筑。盐神庙占地660平方米，由前、中、后三院组成，前院为汉龙阁，中院为古盐井所在地，后院为盐圣母殿。庙内供奉的盐神当地人称之为盐婆婆（也称之为"盐圣母"），每年农历四月十二日要举办一次声势浩大的盐神庙会，当地的盐民们要祭拜盐神，唱戏悦神，庄严神圣的祭拜仪式内容丰富，形式完美，特定的祭祀圈和信仰圈为盐民实现人、盐、庙（神）的和谐相处提供了平台，深受当地民众重视，也成为盐官民俗文化的重要标签。

（二）非物质文化遗产

与盐有关各类神话传说、奇闻佚事：《玉兔显井的神话》《泉涌卤水的神话》《汉水龙王的传说》《樊哙献盐的传说》以及《诸葛亮卤水洗尘的传说》等。

民俗俚语："走到盐官吃了一碗咸饭"等。

井盐生产技艺：传承千年自成体系保存完整、入选甘肃省非物质文化遗产名录。考古资料显示，史前人类已经开始掌握开发利用盐的技艺，人类早期的制盐技术有三种：一是打通距离地面较近的盐矿脉制盐，二是运用蒸发技术制作海盐，三是提取盐泉或地下卤水煎盐。井盐的土法制作主要分为凿井、采卤和熬盐三个环节，通过凿井提取天然卤水，装在器皿中加热，使水分不断蒸发，最后结晶为成品盐。制作程序：（1）拌土。将上次淋漏过的已成为黑色软泥状的滤盐土（没有杂质的沙土）堆放在盐土台（盐田）边角，稍待干散，用镢头挖开劈成小块，布撒开来，晾晒稍干，用刨子打碎，用铣翻酥（称"翻土"），用耙子耙平，反复多次，直至生土变细，成为重新可用的滤盐土，待用。（2）浇灌盐水。用大小马勺把从盐井里汲取的盐水向滤盐土均匀泼洒，待晒干后反复泼洒，晚上用木锨攒起来（防雨防潮），白天又铺开晒，反复泼洒七八天，生土吸附大量盐分，成为"熟土"，叫"土落了"。再把熟土搬回盐房存放，以备淋用。（3）滤盐。先将熟土用竹篓装成鸟窝状，然后将装好的"篓子"整齐地排放在槽板上。篓子多少不等，一锅盐大体需要三四十个，再将井盐盐水缓慢地添加在篓子中（俗称"添篓子"），待其慢慢渗出，槽板下置步桶盛接滤下的盐水，大约需要多半天时间，一排篓子的盐水可全部淋完。（4）熬盐。将淋滤出来的盐水添满一锅，用木柴煅烧，先用大火，将水煮沸，再改成小火，慢慢蒸发，再添加盐水，又改大火。如此反复，待锅中起泡，加进玉米面约一两，锅中水分蒸发成泥沙状，继而盐分析出，然后用粗瓷碗捞盛放入桶中储存。

民间习俗：盐神庙会。庙会文化作为我国传统民俗文化的有机组成部分，它是民间祭祀神灵的一种形式，庙会禳灾祈福的传统民俗功能、娱神与娱人相统一的娱乐休闲功能、走亲访友与购物餐饮的经济功能成为调解广大群众劳逸结合，进行物质交流，开展文化娱乐活动的重要途径。确定一个日子，附近乡民持香秉烛聚集祭祀神灵，这个日子为"正会"。一般正会前后几日，至少唱四天四夜的传统地方戏曲，曰"神戏"。盐官盐神庙庙会为每年农历四月十二日（盐婆婆的生日）举行，主要活动在盐神庙和戏场两个场所同时进行。在盐神庙内，盐民们通过上香、供奉食物、向盐神"报告"自家一年来的产盐情况、含蓄"表达"新的愿望、烧纸钱、放鞭炮等方式进行祭祀活动，请求盐神保佑盐井永不枯竭，日常烧盐顺意、阖家平安。戏场演戏娱神与娱人。

(三)盐文化中"隐藏"的民间智慧

女性盐神:盐神信仰中的神秘元素。由于我国地域辽阔,在历史上各地信奉的盐神也各不相同,而且不同籍贯的盐商和不同民族的盐民供奉的盐神也有差异。这些盐神要么是发现或生产盐的文化英雄,要么是赐盐给人类的神灵,要么是占据鱼盐之地有功而被奉为盐神的部落始祖神或盐业所奉之祖师神等,但他们无一例外地都是当地盐民祭祀膜拜的神灵。盐官的盐神信仰与众不同。(1)祭祀对象为女性神灵,当地人称盐婆婆(也称"盐圣母")。查阅史料来看,各地盐神都有具体姓名,也基本上都是清一色"男性",但盐官盐神却为女性,且姓名也不明确,这与秦人先祖为女性有关,"盐婆婆"的称谓应与当地乞巧习俗中的"巧娘娘"同属一个称谓模式,存在一定的借鉴性。如西汉水流域的"麻姐姐",即氐人的麻纺织的行业神。(《魏略·西戎传》记载氐人"俗能织布,善种田,畜养豕(猪)、牛、马、驴、骡")。我们可以看出盐婆婆—巧娘娘—麻姐姐,即三个辈分:自然神—祖神—行业神。(2)一年一度的盐神庙会与西汉水流域的民间乞巧习俗在动因和程式完全相同,当地人给这两项民俗活动赋予了一种凄美的"爱情"内核。我国知名学者赵逵夫先生研究认为,今天西汉水流域的乞巧习俗是秦人后裔的一种民间"祭祖"仪式。乞巧的溯源是我国《牛郎织女》的民间故事,其产生与周、秦民族的交融密不可分。织女是在西汉水上中游地区起家的秦人的先祖女修,即当地人乞巧活动供奉的"巧娘娘"。牛郎则是陇东马莲河流域肇始的周人先祖农耕文明的化身。在中国历史上建立了八百多年统治王朝的周人肇兴于陇东,他们的始祖"后稷始播百谷。稷之孙曰叔均,是始作牛耕"(《山海经·海内经》),成为中原农耕时代的开启者,周人先祖演化为牵牛星。乞巧活动是世代生活于此的秦人后裔恳请先祖的化身"巧娘娘"赐给自己智慧和美好婚姻,然后恭送她在举办乞巧节的七天八夜期间与"牛郎"相会。这种盐神信仰中的"牛女情节"明显带有从秦人"祭祖"仪式中剥离出来的印迹。当地民间乞巧习俗的文化学意义是通过这一活动欢送自己的祖先与"夫君"相会,而盐神庙会举办的初衷也是当地盐民以节会的形式欢送主宰自己命运的盐神与远在异地的"夫君"相会,二者都透出了"人神一理"的人间烟火味道,充满早期秦人民俗文化的神秘色彩。民俗信仰的功利主义色彩:①盐神庙与龙王爷当邻居:为什么将汉水龙王设于此地呢?这是因西汉水常发大水,为了不让河水淹没盐井,殃及两岸百姓,也影响盐的熬煮。盐民建汉龙阁是为了请汉水龙王降福百姓保全盐井,保证盐的产销,同时还请汉水龙王分清盐井中的甜水和咸水,叫甜水不要流淌,让咸水越多越好。②盐官的盐神平时被铁链锁着,据说是当地盐民怕"她"去与漳县盐川镇供奉的盐神"盐爷爷"幽会,顾不上"照看"自己的盐业生产,只有每年农历四月十二日(盐婆婆的生日)盐神庙会期间才解开铁锁,让她与盐爷爷相会。20世纪90年代(1992)初重修盐井和盐神庙时才将盐婆婆的链锁取掉。

  借土作媒:井盐制作的"神来之笔"。提取盐泉卤水煎盐的盐官井盐制作工艺世代相承,程序独特繁杂。《中国盐业述要》一书载:"盐官制盐,先将盐水汲出洒于黏土上,干后再洒以盐水,如此者数次,再将此黏土塑为甑形,置于特制之木架上,复将盐水倾洒甑中,使其徐徐渗出,后将渗出之水,收集而熬煮之,即成盐。"这一过程可以分解为四个步骤:一是拌土。将上次淋漏过的已成为黑色软泥状的滤盐土堆放在盐土台边角,稍加晾晒,用镢头挖开劈成小块,铺撒开晒干,用刨子打碎,用铣翻酥,用耙子耙平,反复多次,直至生土变细,成为重新可用的滤盐土。二是浇灌盐水。用大小马勺把从盐井里汲取的盐水向滤盐土均匀泼洒,待晒干后反复泼洒,七八天后,生土吸附大量盐分,成为"熟土",搬回盐房存放,以备淋用。三是滤盐。将熟土用竹篓装成鸟窝状,然后将装好的"篓子"整齐地排放在槽板上。篓子多少不等,一锅盐大体需要三四十个,再把井盐盐水缓慢地添加在篓子中,待其慢慢渗出,槽板下置木桶盛接滤下的盐水,大约需要多半天时间,一排篓子的盐水可全部淋完。四是熬盐。把淋滤出来的盐水添满一锅,用木柴煅烧,先用大火,将水煮沸,再改成小火,慢慢蒸发，再添加盐水，又改大火。如此反复，待锅中起泡，加进玉米面约一两，锅中水分蒸发成泥沙状，继而盐分析出，用粗瓷碗捞盛放入桶中储存。从上述制盐流程不难看出，盐官的井盐制作技艺的独到之处在于土的介入，这是其他地方井盐制作没有的程序。其原因我分析有两点：一是盐官的卤水含盐度相对不高。大量熬制之前需要一个自然蒸发卤水以提高含盐度的过程。盐具有腐蚀性，石质器皿蒸发卤水最佳，但盐官属于黄土地域，缺乏石质材料，当地能生产的陶器容量不大，而且易破碎，金属材质的器皿容易被腐蚀，卤水的自然蒸发过程用传统方法难以实现。二是如果直接煮水熬盐，当地的燃料资源不充足，不像四川自贡有丰富廉价的天然气可用。于是先民就地取材，选用当地岩土经过反复淋浇卤水，以提高卤水的盐分，降低制盐成本，这是当地劳动人民的伟大"创造"。这种在井盐制作过程中以土为媒介来节减煎盐投资费用的方法，除盐官之外绝无仅有。

商贸传统：渗透在骨子里的"生存之道"。（1）牙行文化：在骡马交易时还形成了一种极具影响力的特色文化——牙行。在盐官，"牙行"一词是对牲口集市交易过程中专门为买卖双方说和"生意"并抽取佣金的中间人的称呼。它似乎不是行业组织，而是特指这一群体当中的每一个人。他们首先要能说会道，有把死人说活的嘴上功夫。其次要会看牲口的"牙口（年龄）"，精通"相马之术"，对任意一头牲口能抓住要害仅用几句最精练的语言做出评价。再次要会"捏价"，俗称"捏码子"。即代理买卖双方的"牙行"将右手置于草帽下，或袖口中、衣襟里，用摸指头的方法来表达价钱。最后还要懂行话，会说隐语，善于察言观色，对优柔寡断拿不定主意的买卖双方捕捉时机强行促成交易。（2）精通赚钱经商：由于拥有太多与商贸相关的禀赋，盐官成为陇上南北通衢的商埠驿站，在历史上以盐和骡马交易为龙头，各类百货土产集聚于此，行商坐贾往来于此，祖祖辈辈经过买卖熏陶的盐官人个个善于经商，十有八九是当地人称的"生意经"，做生意成了渗透在盐官人骨子里的"生存之道"。

（四）盐文化遗产的保护

产业化，旧风貌，博物馆漳县盐产品：盐厂（20世纪70年代）；沐浴盐、足浴盐、护肤保健品；盐画。漳盐：两眼古井，上井出的一担盐水可熬盐15斤，下井的则只有10斤；上井建有盐文化博物馆，碑林。盐官古街打造，盐神庙改造，投资2.2亿的盐文化主题公园，手工技艺传承人培养，盐文化博物馆建造等。

| 赵琪玮，甘肃礼县人。陇南市委党校副校长，陇南市文艺评论家协会副主席。

明清时期的土司制度对陇南社会经济的影响

| 王国基

土司系土官之名，本为我国边徼地方政治制度中之特殊制度，是我国封建王朝在统一领土内的某些地区，即主要是西部少数民族聚居或散居处，采取"以土官治土民"的办法进行统治的一种政治制度。

今陇南的宕昌、武都、文县境内，在明清至民国初期，有五位土司的辖区属地。即岷州多纳千户赵土司辖地：宕昌县阿坞、哈达铺、召藏、立藏、大族、上族等。麻竜赵头目辖地：宕昌县达竹、扎纳、簸箕、麻界滩等。宕昌百户马土司辖地：宕昌县官鹅、番坪、竹园族、瓦舍族、乔家山族、阴平族、鹿仁族、土崖头、铁力哈族、冉家山族、油坊沟族、火坪族、上堠子、大坝里、前山；武都县坪牙乡赵家坪、旧墩、莪儿、腰道里。文县王土司辖地：东伸沟、麦鹅堡、太平族、草坡山、鹞子坪、上哈杀、野不咱、官地堡、得胜寨、扎多寺、堡子里、下舍书等22个寨子。文县马土司辖地：阴卜山、夹石山、桃林坪、演武坪、麦贡山、薛堡寨、竹林族、白固族、沙坝族、野人山、马尾山等30个寨子。

上述五位土司中，尤以宕昌马土司的辖区最大（除宕昌、武都属地外，还有舟曲县的八楞、武坪、三角坪等"四族三地方"），体制最完备，统治时间最长，对该地区的政治、经济、文化的影响最深。据清康熙四十一年编《岷州志》载："宕昌土司始祖马珍，系洮州卫人，明洪武间以功授世袭土官百户，珍子进良，进良子都宗，都宗子成，成子应龙，应龙子世福，世福子存仁，存仁子辅国，辅国子任远，任远子天骥于康熙二十四年委替宕昌城池地，管中马番人一十六族，把守隘口一十六处。"又据《舟曲县志》载："宕昌马土司受封于明洪武间，从第一代马珍至末代马培德，相传二十二代，历时约五百六十余年"。

另据清光绪二年长赟编《文县志》载："番地，系土司王受印、马起远所辖，雍正八年（1730年），知县葛时正奉文改番归流，土司裁革。"其土司序列：（1）王土司始主王砌豹，于明洪武二十八年（1395年）授陕西都司文县守御军京制指挥千户所始，二世王安已，三世王封，四世王士，五世王允中，六世王承宗，七世王爵，八世王绪光，九世王受印均世袭，共传九世，历三百三十五年。（2）马土司始主马桑，于明洪武二十八年（1395年）授陕西都司文县守御军民千户所始，二世马章驭，三世马信，四世马让，五世马凯，六世马麟，七世马渥，八世马瑞，九世马体乾，十世马继宗，十一世马显胤，十二世马启应，十三世马成德，十四世马起远均世袭，传十四世，历三百三十五年。这两位土司所辖"番民"多系白马藏族。

现就土司制度的几个方面分述于后：

1.土司制度中的承袭制度。土司的承袭，依照传统，每当一土司死亡时，如有子二人以上，则即由长子继承土司——军政首领，次子继承僧纲——宗教首领。如仅有一子时，长子除继承土司外，还兼摄僧纲。土司可娶妻育子，僧纲则不能，故土司与僧纲的继承，均只能出自诸土司之子。

明朝规定："命土官无子，许弟继承。土司无子弟而婿为夷信服者，令婿袭，或许妻袭。""替袭必奉朝命，属虽在万里之外，皆赴阙受职。" 在得到朝廷赐予的印信号纸（刘锡藩《岭外纪蛮》云："凡土司承袭，由部给牒，书其世系，职衔及承袭年月日期于上，曰号纸。"）后，才能正式承袭。清代土司承袭较严格，凡土官承袭，隶于吏部验封。《钦定吏部验封司则例》规定：土官文职"应袭者，督抚查核，先令视事，令司州县邻封土司具结及本族宗图，原领号纸送部，具疏请袭。嫡庶不得越序。此无子……子或年幼，督抚题名注册，选本族土舍护理。俟其子年十有五，方准请袭。年老有病，请以子代者，听。"又规定："凡土官病故，该督抚于题报时，即查明该土官应袭子嗣，限六月具题到部，办理承袭。如有逾限到部者，查明议处。"

2. 土司制度中的行政组织。土司以下有大头目，大头目以下便是旗，旗是一个行政与军事合编的单位，每旗有旗长一人，负责全旗行政、司法与军事的责任。每旗下管辖总管一至三人，每一总管辖理村落数至十数个，每一村落有头人一人。列表示：土司—大头目—旗长—总管—头人—居民。

在这一套组织系统里，土司是世袭的，大头目与旗长的产生亦近于世袭，其人选只能在富于统治势力的上层"番民"中选拔。总管的产生，少数是世袭，大多数由土司任命，不论世袭与任命，总管的人选都完全是当地人士。头人既不是世袭，也不是任命，而是由各村各居户轮流担任。大头目、旗长、总管与头人的职责，在平时替土司征收钱粮、调解居民纠纷，维持境内治安等；在有战争发生时，则担任阶级不同的指挥官，指挥征集来的兵马作战。

3. 土司制度中的军事制度。军事制度是土司制度的神髓，因为它一方面是土司武力的凭藉，另一方面又是土司的经济源泉。依靠武力，土司对外可以建立武功，对内可以殄除抗命的集团。同时，又靠经济的力量，维持统治机构。清朝至民国时期，洮岷一带土司辖区的四种田地中，兵马田最多，这种田不许民间私相买卖，耕种这种田的人，在权利、法律与治安方面，都受到土司的相当保护。在义务上，他们都要贡献力役与财赋。力役可分两方面：一为着兵马，一为着乌拉（汉语意为当公差）。在性质上，前者相当于近代的兵役，乃是土司制度的武力基础；后者则相当于近代的工役，则是土司制度的经济基础。力役与财赋，乃是支持土司制度的两大柱石。说到这兵马，凡在土司辖区内的居民，在有战争发生时，都有出兵一员、马一匹，以及全副武器及所需粮秣的义务。土司的命令一到，便立即出发，被调集的兵马，须立即赶至命令所指定的地点。在战争中，应征来的兵马，如有死亡，不论是战死或病死，均可以免除家庭力役三年，作为补偿。

土司的兵马要受中央政权征调，为其对内对外战争服务。如宕昌土司马珍于明洪武十五年（1382年）奉调征剿板儿族等叛番后，在明清间被征调参加重大军事行动的有：公元1396年，随岷州指挥使征迭部叛番，土司被杀。公元1425年，岷州岳藏堡等番民暴动，土司马进良率所属一千人进剿。公元1463年，岷州立节番反，土司马都宗前往镇压，被杀。公元1485年，阶州赵家坪、青石山番暴动，土司马成随阶州守备顾铎前往镇压。公元1514年，岷州打鱼沟番暴动，土司马应龙合同官兵镇压。公元1531年，阶州黄鹿坝番民暴动，土司马应龙随洮岷兵备道前往进剿。公元1585年，岷州拉达族番又反，土司马世福率部至甘沟坪镇压。公元1596年，岷州忍藏等九族番叛，洮岷兵备道以土司马存仁为先锋，合同麻竜土司赵世清镇压。公元1642年，岷州黑峪寺番暴动，洮岷兵备道副总兵同马土司前往镇压。

在军事制度中，还有一个重要组成部分，即巡防——墩台设施。据清康熙四十一年编纂的《岷州志》载，在宕昌境内的墩台（即堠、烽、燧）有：

哈达铺寨，墩台二座，防守兵二十名；

脚力铺寨，墩台一座，防守兵二十九名；

高桥寨，墩台一座，瞭望兵二名；

柏杨林寨，墩台一座，防守兵三十三名；

宕昌寨，墩台一座，瞭望兵二名；

新城子寨，墩台一座，瞭望兵二名；

老鼠山寨，墩台一座，瞭望兵二名；

临江铺寨，墩台一座，防守兵二名；

干江头寨，墩台一座，瞭望兵二名；

官亭、两河口、上埂子、沙湾等地亦设有墩台，并配有兵员，因归西固辖区，岷志未有记载。有这样一条上至岷州（今岷县），下至阶州（今武都县）的通信系统，一地遇有敌情，即可发出信号，很快就传到指挥中心，迅速作出相应决策，并付之军事行动，以保境内安全。

封建王朝在少数民族地区推行土司制度的主观目的，是为了维护其统治，但在客观上却起了一定的积极作用。

首先，增强了少数民族地区的政治稳定。在土司制度下，叛乱、掳掠事件减少，缓和了中央与地方的矛盾，使涣散的地方政治局面得到了改变；使无流官出任的边远地区具有了完整的政治机构，使国家的统一、领土的完整得到了保障。

其次，密切了西部少数民族地区与中原的经济、文化交流，对少数民族地区经济的发展，起到了推动作用。一是封建王朝通过设立"卫所"军事体系，建立大量关、堡，以"分别羁縻"，有计划地向少数民族地区进行军事移民，被遣戍的士兵必须携带家眷，到固定的卫所进行屯种；同时还从陕西关中地区迁移部分所谓"样民"安家落户。大批汉族的移入，带来了先进的生产技术和生产工具。同时，由于各族人民长期接触，互相往来，互相学习，又增进了彼此间的了解。二是开设互市，促进贸易。明、清为维护统治，招来各族人民进行市易，以解决军需国营，在卫所治地开设以茶、马、盐、药材等主要商品的互易市场。所以，岷县、宕昌一带群众至今称"逢集"日为"逢营"。朝廷明文规定：凡只要承认赋税者，皆准其到互市场买盐、布。在这种思想指导下，岷州、宕昌、西固、阶州附近的"番民"经常去市场进行商品交换，从而使当地的"番民"与汉民的关系非常密切。

综上，土司制度推行之初，在维护封建统治方面是发挥了积极作用的。但是，它毕竟是建立在阶级压迫和民族压迫基础之上的一种封建政治制度，随着历史的发展，其消极方面愈益突出。

一是土司的权力具有相对的独立性，他们成为独霸一方的土皇帝。并因其制度本身存在着浓厚的割据性，从建立之日起就与封建王朝之间存在着权力分配的矛盾。同时，土司之间的互相掠夺，战争不休，也严重影响了封建王朝统治秩序的安定及社会生产的正常进行。

二是在土司制度下，辖区人民既受封建王朝的压迫，又受本族统治者——土司、头人的剥削、奴役，生活在水深火热之中。由于土司是世袭的封建领主，世代掌握着辖区全部土地、森林等主要生产资料，而广大人民则是"领一份地，交一份粮，当一份差，出一个兵"的农奴。在这种农奴制度下的人民遭受着深重的经济剥削。

三是土司制度的推行伴随着民族压迫，给这里的少数民族的发展带来了深重的灾难。明、清统治者以残酷的屠杀对付少数民族人民反抗民族压迫的斗争，前述明、清时官兵驱调土兵镇压岷县、宕昌、舟曲、武都"番民"反叛的事实就是充分的例证。

王国基，甘肃天水人，原陇南地区文化处副处长，甘肃省民族民间文化遗产保护专家委员会委员，陇南市民间文艺家协会以名誉主席。

陇南文化语境中的非物质文化遗产

——陇南非物质文化遗产的保护与传承述略

| 焦红原

一、陇南文化与陇南非物质文化遗产

如果说家庭是社会的细胞,那么,非物质文化遗产,就是地域文化的细胞。换言之,陇南非遗,就是陇南文化的基因,或者说是陇南文化的传承密码。

大家知道,我这里所说的陇南是个狭义的地域概念,是指今行政地理意义上的陇南,陇南文化亦然,是个地域文化。

关于陇南文化,在撰写《陇南文化:西秦岭山地人文历史的视觉性回顾》这本书时,我将其归纳为四个方面的特点,这就是"源远流长,底蕴深厚,兼容并蓄,特色鲜明。"

说其"源远流长,底蕴深厚",这是因为,据考古发掘证明,早在7000多年前,陇南的先民就在这广袤的大地上生产与生活。西和宁家庄古人类文化遗存与秦安大地湾古人类文化遗存同属仰韶文化早期,而大地湾文化与伏羲文化又属于同一时代;史书上讲"伏羲生于仇夷",西和仇池山有伏羲崖;专家考证,"乞巧文化"亦与秦早期文化有关;中国古代西部两大少数民族氐族与羌族,都与陇南有关,陇南是氐民族的摇篮,又是宕昌羌的发祥地;历史上,秦族、戎族、白马氐羌、党项人、吐谷浑、吐蕃等诸多民族都曾在这里繁衍生息。为陇南子遗了既"源远流长,底蕴深厚",又"兼容并蓄,特色鲜明"的民族民俗文化。现在，这些文化以非物质文化遗产的形式，存活于我们的生产生活中，这是陇南的幸事，当然也是我们的幸事。

文化与非物质文化既有区别，又有联系。非物质文化遗产有其特殊的"寄生"性。所谓非遗，它是人类口述和非物质的文化遗产，相较于物质文化遗产，它是无形的。譬如我们耳熟能详的"蒙古族长调"、国粹京剧的源头"昆曲"艺术，以及《格萨尔王》的演唱与传说等。陇南许多的国家级或省级非遗项目，如"武都高山戏"、"两当号子"、"康县打锣鼓草"、西和礼县"春倌说唱"等即如此。而有的非遗项目，譬如传统中国的"古琴"，表面上看它确是"物质"的，而这"琴"的制作，及其演奏，以及演奏所表达的人类精神文化的思维及审美情感，又是"非物质"的。

因为我们的"非遗"，它首先是文化的，这里我不得不就"文化"一词，啰嗦几句。

有人说，"文"即鸟在雪地上留下的爪印，"化"，是人类对事物不断认知的过程。

文化有狭义与广义之分。狭义的文化容易理解，譬如我们通常把能看书写字的人，就可称之为有文化的人。著名作家梁晓声从文学的角度来评价一个人是不是真正意义上的"文化人"时，他说，这要看他具不具备四种素养："根植于内心的修养，无须提醒的自觉，以约束为前提的自由，为别人着想的善良。"广义的文化，则不仅有精神的属性，也有社会人类学及哲学的含义。譬如，泥土本身不是文化，而泥土通过人们的生产加工制作成精美泥塑作品、陶瓷制品的过程，以及由泥塑作品（佛像）、陶瓷制品（陶埙、唐三彩瓷器、元青花"鬼谷下山"大罐）等，这些人类智慧的创造过程及创造成果，就有了文化的成分。再譬如说，酒不是文化，而由粮食转化为酒水的过程，及饮酒的方式方法，礼仪习俗等，就是文化。泰山不是文化，它原本就是一座土石山，而由泰山封禅（封为"祭天"，禅为"祭地"）引发的一系列礼仪活动，以及历代文人墨客在泰山留存大量的诗词歌赋，宗庙祭祀等，就形成了丰富多彩，特色鲜明的泰山文化。

换言之，文化是人类社会发展过程中形成的物质产品与精神产品的总称。

在陇南的非物质文化遗产中，有许多项目，即属于广义的"文化"范畴。譬如我们的"文县傩舞——白马池哥昼""宕昌羌傩舞"成县"竹篮寨泥塑""陇南剪纸"等。"面具""泥塑"及"剪纸"此类非遗，其明显具有"物质"的属性，而"傩面"制作的传统工艺、"傩面"的造型及使用方法、礼仪等等，却像"酒文化""茶文化"一样，它是非物质的。

也就是说，在非物质文化遗产项目中，有些"非物质"的文化承载于"物质"文化之上，它们既有独立的属性，又有"寄生"的文化传承，但毫无疑问，它们无一例外都必须是文化的。非遗本身说的是文化，它是文化卓尔不凡的一种表现与存在形式。陇南的非物质文化遗产，在陇南文化的语境中，满怀乡愁，令人珍爱。

二、陇南非遗的地域特征与历史文化背景

（一）陇南非遗的地域特征

陇南位于中国地理位置的中心地带，又处于陕、甘、川三省交界处，著名的地质学家李四光曾说，这里是"宝贝的复杂地带"。事实也正如此，这里不仅"一山有四季，十里不同天"；更有"秦陇锁钥，巴蜀门户"或"巴蜀咽喉"的美称。

陇南的非物质文化遗产，其地域特征非常明显。譬如说白马藏族的"池哥昼"，受宕昌羌文化影响。如果说《两当号子》受湖广及楚文化、"棚户文化"的影响；文县"玉垒花灯戏"受巴蜀文化有些影响，那么，白马藏族"池哥昼"却是独特的，甚至在全国非遗项目及非遗文化，都是独一无二的。当

然，宕昌羌藏文化专属于陇南地域的特征，也是极为鲜明的。

"兼容并蓄"与"特色鲜明"，在陇南文化语境中，相得益彰，并不冲突。

就陇南非遗的种类而言，据《陇南非遗：陇南市非物质文化遗产保护名录汇编》导言介绍："陇南的非物质文化遗产形式多样，分布广泛，项目众多，内涵丰富。国家划分的6个范围10种类型的非物质文化遗产陇南都有。而且有些门类在甘肃和全国居于突出地位。"

"国家划分的6个范围10种类型的非物质文化遗产陇南都有。"这也是陇南非遗相对于全国非遗保护项目而言，最为显著的陇南特征。

陇南之所以有如此丰富多彩的非遗项目，与陇南所处的行政地理位置密不可分。

我曾在《陇南文化》一书中说：独特的军事地理位置、频繁的属地征战讨伐、地方政权的兴盛衰落、复杂多变的民族迁徙与融合，使陇南文化，不仅处处蕴含着白马氐文化、秦早期文化、羌藏文化等主体文化的影响，同时还在生产生活的方方面面，不同程度地折射着巴蜀文化、关陇文化的璀璨光芒。

（二）陇南非遗的历史文化背景

陇南有悠远的历史，也有极为深厚历史、民族及民俗文化。

前几年，有关部门在全国范围内组织了一次关于"千年古县"的评选，这对于南方一些地市，可能是个新奇而有趣有价值的事，因为它们许多县（市）及建制，大多由镇衍生扩展而来。从伏羲氏的传说到乞巧习俗的延伸，从氐羌的发祥到秦帝国童年，从"武都……疑秦已置县"到汉武帝初设武都郡，再到仇池国、宕昌国的存续，陇南的哪一个县没有千年人文历史，哪一个县不是千年古县呢？

南宋撰罗泌的《路史》上说："伏羲生于仇夷，长于成纪"。"仇夷"就是陇南西和县的仇池，"成纪"在今天的天水市。这里不仅是我们始祖文化——伏羲文化的诞生地，还是我们秦早期文化的发祥地。据赵逵夫教授考证，西和的"乞巧"习俗，就与"天汉（银河）"，与秦人早期风俗，与《牛郎织女》的传说有关。《诗经·秦风》中许多诗歌就产生于陇南西和礼县一带，"蒹葭苍苍，白露为霜，所谓伊人，在水一方"中所说的水，就是今天陇南的西汉水。

从传统意义上讲，陇南自古以来就是游牧文明与农耕文明的交汇地。南北朝十六国时期，纯游牧的宕昌羌曾在这里建立了宕昌国，而半游牧半农耕的白马氐人，亦在这里建立了仇池国、武都国、武兴国、阴平国等地方政权。这一时期，在陇南形成了氐羌文化的"太极图"。

唐帝国（618年—907年）中后期，吐蕃占领陇南，并强制推行"辫发易服"等文化改良政策，陇南原住民渐次被吐蕃化，这一时期，吐蕃与北方的吐谷浑等少数民族与文化与陇南的白马氐羌民族文化发生了不同程度的融合，吐蕃衰落后，中国出现了一个新的民族族称，这就是我们今天所说的藏族。

民族的演变与融合，对陇南地域文化也产生了深刻的影响。

《魏书》说："宕昌羌者，其先盖三苗之胤。周时与庸、蜀、微、卢等八国从武王灭商。汉有先零、烧当等，世为边患。其他，东接中华，西通西域，南北数千里。姓别自为部落，各立酋帅，皆有地分，不相统摄。宕昌即其一也。俗皆土著，居有栋宇。其屋织牦牛尾及羖羊毛覆之。国无法令，又无徭赋。唯征伐之时，乃相屯聚；不然，则各事生业，不相往来。皆衣裘褐，牧养牦牛羊豕，以供其食。父子伯叔兄弟死者，即以其继母、世叔母及嫂、弟妇等为妻。俗无文字，但候草木荣落，以记岁时。三年一相聚，杀牛羊以祭天。"今天宕昌官鹅沟鹿仁村、阴坪村羌不是羌，藏不是藏，又是羌，又是藏的民族民俗文化，包括它的《笨笨经》《羊皮扇鼓舞》，以及独特的服饰——"绛紫色衣服""兔耳朵帽子"等，就是吐蕃与羌藏民族民俗文化的遗存。当然，大家见到的岷江化马段那些"伸臂木梁桥"，吐谷浑人称之为"河厉"，也是民族融合的有力见证。

文县铁楼白马藏族的《池哥昼》《圆圆舞》等，更是白马氏民族的孑遗。

《武阶备志》说："武都地杂羌氐，武帝初，开置。民俗与巴蜀同，而武都近天水，俗颇似焉"。"又地杂氐羌，民俗朴漏而劲悍，尚鬼巫，力田而外侍樵采，士尚礼法，浸浸文物。"又引《华阳国志》说："其人半秦，多勇憨。"说的都是陇南古老的民俗风情。这些穿越历史时空的风土人情，其实在我们非遗文化中，比比皆是。

悠久的历史，多元的民族，特殊的地域，复杂的文化，对陇南社会经济发展产生了深刻的影响，也为陇南非物质文化遗产留下了极为宝贵的财富。

三、陇南非遗的保护现状与存在的问题。

（一）陇南非遗的保护现状

陇南市非物质文化遗产保护工作，于2004年下半年启动，2007年市上率先成立了全省第一个非遗保护中心，随后，各县（区）也设立了相应的工作机构，有的县（区）成立了专门的保护中心，进行了全市非物质文化遗产的普查、挖掘、整理、申报、认定工作。至2013年10月底，已全面完成了普查工作，共摸排线索1012条，调查项目747个，涵盖17个门类100多个种类。走访传承人1603人，收集录音资料369盘，录像资料长度达50小时，照片6000多张，制作分布图370张，登记珍贵濒危实物3065件，案头整理形成文字资料27册计150多万字。通过普查，组织和培养了180多名专业和业余普查工作人员，截至2015年底，全市各县（区）共整理文字资料27册，计362万字。其他相关资料18册，拍摄照片8600余幅，音像资料369盒。所有普查形成的文字材料全部录入电脑，对录入数据的电脑实行专人管理。通过普查基本摸清了全市非物质文化遗产的家底。（参见《陇南非遗：陇南市非物质文化遗产保护名录汇编》导言）

2015年2月，陇南市委、市政府办公室印发了《"中国（陇南）乞巧女儿节"申报联合国教科文组织人类非物质文化遗产项目工作方案》，全面启动了"中国（陇南）乞巧女儿节"申报世遗工作。市县文化主管部门均以不同形式组织了《非遗法》《甘肃省非遗保护条例》、"非遗项目申报保护"培训班，按照每年不少于一次的频率，市文广新局对包括县区文化局长、市县非遗中心主任，乡镇综合文化站长在内的各级文化系统干部、非物质文化遗产代表性传承人开展非遗工作专题培训。每年的"文化遗产日"市县文化部门都会举办非遗法律宣传和非遗项目展示展演活动，近年累计举办非遗集中宣传活动76次，市非遗中心编纂出版了《陇南非遗》一书，有效提高了非遗工作的社会关注度，营造了依法保护非物质文化遗产的良好氛围。

2017年，落实国家级非遗项目保护经费120万元，落实省级非遗项目保护经费64万元。完成了陇南市国家级和省级非遗项目传承人年度考核和国家级和省级非遗项目绩效考核。积极参与配合省文化厅2017年"文化和自然遗产日"非物质文化遗产宣传展示活动，共选送了11个展示项目480件展品，2个展演项目赴敦煌参加全省活动，对外展示了陇南非遗传承保护成果，展现了陇南风采。

与此同时，出台了《陇南市非物质文化遗产项目代表性传承人命名与管理办法》（陇文广新发〔2015〕103号），制定了非物质文化遗产中、长期保护规划，进一步明确了全市非物质文化遗产保护的指导思想、基本原则、总体目标、重点任务、推进计划和保障措施。建成了包括市非遗中心在内的，集收藏、研究、展示等功能于一体的非遗展示中心8个，传习所15个。

市上率先成立了正科级建制的市非遗保护中心，属市文广新局下属事业单位，各县区也成立了相应的非遗专业保护机构，进一步明确了各级非遗工作者职责，市、县通过举办培训班、选拔、培训、实践锻炼等多种形式和途径，共组织和培养了180多名专业和业余普查工作人员，在全市初步建立了一支以市、县级文化机构业务工作人员为主干，镇（街道）、村（社区）文化员为基础，社会协查员等为补充的非物质文化遗产保护队伍。争取财政资金支持非遗传承保护，每年在文化产业发展基金中列支非遗保护经费，用于开展非遗培训、补助市级非遗代表性传承人开展活动。从2015年开始，对考核合格的市级传承人发放年度补助经费。

梳理陇南非遗项目，截至2017年底，全市共收集非遗线索747条，调查项目365个，涵盖17个门类100多个种类。其中民间文学42个，民间音乐31个，民间舞蹈19个，戏曲11个，曲艺8个，民间杂技11个，民间美术32个，民间手工技艺82个，生产商贸习俗8个，消费习俗33个，人生礼仪20个，岁时节令23个，民间信仰26个，民间知识3个，游艺、传统体育与竞技9个，传统医药6个，其他14个。现有国家级项目3个，省级项目39个。2017年考核合格的市级以上传承人207名，其中，国家级1人，省级27人，市级179人。

具体说来，陇南进入国家级非物质文化遗产保护项目名录的有：西和乞巧节、武都高山戏、文县傩舞白马池哥昼。进入省级非物质文化遗产保护项目名录的有：两当号子、河池小曲、竹蓝寨泥塑、陇南影子腔、礼县、西和春官歌演唱、盐官制盐工艺、豆坪唢呐、康县木笼歌、康南毛山歌、锣鼓草、玉垒花灯戏、寺台造纸术、武都木雕、栗玉砚、角弓咂竿子酒、三仓灯戏、宕昌羌傩舞、陇南高山剧、文县土琵琶弹唱、白马藏族民歌、羊皮扇鼓舞、文县麻昼舞、大身子舞、康县梅园神舞、泥塑、木雕、马勺脸谱、剪纸、面塑、民间织布技艺、武都蜂粮酒、山核桃工艺品加工技艺、栗玉砚制作技艺、红川酒酿造技艺、麻纸制作技艺、礼县高抬、康县"女娶男嫁"等39个项目。

陇南非遗资源，按行政区域分布，由高到低依次为康县81个、武都区56个、成县47个、西和县44个、礼县36个、文县32个、徽县28个、宕昌县20个、两当县15个。从项目在全市分布的差异性来看，人生礼仪，岁时节令，民间信仰等门类的项目大同小异，而民间音乐、民间舞蹈、民间美术、曲艺等门类在各地的差异性较大，不少项目具有较强的独立性，并带有鲜明的个性和地域特色。这就是我们陇南非遗目前的状况。

（二）存在的主要问题。

理性审视近年来陇南非遗保护工作，虽然亮点纷呈，成效巨大，前景广阔，但也存在一些亟待解决的客观实际问题。具体而言，一是经费保障不足。按照《非遗法》和《甘肃省非遗保护条例》的要求，"县级以上人民政府应当将非物质文化遗产保护、保存工作纳入本级国民经济和社会发展规划，并将保护、保存经费列入本级财政预算。"但因市、县财力不足，还未将非遗保护经费列入本级财政预算，市本级的非遗经费也只是在文化产业发展基金中列支，非遗保护经费不能得到有效保障。二是机构设置不规范。虽然市级成立了市非遗中心，各县区也成立了相应的非遗保护机构，但除了武都区、文县、宕昌县的非遗中心为独立法人单位外，其他县区的非遗保护中心都是文体广局的内设机构，人员和经费保障不足，影响了非遗传承保护工作的开展。三是专用场地短缺。由于经费不足，缺乏项目支撑，全市非遗传承场所短缺，不能有效地为传承人提供授徒、传艺、交流的条件。四是缺乏专业人才。无论是项目申报还是生产性保护，都缺乏专业人才规划、设计、创意，致使拥有丰富的非遗资源，却难以更好地传承、开发。

四、结语

笔者认为，保护优秀的非遗文化，就是保护人类一种好的生活习惯和优良的生活作风。

随着现代化进程的不断加速，传统文化的消失与消亡也在不断提速。我们的非物质文化遗产保护工作面临前所未有的挑战与机遇。

挑战是因为许多优秀的传统文化，再不及时保护，有可能再也无法重现，譬如白马藏族《阿尼嘎萨》[2]史诗的传唱，已后继乏人；余林机的父亲曾是强曲白马藏族的老"祭司"，之前我们也曾采访并见过老人家，几年前故世了，一次我在配合陇南电视台制作《白马山寨池哥昼》和《走近白马山寨》节目时，问及一些事情，余林机有些惆怅及遗憾地说，后悔以前没好好跟老父亲学，好些东西自己当时没过问，现在无从问，丢失了，成为最大的遗憾。虽然前不久，余林机刚被评为国家级白马文化的非遗传承人，但非遗文化保护与传承的重要性、紧迫性早已彰显。再就是我们有的地方，对传统文化进行过度的"包装"与"打造"，使传统文化媚俗化、庸俗化，承载了太多不该承载的"旅游经济"重任。机遇是，陇南有如此丰富多彩的非物质文化遗产，现在的非遗保护工作越来越引起国家和社会各界的关心、关注与重视。2015年，甘肃也出台了《甘肃省非物质文化遗产条例》，《条例》明确指出："非物质文化遗产保护应当尊重传统，维护民族团结，注重真实性、完整性、传承性和公益性；遵循政府主导、社会参与、保护为主、抢救第一、合理利用、传承发展的原则。"

在陇南文化的语境中，陇南的非遗，宛若莲花，映日荷花别样红。陇南的非遗是我们汩汩流淌的文化血脉，不管怎说，非遗文化的保护，不仅是党委政府部门的责任，也是社会大众的义务。尊重传统，注重真实性，完整性，传承性，保护为主，合理利用，仍是我们社会各界必须明确的刚性原则与不二法门。

> 焦红原，笔名过河卒，甘肃武都人。甘肃省作家协会会员，陇南市作家协会副主席，武都区作协名誉主席。其他有《山水陇南·收藏》《山水陇南·诗意》《陇南文化：西秦岭山地人文历史的视觉性回顾》等，《陇南文化》荣获甘肃省第八届优秀史志成果一等奖、陇南市第一届哲学社会科学优秀成果二等奖。现任甘肃省陇南市政协科教文卫委员会主任。

《白马藏族文化研究·散文卷》漫笔

刘满园

随着陇南经济社会的转型跨越发展，白马藏族民俗文化研究取得了一系列重大成果，这不仅要归功于陇南市委市政府的高度重视，也要归功于陇南政协领导及其宣传文化部门的身体力行。近年来，白马藏族民俗文化研究会的诸多同仁，以及国内省内以及当地许多历史学家、民族学家、民俗学家、社会学家、人类学家、文学艺术家，新闻工作者，纷纷从不同的角度，不同的视野，不同的方向，投身到白马藏族民俗文化的开掘、抢救、保护、研究、利用中来，做了大量行之有效的工作，为陇南经济文化建设，做出了独特而卓越的贡献。

陇南市政协原副主席张金生就一直致力于白马藏族民俗文化研究工作，多年来他曾经无数次深入白马藏族生活的山山岭岭，村村寨寨，详尽记录，刨根问底，而后又去伪存真，反复进行甄别整理，撰写了大量的白马藏族民俗研究文章。他还不遗余力，承担着白马藏族民俗文化系列丛书的编撰工作，先后编辑出版了《陇南白马藏族民俗文化研究》之《故事卷》《歌曲卷》《语言卷》等，这次又编辑出版了《散文卷》，真可谓功不可没，善莫大焉。

《陇南白马藏族民俗文化研究·散文卷》的编辑出版，是白马藏族民俗文化研究的一项新成就，它对于我们认识陇南古代波澜壮阔的历史，推进非物质文化遗产的保护，开发白马藏族居住区旅游文化资源，加大白马藏族民俗文化宣传，促进白马文化元素文艺创作，带动先秦文化、乞巧文化、高山戏等陇南文化研究，都有着不可替代的作用和十分深远的意义。

陇南境内留存数千年的氐羌文明，历史久远，可以追溯到秦汉以前。甲骨文已有"氐"字，只是还不是族名，商代和西周时，氐人尚未从羌中分化出来。关于白马氐，司马迁的《史记·西南夷列传》里记载："自冉駹以东北，君长以什数，白马最大，皆氐类也。""冉駹"是古代部族，居住在今四川茂县一带，东北正是今甘川陕交界地区。"白马"就是白马氐，即今天仍生活在文县白马峪及其周边的"白马藏族"。《汉书·地理志》称武都郡为"故白马氐羌"驻地，《魏书·氐传》"氐者，西夷之别种，号曰白马"，《正义》引《括地志》"陇右成州、武州皆白马氐"。

可见，那时的陇南，已经成为氐族的家园了。数千年的氐羌文明，跟华夏文明是一脉相承的。开掘和研究一个民族的民俗文化，就是要弘扬其留存下来的精神文明。白马藏族人的悠久的历史传统，也是白马藏族生生不息、历久弥新的根本，是我们取之不尽、用之不竭的宝贵财富，更是我们弘扬华夏文明、实现中国梦的精神源头之一。

散文这种古老的文本，能够最充分最详尽地记录第一手资料，弥补这种缺失，完成保留白马藏族日益消失的文化资源之重任。为此，这些文字，特别是更多鲜活生动、鲜为人知的记述，是现在以至将来白马藏族学术研究的重要文献资料。《陇南白马藏族民俗文化研究·散文卷》，是白马藏族民俗文化研究的一扇窗口，也是白马藏族民俗文化研究的博物馆，这些来自田野调查和体验式研究获得的可靠资料，都是白马藏族民俗文化"可用之材"，供更多有志于白马藏族历史文化研究者查阅应用，供更多关注抢救白马藏族民俗文化的各界人士品读欣赏。散文卷中这些记录和描述，更多来自于作者的现场调查，来自真实的见闻，更多篇目对白马藏族自然环境的描写，对其历史渊源的探寻，对其生活习俗的记述，对其歌舞传说的搜罗，都是翔实中肯的。这些作品的题材范围，涉及了白马藏族生活的方方面面，作品的笔触，已然深入到了更多细枝末节，渗入到白马藏族生命意义的最深层了。

可以说，这些文字非常完备地呈现了白马藏族当前一个时期的整体状况，好多内容，都是已然离世的民俗传承人的口述，非常珍贵，其中许多民俗概念、数据资料，其价值也会不断得到认同和凸显。这些文字的作用是显而易见的，不容低估的，熠熠生辉的。

打开《陇南白马藏族民俗文化研究·散文卷》，读过正雨、焦红原、李世仁、刘启舒、余石东、阿贝尔等人的精美篇章之后，我们对白马藏族的前世今生、爱恨情仇、精神面貌、宗教信仰、图腾崇拜、衣着服饰、歌舞形态甚至语言等文化元素，就有了更为深刻的了解和领悟了。

白马藏族是较早进入农耕文明的民族。《后汉书·西南夷列传》说氐地"有麻田"，《魏略》说氐人"其俗能织布，善种田，畜养豕牛马骡"，《梁书》说"地植五谷"，可知历史上白马藏族过着以农耕为主兼狩猎的生活。因居住地海拔高，他们喜养蜂，农作物以花荞、苦荞、青稞、燕麦、小麦、糜谷、大麻、胡麻居多，自玉米、洋芋传入我国后，海拔低一些的地方就以玉米洋芋为主。

白马藏族是一个遗世独立的民族，一个饱经沧桑的民族，一个谜一般的民族。从远古的历史走来，他们经历了许多，千百年来，他们的个性没变，他们的品格没变，他们的心灵没有扭曲，他们把自己与生俱来的东西保有得非常完美。也可以说，这是一个神话般的民族，化石般的民族。

白马藏族独特的民族风情令人向往。白马藏族生活的高寒林区，气候阴冷潮湿，一年四季都要喝酒驱寒。天长日久，他们便养成了人人喝酒、家家酿酒的传统。但白马藏族经常喝的不是高度数的白酒，而是在自己家里用青稞、高粱、大麦、燕麦等五谷杂粮酿造的黄酒，也叫泡酒。普通人家每年都要酿好两三大缸，逢年过节，招待客人。白马人相聚，会一边跳舞唱歌，一边举碗豪饮。每逢此时，老一辈的白马人还会用悲愤哀怨的曲调，唱起祖辈们流传的酒歌，讲述本族南征北战、艰苦创业的故事。

严格的族内婚，是白马藏族顽强地延续本民族血统的基本特征之一。当代的白马藏族与古代记载的一样，实行严格的族内婚，恪守一夫一妻制，虽有兄终弟继现象，但必须办理合法的手续。文县的白马藏族，一直保持着古朴原始的民族文化和独具特色的风俗。白马藏族的婚姻方式，是先订婚后迎娶。古时也有偷婚、抢婚的习俗。

白马藏族能歌善舞，歌舞是白马藏族的灵魂，特别是"池哥昼"那吸腿跳步，摇肩晃膀的动作，表现了白马藏族不屈不挠，战胜自然，与邪恶抗争的勇敢精神。逢年过节，男人反穿皮袄或五彩花袍，足蹬长筒毡靴，身后系一根长长的牛尾巴，肩挂一串铜铃，头戴木雕彩绘面具，翩翩而舞，面具上刻着青面獠牙的各种动物或凶神恶煞，白马人称之为"池哥昼"，又称"鬼面子"或"跳曹盖"。在第四届中国艺术节上，文县白马人表演的"池哥昼"，以其原始独特、粗犷豪放的风格，受到观众和专家的高度好评。

白马藏族在文化上接受儒家学说，在生活中信奉自然崇拜，自古崇拜山神、水神、土地神、火神及其他有灵性的自然神。凡遇大事必告祖先，以祈求保佑。白马藏族以血缘关系为纽带，尊崇祖先，使弱小的白马人紧紧团结起来，使本民族得以生存发展。

《陇南白马藏族民俗文化研究·散文卷》中，还有更多精美的篇章，精彩的内容，关于"给州""火通杆"，关于百褶裙、沙嘎帽，关于咂杆酒、香猪肉，关于白马爷、"日就高就"，关于"汉人留文字，蕃人留话把"。在白马峪河，在麦贡山，在案板地，草河坝，在这片神奇的土地上，还有更多民情风俗，还有更多的人神共舞，还有更多需要深入的东西，还有更多神秘莫测的地方，也还会生发更多体验和感悟，产生更加辉煌的研究成果。其实，田野调查，历史考证之外，更需要这种文学的描摹和参与，需要这种再创造和想象力，甚至需要诗人般的空灵和睿智，去观照白马藏族的生存状态，挖掘其繁衍生息的历史意义，及其难能可贵的学术价值。

总之，《陇南白马藏族民俗文化研究·散文卷》所收集的，是域内域外20多位50余篇专家学者和文艺工作者创作的有关白马藏族的散文作品，更多的是采访手记、调查笔记，甚至深入白马藏族生活地区撰写的札记、随记，甚至日记等。文字朴质，记述翔实，现场感强，信息量大。这些鲜活的文字，是对白马藏族历史渊源的科学考证，又是对白马藏族生活状况的真切描述，字里行间，流露着专家学者们严谨的态度，探索的精神，超人的智慧，渗透着他们对白马藏族过去现在未来的无限关怀，更多篇章里，彰显着他们对白马藏族深深的关爱，由衷的赞美。

这些散文作品中，或者笔记、札记里，呈现出来的现实主义倾向以及浪漫主义情怀，令人感叹。这种关怀，是深厚的、立体的，也是理智的、能动的。当然这些文字当中，还存在表述不够准确，记载不够真实，考证不够科学等等一些瑕疵，但是瑕不掩瑜，其历史功绩是不可磨灭的。这些至今依然幸福地生活在文县高山峡谷中的白马藏族，是我们研究白马藏族民俗文化的活化石，随着社会的发展，时代的进步，随着现代信息的普及，甚至随着白马人生活条件生活环境的改善，白马藏族无穷无尽的魅力和美丽，越来越会放射出无限光辉。

刘满园，甘肃武都人，甘肃省作协会员、甘肃省文艺评论家协会会员、郑州小小说文化传媒有限公司签约作家。陇南市文联党组成员、驻会副主席。作品散见于《百花园》《萌芽》《飞天》《天池小小说》《短小说》《文学月刊》《甘肃日报》等报刊，有精短小说集《乡村情绪》、散文随笔集《陇蜀情怀》以及纪实散文集《梦中的橄榄树》（合著）出版，主编《陇南文学作品选·小说卷》。

重新评价《非草书》的美学价值

| 王德军

赵壹,《后汉书》记载为汉阳西县(今甘肃天水市)人。关于他的生平与著作,还有许多疑问。据陆侃如生生《中古文学系年》考,卒年约为130—185年;又据赵逵夫先生考,约生于126—131年,卒于184—188年前后。《后汉书》卷八十有其传,说他恃才倨傲,为乡党所摈斥,灵帝光和元年,被举为郡上计入京师,受到袁逢、羊陟的共同称荐,名动京城,后西归,公府屡召不就,终年于家。著赋、颂箴、诔、书论十六篇。代表作《刺世疾邪赋》,其一反传统诗学主张的温柔敦厚的中和之美,以其言辞的辛辣尖刻、情感的鲜明激烈,在文学史上的独标一格。

《非草书》是赵壹的一篇杂论,它是古籍中记载确凿并生产较大的影响的第一篇书学文献,为我们了解汉代书法状况及当时人们对书法艺术的认识留下了极宝贵的资料。然而对于这篇书法批评的开山之作,人们却多从"非草"一词去强解赵壹的书学观,认为它是一篇逆时而动,从实用、正统思想角度否定草书创作的"道德文章",与艺术学范畴的书法批评无关。因此对它的美学价值也就缺乏客观的定位。本文拟就《非草书》的美学思想及其价值作一阐述,以期抛砖而引玉。

一

对《非草书》持否定观点者多认为，赵壹儒家正统思想很浓，他完全从儒家实用观点出发来看待草书，因此"从本质上说，赵壹《非草书》具有非艺术化的反书法倾向。"这就需要分析一下《非草书》的写作背景及动机。

据史书记载，恒灵时期，宦官专权，当时的上大夫曾联结太学生反对宦官把持朝政。汉灵帝刘宏是一个颇有艺术才华的昏庸皇帝，他和宦官们为了笼络知识分子，扩大自己的势力，光和元年（178年）于太学之外又在洛阳设置了鸿都门学，招收了一批善作辞赋或工书鸟篆之人，待遇超过了太学生，以示与大学抗衡。《后汉书》载，汉灵帝还改革人才选拔制度，把书法与辞赋作为选拔政府官员的标准。这些人"献赋一篇，或鸟篆盈简，而位升爵者"。这种政策对提高书法的艺术地位无疑是有积极意义的，但是选拔执掌一方或人主枢机的官员，不计实际才干，仅心尺牍、辞赋及工书鸟篆而取舍，自然要招致一些有责任心的官员的反对。首先反对者是蔡邕，他明确指出："书画辞赋，才之小者，匡国理政，未有其能"。并呵责这些人是"无行趋势之徒"，但灵帝仍一意孤行。显然，这种取仕方式的坚持与反对，着是出于政治目的，是两个集团之间为巩固自己利益而进行的政治斗争。

当时，赵壹所在的西州，虽地处偏远，却也草书风行。赵壹写道：余郡士有梁孔达、姜孟颖者，皆当世之彦哲也，然慕张生之草书过于希孔、颜焉。孔达写书以示孟颖，皆口诵其文，手楷其篇，无怠倦焉。于是后学竞慕二贤，守令作篇，人撰一卷，以为秘玩。姜、梁二人是"当世彦哲"。据卫恒《四体书势》载，二人都是"草圣"张芝的弟子，是当时的名人大腕，其所作为影响也大。事实上当时人们对草书的痴迷已经达到了一种疯狂的程度，《非草书》中描述的情况是：

忘其疲劳，夕惕不息，仄不暇食。十日一笔，月数九墨。领袖如皂，唇齿常墨。虽处众府，不遑变戏，民指画地，以草刚壁，臂穿皮刺刮，指爪催拆，见腮出血，犹不休辍。

试想，一种再好的艺术，如果让许多人痴迷到如此程度，泛滥成灾，恐怕就不是正常的了。泼泼冷水降降温倒是合时宜的，因此，赵壹撰此文目的是"俱其背经而趋俗""故为说草书本末"。

如前所说，这场争论不能看作是一般的学术之争，而是出于政治目的的思想交锋。赵壹在文中虽未提及鸿都门学一案，但其对草书痴迷者的激烈抨击，实也蔡邕属同一立场。所谓草书为"技艺所细者""非圣人之业也"，不过是赵壹为此而找的理由罢了。因此，说"《非草书》具有非艺术化的反书法倾向"是缺乏思辨性的。正如我们今天反对"大吃大喝"的奢靡之风，并不是要反对吃饭本身一样，赵壹反对的是"指爪催拆，见腮出血，犹不休辍"的习草之狂风，并不是反对草书本身，相反他对杜度、崔瑗、张芝博学馀暇，游手于斯"，还称赞"皆有超俗绝世之才"，可见他对草书本身并不是一概反对的。这一点是需要详加体察的，不能仅从"非章"两字作表层理解。

二

《非草书》中有一段十分精辟的文字：

凡人各殊气血，异筋骨。心有疏密，手有巧拙。书之好丑，在心与手，可强为哉？若人颜有美恶，岂可学以相若耶？

这是《非草书》的核心所在，有着丰富的美学思想的重要价值。对于这段论述，笔者以为至少有以下三点值得重视。

（1）以气论书。赵壹所说"凡人各殊气血，异筋骨"，就笔者所见，这是最早以气论书、以气论艺的言论。

在国中古代哲学中，"气"是一个很宽泛的概念，大致是指组成宇宙万物的元素。按照《庄子》的观点，气是弥漫宇宙的普遍存在，所谓"通天下一气耳"。由于中国古代注重"天人合一"，把人与自然看作一体，认为人也是气之聚，气聚则生，气散则死。人的生理现象和心理现象也都是由元气化合而成的。班固《汉书·礼乐志》中说："人函天地之气，有喜怒哀乐之情"。五充《论衡》提出："精神本以血气为主，血气常附形体"。又说："人之善恶，共一元气，气有朋少，故性有贤愚"。他把元气与人的贤愚、才能联系在一起。可以看出，在赵壹所处的时代，认为人的才能来源于个性气质的观点已很流行。

赵壹所说之气，是与人的筋骨、容颜一样的自然禀赋。他认为作者的先天所禀之气各殊，决定了书法创作面貌的差异。我们知道，两汉艺术思想的最基本特点便是重功利，强调经世致用，当时的诗学实际上等同于政治学。而赵壹在此时此境中，第一次把书之好丑同个人的气血、筋骨、心手联系起，实际上是与作者的个性、才气联系起来。他第一次针对艺术创作，鲜明地突出了艺术家独特的禀赋在创作中的作用，强调创作个性的差异。这是与两汉宗经、征圣、原道思想截然不同的，这是艺术个性意识的觉醒。他首次将哲学中气的内涵，引入艺术理论，生发出气之审美的思想，使中国艺术理论呈现十分丰富的审美形态。几十年后，曹丕在《典论·论文》中提出"文以气为主"的著名论断，被看作是文学自觉时代到来的标志，在文学批评史上，后人给以极高的评价。以后气之审美的论述更是精彩纷呈。刘勰《文心雕龙》将气之于艺术思维和审美创作的关系，做了精神辟的分析。钟嵘《诗品》、谢赫《古画品录》，又分别将气之审美推向诗歌、绘画领域。以后的诗论、文论、画论、书论，关于气之审美的论述，不胜枚举。

赵壹的气血论虽没有像曹丕文气说那样具体，但他却早于曹丕几十年，开启了中国传统文艺学中气之审美理论的先河。有意思的是，后世对曹丕文气说以极高评价，而对赵壹首发先声之功却少人有提及。

（2）心手合一。赵壹提出："心有疏密，手有巧拙。书之好丑，在心与手，可强为哉"。这几句话是对上文"凡人各殊气血、异筋骨"的引中。

在书法史上，人们多把扬雄的"书为心画"说作为书为心学的理论渊源，其实扬雄的"书为心画"中之"书"并非讲的是书法。此语出自《法言·问神》："言不能达其心，书不能达其言，难矣哉！唯圣人得言之解，得书之体……故方，心声也；书，心画也；声画形，君子小人见矣"。显然，这里的"言"指口头语言，"书"指书面语言，即文字、文章。扬雄所讨论的其实是先秦时期的老话题——"言""意"关系。宋代的朱长文最早把扬雄的"书，心画也"借用于书法，他在《续书断》中谈到颜真卿书法时说"扬子云以书为心画，于鲁公信矣"，遂致千载因循。由此看来，真正最早以人之心意来论书法的应该是赵壹的《非草书》。

"书之好丑，在心与手"，看似简单却内涵丰富。在赵壹看来，书法创作是一个困难的过程，心须达到"心—手—书"的合一，这与后来陆机在文学创作方面提出的"物—意—文"有异同曲同工之意识。首先"书"是"心"的表现，即作者思想情感的自然流露，同时"心"之转换为"书"，需要靠"手"的参与方可完成。因此，"书"之好丑的关键是"心"与"手"，而"心有疏密，手有巧拙"。自然流露于书，"书"也就各呈面目，独具个性。他认为书法家本人的心性修养与技巧水准决定着书法境界的高低，而不是相反。这一书法思想的进步意义在于，它道出了书法创作主客体的统一关系，即影响"书"之美丑的是两个方面，就是创作主体的心之疏密与手之巧拙。"手"是由"心"到"书"的桥梁，要想使"手"真正沟通"心"与"书"，则只有做到心手合一。

"心手合一"的美学观点，对后世的书法学习、书法创作、书法审美和书法理论都产生了极大影响。它启示书法家，既要修养心性，又要大量实践，其使"手"能弃拙趋巧，达到得心应手。南朝庾肩吾《书品》以"天然"与"工夫"为标准评论书法，其所谓"天然"即指先天禀赋，所谓"工夫"则指后天技巧，正与赵壹"心""手"对应。此外如王僧虔的"心手达情"说、孙过庭的"心手双畅"说、柳公权"心正则笔正"说等均源于此。至于苏轼的"书如其人"说则是赵壹思想的进一步深化，他的"了然于口与手""心目手俱得""技道两进"，刘熙载的"笔性墨情，皆以其人之性情为本"，以及目前我们所提倡的"德艺双馨"等观点，其理论渊源都可追溯到赵壹那里。书为心学成为后期书法理论的核心内容，而"心手合一"直到今天仍然是书法创作的最高审美境界。

（3）学与不可学。赵壹指出：书之好丑"若人颜有美恶，岂可学以相若耶？"强调美在自然，强调美之本质是一种与生俱来的东西，是一个人才情学养的自然流露，正如春空之云，倏忽万变，舒卷无迹，总在作者自得之。

自然之说肇源于先秦老庄，老子提出："人法地，地法天，天法道，道法自然"。庄子认为美在自然无为、顺应物性，提倡法天贵真、天工天籁的创作方法，这是道家哲学、美学的精髓，也是与儒家注重人为造作相对抗的学说。赵壹气之审美的归宿其实就是妙造自然。在儒学一统天下的汉代，赵壹能提出如此美学观，比之魏晋时期任真自然的美学思潮，颇有些超前意识。

赵壹认为美在于事物的本质，不在于事物的表面形式。美的形式只是美的本质之体现，不懂得这一点就会效西施之颦而增其丑、学赵女舞步而失其节。杜度、崔青、张芝在博学余暇于草书，却能使"后世慕焉"，原因是他们"皆有超俗绝世之才"。而一般的人即使是"十日一笔，月数丸墨。领袖如皂，唇常黑"，甚至"臂穿皮刮，指爪摧折"，"然其为字，无益于工拙，亦如效颦者之增丑，学步者之失节也"。原因是"凡人各殊气血"，艺术家的"绝世人才"，"岂可学以相若耶？"书法的形态是作者内在精神的外化，书法创作中那种妙造自然、生气远出的审美境界，是宇宙生命的浑然于一成，决非矫揉造作能得来。书法的终极境界要靠作者心灵的自悟，这便是"不可学"的根本原因。

这种思想在曹丕《典论·论文》中表现得也很明确："文以气为主。气之清浊有体，不可力强而致。""至于引气不齐，巧拙有素，虽有父兄，不能以移子弟。"这种艺术天赋"不可力强而致"甚至不能由父兄相传的观念，根本上来自《庄子》，《庄子·天道》中轮扁虽对制造车轮甚为精通，"有数存焉于其间"，却自称"口不能言""臣不能以喻臣之子，臣之子亦不能受之于臣"。艺术创作活动是一种无规律又合规律的活动，能言传的是机械的规律，而无规律的自由创造是不能言传的。庄子已经朴素地意识到了这一点，而赵壹、曹丕则更加明确化。以后的书论、诗论、画论中这种不可学的论述比比皆是。唐代孙过庭《书谱序》中说："同自然之妙有，非力运之能成。"释光《论书法》中说："书法犹释氏心印，发于心源，成于了悟，非口手所传。"清代康有为《文艺舟双楫》："书法亦犹佛法，始于戒律，精于定慧，证于心源，妙于了悟，至其极也，亦非口手传焉。"他们所传达的意思都是强调"心通""妙语"。心通则百通，心不通则学也不学到家。草书，那迅雷狂风般的抒情风格更是作者才情禀性的外化，创作中八面出锋、迂回曲折，更若天马行空、不践陈迹，其心得体验更要通过心灵的天应才能把握。有称"吾虽不善书，晓书莫若我。苟能通其意，常谓不学可"的苏轼曾举过一个例子："张长史见担夫也公主争路，而得草书之法，欲学长史书，日就担夫求之，岂可得哉！"张旭见担夫争路而得草书之法，完全是一种心灵的契合。当然，这种观点并不是不重视功力的磨炼，而是说书法创作的抽象性绝不只是一个技艺层面上的问题。所以，他们注重的是心法统摄技法的整体性，强调神采意韵的整体气象，提倡"文章本天成，妙手偶得之"的美学效果。

《后汉书》说赵壹"恃才倨傲"。我们从仅存的篇章即可看出，赵壹确是一个颇有个性又极具才华的人。他在《非草书》中体现出的美学思想是具有开创性的，在逻辑上也是严谨的，其基点是"凡人各殊气血"，而"心手合一"和艺术天才"岂可学以相若"则是引申。他以气血论书法，标志着艺术批评视界由社会教化（作品与社会）向作家个人（作家与作品）的重大转移，而他的"心手合一"在当时则是一种全新的认识，直到强调艺术美在自然妙造、不可学以相若，虽有先验的缺陷，却极有启发。若要追溯其渊源，则更像是道家的影响。

需要指出的是，在草书中的实用与审美问题上，赵壹更多强调的是实用。这是有其局限性的，但是以历史的眼光看问题，我们是不好追求古人去超越时代的，何况实用就是书法本身的两大功能之一。在书法发展史上实用与审美始终是相互交叉、彼此包容的。譬如，因为有了实用的需要才会有字体的演变，而有了字体的演变与丰富，书法的艺术创造与审美空间才能被大大地拓展。赵壹认为草书的产生是"盖秦之末，刑峻网密，官书烦冗，战攻并作，军书交驰，羽檄纷飞，故为隶草，趋急速耳"，"但贵删难省烦，损复为单，务取易为易知，非常仪也"，并进一步指出："草本易而速，今反难而迟，失指多矣"。仅从实用的角度来说，这其实是不错的。

赵壹认为：草书"上非天象所垂，下非河洛所吐，中非圣人所造"，"非圣人之业也"。这是坚持了儒家关于文字起源的说法。古人以为文字始于八卦，而八卦乃圣人"观物到象"的结果，伏羲氏"仰则观象于天，俯则观法于地，观鸟兽之文与地之宜，近取诸身，远取诸物，于是始作八卦"。东汉许慎《说文解字》论文之始，即从伏羲作八卦说到仓颉之初造书契。后人也据此论书法，如唐代张怀谓："昔庖牺氏画卦以立象，轩辕氏造字以设教"。元代刘有定谓："圣人之法天，其用在八卦。六书，八卦之变也"。可见文字由圣人仰观俯察所告的思想由来已久，并不是赵壹一人的局限。

笔者并不是要为赵壹护短，而是说我们要以历史的眼光看问题，不可以瑕掩玉，更不要因局限性而抹杀其光辉。事实上正如上文所论，赵壹的许多美学思想对后世的书法乃至文学思想都有深远影响．今日仍有研究和借鉴的价值。

> 王德军，男，1964年生，山西汾阳市人，毕业于西北师范大学中文系。现为陇南师专文史学院中文系副教授、副院长，天水师院第三届学科骨干，全国语言逻辑委员会会员，政协天水市第四届委员会委员。

两当《王氏族谱（王羲之）》初探

张 辉

两当县自古有"巴蜀之咽喉，秦陇之捍蔽"之称，是沟通陇蜀的重要通道之一。这条古道上有许多人文古迹存留，《王氏族谱》就是遗留在这段陇蜀古道上的一颗明珠。1990年夏天，在两当县太阳寺火神庙王文信家中，发现了《王氏族谱》（东晋大书法家王羲之名列族谱之三十三世），震动国内外学术界，《王氏族谱》被鉴定为国家二级文物。下面笔者对《王氏族谱》进行解析。

一、族谱概况

王文信外甥罗鉴唐讲述了《王氏族谱》发现前的信息。太阳寺王氏家族在清道光至同治年间算是比较殷实的大户。社会动乱期间，王家都经历了严峻的考验，为了族谱安全，王家人在墙上挖出凹面，把装族谱的竹箱放进去，然后再封住，这样躲过了一劫。《王氏族谱》传到王家"文"字辈的王文琏手中，由于王文琏不识字，对族谱一点都不重视，随意乱放，甚至把一卷分谱用于卷烟（今日所见族谱之颜色，就是放在竹编棚上被烟熏成的），后来其六弟王文信收到自己家中，族谱才得以妥善保管。

（一）发现过程

1990年夏末，两当县粮管所职员麻有才与佘建辉开车去太阳寺收粮，路遇一位从县城回太阳寺的农村老者，就顺路捎上，他就是后来给国家捐献《王氏族谱》的王文信。车上王文信捡起了他们吃剩下的橘子皮，说回去可以治咳嗽，麻有才就又给了他三个大橘子，王文信对他好感更甚，这也成就了他们之间的族谱缘。那时交通不便，农民交粮比较困难，麻有才和佘建辉在太阳寺一待就是一个多礼拜，以方便农民完成交粮任务。在这段时间里，王文信托外甥罗鉴唐把《王氏族谱》拿给麻有才看，并且说自己是王羲之后裔，麻有才翻看了族谱，发现了王羲之之名，觉得这是极其重大的发现。他认为应该弄清事实，就给时为武都行署副专员的王再鹏写了封信（佘建辉代笔），信中大意有二：一是请求行署有关部门能高度重视，请专家查证《王氏族谱》真伪；二是请专家考证前川"公主坟"。王副专员收到信之后，高度重视，责成文化处专办此事，文化处副处长孟建国亲自办理。不多时日，两当县委收到市里督办文书，县委书记吕国璧（兼任武装部第一政委）责成文化馆馆长苏希孔具体办理，苏希孔和武装部部长杨凤翔去太阳寺寻找王文信，具体洽谈族谱事宜，终于《王氏族谱》得以重新面世。

（二）规格形制

两当县太阳寺《王氏族谱》，装在一竹筐内，共13册，其中《总谱》一册，分谱12册（民间应该还有分卷），为八开宣纸楷书版本，刻版印刷线装本。竹筐长46.5厘米，高32.5厘米，宽30厘米，总重11.14千克（竹筐内含13册族谱及1册《论语》）。《总谱》长42厘米，宽30厘米，厚1.43厘米，重0.59千克。

（三）族谱收录的敕令

序言之后，除"原谱牒""同讳辨""破疑后辨"等之外，另外收有朝廷给王氏显赫族人所发敕令。有唐天祐三年（906年）吕文所押之牒；天祐四年中书令南平所押、敕令镇南军节度使押衙检校兼国子祭酒王汴之牒；宋熙宁四年（1071年）同提举秦州西路番部兼营田市易公事王韶之敕牒；熙宁五年敕赐王韶紫金鱼袋；熙宁七年（1074年）敕王韶罄竭才谋而赏赐酒米之牒；熙宁八年（1075年）二月敕王韶"茂建功名，延登辅弼"而赏赐羊、酒、羹、面等之牒；熙宁八年四月敕王韶智识之明洞照于远之牒；熙宁八年四月敕赠王韶曾祖王师诚金紫光禄大夫之牒；敕赠王韶祖父王令极及父亲王世规金紫光禄大夫太子太师等之牒；熙宁七年敕王韶统军有法之牒；宋绍圣四年（1097年）敕通直郎王厚能承父业授武宾副使云骑尉右之牒；宋元符元年（1098年）敕王厚对西羌有为授官之牒；宋崇宁三年（1104年）六月敕王厚天资忠义，赏赐金银茶衣等之牒；崇宁三年八月敕王厚收复陇西赏赐之牒；崇宁五年（1106年）九月敕赠王厚（去世）临远将军节度使右；崇宁五年九月敕表扬勋臣。共十六条朝廷的敕文，有八条与王韶有关，六条与王厚有关，都是南宋朝廷对王韶、王厚父子所立赫赫战功的赞誉和赏赐，足见宋熙宁至崇宁年间，王氏家族的王韶、王厚父子在宋朝廷具有举足轻重的作用。

（四）族谱收录的王氏辈数

两当县《王氏族谱》收录上起周灵王太子晋（前554年左右），下至清道光四年（1824年）"武"字辈，时间长达2370余年，共七十余世。其上起时间与《孔氏族谱》第一世孔子时间相差数十年，孔氏家族传至今日到最末一世共八十三世，由此推知王氏家族到道光年间应该传了七十余世是可信的。其中获得功名者、有突出贡献者都有传记。

二、族谱送达两当县太阳时间之辨

《王氏族谱年》送达两当太阳寺的时间，有观点认为是清嘉庆二十四年（1819年），并且有送谱人和接谱人的名字，送谱人是王福利，接谱人为王福朋。笔者查证《王氏族谱》分卷，根据其中所记录的人生卒年来看，以前关于送谱时间和送谱接谱人名的看法是不准确的。笔者从以下角度分析。

（一）族谱中所夹书信解析

《王氏族谱》被发现时，书中夹有一封没有信皮的书信，书信内容全录如下：

人居两地，天各一方，侄等福祉并增，不卜可知。日前来音，如同面会，一本骨肉，套言不叙，只因族谱一事。古言道"凡木有本，凡水有源"，人生斯世，敢忘其本源之所自出乎？月前福利兄，七十有零，不畏千里遥远，亲自上来，亦不过为尔。修谱，祖宗子孙万代之事，就是送信与尔，登宅奉看，亦要备几两路费。又听侄等言道，谱费望愚叔在下与尔生借，谱到加利相还。殊不知愚叔自己费用难以取办，如生借不出，岂不误尔大事！莫讲还是族谱，就是一册经书，也有几两一册，况侄等俱皆阴（殷）实，俱皆英雄。子孙教读完娶，焦侄媳乃女中君子。况谱乃祖宗儿孙万代之事，银钱此处不用，要他何用！望侄等、侄媳着人妇家亲自修谱上事，岂不美哉，岂不美哉！再者，福逢奕兄、美士侄，他言不修，不过物力艰难。虽外费不能出，当用丁费，生借亦当附会。如果不要祖宗根本，不顾子孙，我亦无如之何矣。恐后失悔，难以入谱矣。余不及叙，草达。

贤侄德（任、修），侄媳焦氏照

并后贤兄福逢、侄美士福祉

嘉庆二十四年四月初一愚弟岐山、兄福利寄

此信写于清嘉庆二十四年四月初一，是湖北老家王岐山、王福利写给两当县太阳寺王氏后人王德任、王德修，侄媳焦氏（时丈夫王德□已经去世）的，目的是向太阳寺王氏支系收取修谱费用。信中"日前来音，如同面会，一本骨肉，套言不叙，只因族谱一事。"说明太阳寺王氏族人给老家写过信，主要内容是希望老家人先垫资修谱，等谱成送达太阳寺时本利一并付清。从"月前福利兄，七十有零，不畏千里遥远，亲自上来，亦不过为尔"看，二三月里七十岁的王福利千里跋涉，来两当太阳寺联络王氏族人，告知修谱事宜，并收取修谱费用，但是，太阳寺王氏族人对修谱之事不很热心，有人说"谱费望愚叔在下与尔生借，谱到加利相还"，还有"福逢奕兄、美士侄，他言不修"，对修谱持反对态度，于是才由王福利、王岐山写信给太阳寺王氏族人，强调修谱之重要性，索要修谱费用。

有观点说此信为送谱书信，可信中未有只言片语谈到送谱之事，自始至终在说修谱之重要，希望太阳王氏族人出钱修谱，所以此信为湖北老家王氏人索要修谱费用的书信。

（二）《王氏族谱》是清道光四年以后送至两当太阳寺，送谱人与接谱人不详

笔者从掌握的《王氏族谱》（三槐堂刊印本）信息中发现，十三分册中收录最晚有"原寿公支下派廿五页""滨武，原字偕德……殁于道光甲申年六月初一"，这条信息极为重要，它让一直以来人们所认为的清嘉庆二十四年族谱送达两当太阳寺的说法不攻自破，送谱人和接谱人姓名也就有了很大出入。作为刻印本，"殁于道光甲申年六月初一"之语不可能是族谱送达两当太阳寺之后加上去的，只能是印好之后送至两当太阳寺的，此语说明该族谱刻印于清道光四年（1824年）之后。由此可知，《王氏族谱》送至两当太阳寺的时间，应该在道光四年以后。

太阳寺店村的《焦氏墓志》中有"道光辛巳年（1821年），花甲重轮，婺星殒耀，□忍命倾。"说明在王福利、王岐山写信索要修谱费用之后的第三年，焦氏去世。焦氏丈夫王德□与王德修、王德任是兄弟关系，但是其丈夫去世更早，《焦氏墓志》载"嘉庆庚申，适父辞尘，慈君当此年甫四旬，内外交勉，克俭克勤。"说明焦氏丈夫于清嘉庆庚申年（1800年）去世，当时焦氏刚刚四十岁，王福利、王岐山写信时焦氏已经五十九岁，而族谱于道光四年以后才送至两当，那么接谱人不会是焦氏，也没有任何资料表明接谱人是王福朋，则极有可能是书信中的王德修、王德任。送谱人自然不可能是时已七十五六岁的王福利老人，送谱之时，王福利是否在世也未可知。

三、《王氏族谱》折射移民运动，反映移民的中转过程

（一）族谱折射出清代"江西填湖广""湖广填四川"的移民运动信息

有观点认为王氏族人自宋代就已迁至两当县太阳寺："据民间传说，两当太阳寺琅琊王氏后裔的先祖叫王韶，早年在秦州为官。当年王韶去秦州赴任途中，途经太阳寺，看上了此处山清水秀的好地方，遂将四子王深留在了太阳寺，初以农耕养殖安身立命，后以办矿冶银发家致富。就此琅琊王氏的分支后裔在太阳寺繁衍生息了数百年。"笔者认为这种观点不合情理。原因是，王韶时代（宋神宗熙宁年间，约1071—1074年）与《王氏族谱》送至两当太阳寺时间（清道光四年，即1824年之后）相差七百多年，在古代交通不便、通信落后的情况下，迁徙在外的族人与本源族人的联系只能靠数十日甚至数月才可送达的书信，一般情况下，四五代之后已不知己之所出，更不要说历经七百多年了。而上文索要修谱钱的书信中"贤侄德（任、修），侄媳焦氏照，并后贤兄福逢、侄美士""弟岐山、兄福利"有明确的辈分和字派，说明两地族人血缘关系很近，分迁时间不长。另外还有观点认为王氏后人系白莲教溃兵："在两当北山及其周边的徽县、天水、凤县的'棚民'多系张天伦部（白莲教）下的溃兵，所以这些人的祖籍以湖北、湘西、四川尤其是川东居多。太阳寺与张家乡毗邻的杨坪庙沟、天水利桥乡磨扇沟、黄落峪、大西沟、雪水峪……"这种观点也是站不住脚的。根据太阳寺大量现存墓志铭分析，这一带外来移民主要集中在清乾嘉年间，道光年间也有少量移民迁入。

（二）太阳寺王氏为清乾隆四十五年（1780）左右自山阳辗转迁来，反映了移民的中转过程

太阳工作站店村的《王母焦氏慈君大人墓志》，墓主人就是前文索要修谱钱中的"焦侄媳"（信中王福利称赞她"乃女中君子"）。墓志铭中有"迨自故里移至山阳，复经数载，转徙两当。几历播迁，毫无怨言"，说明焦氏随王氏族人迁徙之时已经嫁给了王德囗。再根据《焦氏墓志》"嘉庆庚申，适父辞尘，慈君当此年甫四旬"分析，清嘉庆庚申年（1800年）焦氏刚四十岁，他们已经在太阳寺住了数十年了。上推迁徙时间，她应该在20岁左右，即清乾隆四十五年左右，与丈夫兄弟数人携眷先迁徙到今陕西商洛市山阳县，此地其时已经形成人多地少之形势，几年之后，他们又迁徙到两当县太阳寺落户。

笔者收集两当县境内106通墓志铭中，有相当多外来移民都有经历中转的情况。现存墓志铭当中直接说明经历中转过程的有太阳寺范家台的《范长瑞墓志铭》、太阳寺小沟《王正福墓志铭》、太阳寺寺合村《侯氏先茔碑记》、广金松坪村柒园组塔桥子《宋母魏氏墓志》、广金炉坪村贺家坝碑湾《宋门官氏墓志铭》、太阳寺熊家坪《熊祚华墓志》、两当县泰山乡泰柳村《朱太母袁氏墓志铭》等二十余通。以上墓志铭说明，他们的先祖原籍或两湖、或四川、或江西，在迁来两当县之前，曾在陕西汉中、安康等地有过中转经历。可以说《王氏族谱》也是两当县外来移民有中转经历的见证。

该族谱是研究王羲之一族繁衍生息、分支迁徙（总谱中有关迁徙的记载）、清代移民大迁徙，以及两当县太阳寺王氏后人生活情况的重要文献资料。由于掌握《王氏族谱》资料有限，只能对族谱做些浅显探究，有待来日有更详尽资料，以深入研究《王氏族谱》，挖掘其深层次意义，再现《王氏族谱》在陇蜀故道上的价值和风采。

张辉，甘肃两当人，现任教于两当县第一中学。

张三丰在陇南

郭 军

辞却博陵官不做，寻道麻鞋破。

朝暮武当云，遁隐清虚，何处真人坐？

出拳太极功夫火，动静阴阳锁。

造化悟玄机，心境无尘，福命皆由我。

这是笔者填的一首《醉花阴·太极张三丰》词，也是张三丰在我心中的形象。

张三丰是已经被民间神话了的人物，在中国道教史上有着非常重要的地位。本文将带领读者探寻张三丰在陇南的活动踪迹，解密这段神奇的历史。现在请随笔者的文字脉络，一起考证一下张三丰离开武当山后直到陇南地区的活动路线图。

清光绪《阶州直隶州续志》（阶州即今陇南市武都区）载："张三丰，明初遍灵迹。尝寓阶州城东五仙洞（即万象洞）……后养真于成县金莲洞中。"

清乾隆《甘肃通志·直隶秦州新志》卷十二载："张三丰，辽东人。名全一，一名君宝。三丰其号也。以其不修边幅，又号张邋遢，顾而伟大耳。修髯一衲一蓑，所啖升斗辄尽，或数月不食；或处穷山，或游市井，能一日千里。嬉笑谐谑，旁若无人。洪武初，居武当山中。二十三年云游长安，继至陇上，成祖遣官于四方寻访，未见。封通微显化真人。"

又据宝鸡市金台观所存撰写于明永乐年间的碑文《张三丰遗迹记》（碑文为时任陕西参知政事张用瀚作撰，内容是其父张朝用少年时与张三丰在他乡偶遇的一段往事）记载，张三丰在玉阳观驻足几个月之后即启程北行。

根据以上史料即可推知，明洪武二十三年张三丰在武当山草创宫观之后即出山，之后由河南郏县玉阳观启程北行至陕西，而后入甘进入今天水秦安地区，接着往南进入今陇南市辖区。这也是甘肃地区自明清直至当代都存在着张三丰信仰现象的原因所在。而在陇南，张三丰活动的记载和传说也很多，本文将带领读者以探究竟。

首先有必要明确一下张三丰的身世。

历史上曾出现过几个张三丰，不过具体到他的生平事迹，学者们的说法也不尽相同。

北宋张三峰，又作张三丰，宋理宗淳祐七年（1247年）出生辽东，14岁考取文武状元，18岁担任博陵县令，（1280年）辞官出家修道，拜火龙真人为师。黄宗羲在《王征南墓志铭》中说："有所谓内家者，以静制动，犯者应手即仆，故别'少林'为内家，盖起于宋之张三丰。三丰为武当丹士，徽宗召之，道梗不得进，夜梦玄帝授之拳法，厥明，以单丁杀贼百余。"说明北宋张三丰是武当内家拳的祖师，其武艺精深，是绝对的武林高手，以一杀百。

元朝张三丰，本名张阳，字三风，中岳武当山道士，中岳慈云寺佛徒，据说创立了张阳拳和二路通臂拳。

元末明初的张三丰。《明史·列传第一百八十七方伎》称，张三丰"名全一，一名君宝，'三丰'其号也，以其不饰边幅，又号张邋遢。"又记："其人欣而伟，龟形鹤背，大耳圆目，须齿如戟。或数日一食，或数月不食，书经目不忘，云能一日千里。太祖故闻其名，洪武二十四年遣使觅之以得。后居宝鸡之金台观。一日自言当死，留颂而逝，县人共棺验之。及葬，闻棺内有声，启视则复活。"他以仁义忠孝为本，通晓天文地理，为武当山道教鼻祖。

在民间为百姓所传闻和津津乐道的其实是元末明初的张三丰，不过其他朝代张三丰的事迹也在他身上有所重叠和体现。现在根据前面所知的大体路线，我们梳理一下张三丰在陇南传奇般的经历。

按清光绪《阶州直隶州续志》的记载，张三丰应在陇南市武都区万象洞驻足之后赴今康县、徽县、成县地区，主要在今成县金莲洞停留，而后到岷县，其间在宕昌县境内应有所活动。

张三丰在武都

张三丰在武都的主要经历是在万象洞。

武林大家、道教祖师张三丰曾云游阶州，观览该洞，并在此修炼。

据《阶州志》载："明洪武初，三丰尝寓阶州城东五仙洞（今武都汉王镇万象洞）修真之处，朝廷御史寻找于此洞，三丰避之留诗云：'脉连地府三冬暖，窍引天光六月寒'。"就是说明帝钦差、户部给事中胡濙访张三丰不遇，寻得三丰所题摩刻"脉连地府三冬暖，窍引天光六月寒"，拓而藏之，回京交差。

《阶州直隶州志》所载简略，然与民间传说相契。其志云："明初张真人三丰寓此洞，永乐御极，乃使户部给事中胡濙访求。三丰避去，留诗明志。"

万象洞位于甘肃省陇南市武都区汉王镇杨庞村的半山腰，距市区约十千米。该洞已有2.5亿至3亿年历史，是中国西北地区发现的一处规模宏大、艺术价值高的岩溶地貌。有"华夏第一洞""地下文化长廊""地下艺术宫殿"的美誉。张三丰用"脉连地府""窍引天光"八个字把天地阴阳造化，溶洞冬暖夏寒的自然现象，诠释得明明白白，天衣无缝。

本文只求还原一个尽量真实的张三丰，至于从金庸的武侠小说《倚天屠龙记》再到后来的热门影视剧《少年张三丰》《太极张三丰》等，都没有把张三丰真正的修炼之地放在武都万象洞，即便按他们的演绎脉络，至少也应在此地修炼成功后，再去峨眉、武当等山活动，继而名扬华夏。然而遗憾的是，武侠小说及影视剧中，除了他的绝世武功，悲悯之心和侠义情怀之外，其余都是演义而已。

张三丰在武都的详细经历尚未发掘，笔者也只在一首词中提及：

【捣练子】寻诗陇南

万象洞，白龙江，全一修成创武当。

何我寻诗行未远，陇南不舍此风光。

张三丰是中国道教史上最后一位成祖师的人物。由于武都五凤山和万象洞距离较近，可遥遥相望，因此也有他活动过的传说。五凤山道教大殿内，供奉有张三丰塑像和"武当山拳师真仙大师神位"牌等。由于张三丰在陇南地区居住的时间较长，据说武都的道教亦始传于张三丰。笔者曾以"南郭居士"为笔名发表过一首词：

【一剪梅】游五凤山

风撼松涛声漫弥，观里钟声，欲问何时。

迎山烟雪向天飞，说是春归，便是春归。

全一当年去不追，三月初三，五凤鸣兮。

紫云奇境瞰阶州，卅里人烟，无限生机。

词中全一即指张三丰。

张三丰在成县

张三丰在成县活动的历史记载较多，不像许多地方捕风捉影生搬硬套，编出一些张三丰的故事来。其实就连张三丰在峨眉山的活动也没有官方记录而多为传说或民间引证，甚至连闻名于世的太极拳是否为张三丰创立，也没有充分的史料证明。但成县金莲洞的官方史料却非常翔实。清嘉庆《徽县志》载，张三丰"洪武初，居武当山中，二十二年（此处"二十二年"应为"二十三年"之误）云游长安，既至陇右，居金莲洞"。

金莲洞位于成县店村乡新村仙洞湾，又名华阳洞。洞内密布钟乳石，多呈莲花状，故名。据载，元成宗元贞二年（1296年）至大德六年（1302年）间，道士刘道通、罗道隐者，在此寻真，并募资觅工，于此"建奉真之殿，钩飞空之楼，塑圣贤之像，修藏经之阁"，百具焕然，名震陇右。

清代志书《直隶秦州新志》卷二载："成县金莲山在东南六十里有金莲洞，崖高数十仞，周围数十洞相缀，明、胡濙奉命访张三丰于此。"

户科都给事中胡濙奉旨访此，并留《金莲洞访张三丰不遇》，诗云："香书久慕嗟载缘，遍访丰师感应虔。万载红崖生玉笋，千年碧洞结金莲。云淡喜风通明月，雨骤只逢暗淡天。峭壁真光邀先劫，赤心愿睹白衣仙。"

清康熙年间（1662—1722年），成县籍太学生汪莲州曾有《金莲洞访张三丰仙迹》诗一首："平生性癖耽山水，古洞幽闻喜再来，一径穿云踏碧草，半空倚石坐青苔。春风淡荡吹襟袖，仙佩逍遥堪溯洄。丹鳌芝房何必问，绿荫深处即蓬莱。"

据金莲洞九皇洞碑明朝正德二年（1510年）记载："明成祖永乐五年，遣礼部都给事中胡濙访张三丰于此"，张三丰"鹤氅曳地，持九节竹杖昂昂而去"且"随有异香若馥，径旬不散"。阳额书"大明永乐五年九月九日敕封真人三丰张卢龙到此留诗一首"，并有诗刻于洞前碑额："卢龙复遇金莲洞，别是重来一洞天。功成名遂还居此，了达天机入太玄。"

另传说当地群众把张三丰叫疯子张爷，此不细述。

成县金莲洞距我老家泥阳镇只有几千米，小时候常随父母去那里游玩，现填词一阕，聊做感怀：

【忆江南】游成县金莲洞

金莲洞，何处觅三丰。

道是天涯人不在，但留云影水长东。

真乃眼前空。

最后，又据清康熙《岷州志》记载，张三丰"入武当二十三年，云游长安，继至岷地，寓杨永吉家"，即可能张三丰由陇南出发，至今定西市岷县地区，宿杨永吉家一段时间。此中间宕昌县应有张三丰来过，当地也有相关传说。张三丰在徽县和康县也都有民间传说，但由于真实性无法论证，本文均从略。

郭军，笔名南郭居士，甘肃武都人。甘肃省作协、中国诗歌学会、中华诗词学会、中国金融作协、《诗刊》子曰诗社会员。

陇南九县（区）地名的由来

唐旭波

陇南九县（区）作为一个整体的行政区域纳入中央王朝始于汉武帝元鼎六年开"西南夷"而置武都郡，但其九县（区）名称的形成并不是一蹴而就的，除武都之名始于先秦外，其余县之名称均源于秦汉之后，且传递出丰厚的历史民俗信息。陇南九县（区）名称的由来可以分为五类：即取以嘉名型、追忆宗族型、以山为名型、国族合一型和历史事件型。有地方史学者认为，文县、武都、成县和康县之得名源于周朝文武成康诸王，此说有穿凿附会之嫌，不足为信。

一、取以嘉名型：文县、成县、康县、礼县、徽县

文县之"文"沿用文州之文，始称于北周明帝二年（558年），取"文明教化"之意，故称文州。隋唐宋元均置文州，明洪武四年（1371年）降州设置文县，沿用至今。成县之"成"源于唐代成州。唐武德元年（618年）置成州，隶陇右道。唐天宝元年（742年），改成州为同谷郡，乾元元年（758年）复为成州。古人有"一年成聚，二年成邑，三年成都"之说，成州之"成"取完整之意，成县之"成"与此并无二致。康县取"安宁、康福"之意，以北周时之康州而得名（一说：取"永宁康泰"之意为永康县，后去

"永"字改名为康县）。礼县源于地名"李店"。唐、宋时期，礼县东北部属长道县，县治在李店。元置李店元帅府。后因"李"字凡俗，借文雅的同音"礼"字代替，直到明成化九年（1473年）置县时，才正式定名"礼县"。从雅去俗正是古人取以嘉名的方式之一。徽县因城北隅徽山下有徽山驿而得县名。《尔雅·释诂》谓："徽，善也"。取风物美好之意。

要之，文县、成县、康县、礼县和徽县从地名学的角度来看，属于偏正式地名，即形容词（专名）+县（通名）。这种命名方式起源于汉代，影响深远。文县、成县、康县、礼县和徽县之得名是古代地名学中"取以嘉名"思想的延续和具体体现，文县、成县、康县、礼县和徽县在以中原为重心的历代统治者的视角下属于边远未化之地，其命名寄托历代统治者希冀陇南文明开化之愿景，可谓用心良苦。此外，有地方史学者认为，文武成康四县之得名与周代文武成康诸王有关，其实这种看法由来已久，如清代阶州知州陈勋登文县文昌阁作《夏日登文昌阁怀邹端木》曰："羑里山高天亦小，阴平小道梦还惊。"羑里，传说周文王曾被囚禁于此，在今河南安阳市汤阴县。陈勋这里显然用羑里指代文县，其实文县得名与周文王毫无瓜葛。清代甘肃学政陆廷黻在《阶州杂吟三十首》中就嘲讽此说："周时地尚属戎羌，采邑何能畀远方？文武成康名郡县，后人附会太荒唐。"言下之意，自不待说。

二、追忆宗族型：武都区

武都之名始于先秦。《蜀王本纪》载："武都人有善知蜀王者，将其妻女适蜀……武都丈夫化为女子，颜色美好，盖山之精也……蜀王发卒之武都担土，于成都郭中葬之。"《蜀王本纪》是蜀地汉人扬雄所作，记载秦灭蜀国之前的蜀地历史。文中蜀王虽不能确认为蜀国何代国王，但既言蜀王，无疑在秦惠王灭蜀之前。此外，《汉书》载有吕后二年武都道地震之说，此时武都郡还未设置。可见武都作为地名要早于行政区划名武都郡的。关于武都郡之得名有三说，一谓唐代经学家颜师古之说，其认为"武"有止戈为武之意，"都"谓"以有天池大泽，故谓之都"。二谓赵逵夫教授认为武都乃氐人自称其地，以示不忘在与炎帝斗争中殉难的本族英雄刑天。三谓刘鸿泽先生认为从汉字学的角度来看，武都地处边疆，取名武都有威慑氐羌之意，阶州之称与武都之意相近，阶字为形声字，"介"是穿着铠甲的武士，"阝"是阜，表示有台阶的山，意为持戈的武士在山上守卫。

三、以山为名型：两当县

两当作为地名始于北魏孝文帝延兴四年（474年），在其地置固道郡，领两当、广化二县。两当县之得名有二说。一说其境内有两当山（两当河），以山为名，故谓之两当。二说两当距长安和成都的距离相当，处在长安和成都的中间位置上，故谓之两当。

四、国族合一型：宕昌县

宕昌最早见于正史是作为古羌人的分支而出现的。《魏书》载："宕昌羌者，其先盖三苗之胤。"《南齐书》和《梁书》均视其为蛮夷而置于四夷传。据载，宕昌羌从先秦至北魏已发展壮大，北魏明帝二年（424年），宕昌羌酋梁弥忽正式得到北魏的承认而加封为宕昌王，北周武帝保定五年（565年）田弘攻灭宕昌国，共传九代12主，历时142年。隋炀帝大业三年（607年）改宕州为宕昌郡。其后地名屡有更改，1954年6月，经政务院批准西固县治迁宕昌，11月13日，西固县更名为宕昌县，县名延续至今。其得名源于宕昌羌建立的地方政权宕昌国，究其根本，已无法考证其源于族名还是国名，姑且视其得名属于国族合一型较为妥当。此外，张雁林先生从音乐史发展的脉络来考察宕昌的得名，认为宕昌羌是参狼羌的汉文音译，"宕"字取羌人以石为堡的习俗，"昌"字则取汉羌和谐昌盛之意。张雁林先生此说颇有新意，令人耳目一新。

五、历史事件型：西和县

西和县最早纳入中央王朝治下始于西汉置武都郡，其地大部属武都郡上禄县。魏晋时期，杨氏以今西和县境的仇池山为中心建立了仇池政权，先后长达380余年。隋唐时期其北部属于秦州长道县地，南部先后属于成州上禄县地和汉禄县地。北宋时期在今西和县置长道县属岷州。宋廷南渡之后，西和县处于宋金军事斗争的前线。出于军事战略的考虑，宋绍兴九年（1139年），南宋迫于形势徙岷州治于长道县白石镇。绍兴十二年（1142年），宋金议和，因岷州之"岷"与金太祖完颜旻之"旻"音谐，忤其名讳，宋廷遂将岷州改为和州，又淮西已有和州（今安徽省马鞍山市和县），以地理位置之故，改和州为西和州。其后政区屡有变更，但西和之名沿用至今。

唐旭波，甘肃成县人。发表地方文化类论文近百篇，现为陇南市文联《乞巧》编辑部副主任。

宕昌藏羌历史民俗音乐文化

| 陈力伟

宕昌，位于甘肃南部，陇南西北部，境内镶嵌着一颗璀璨的耀眼明珠——官鹅沟，这里居住着古老的"木家藏族"，据考即西羌后裔。从春秋战国时期开始，这里就是羌人集聚和活动的中心地带，到西晋永嘉元年（307年）羌人梁勤建立了宕昌国，北周武帝天和元年（566年），大将田弘灭宕昌国，隋朝初期称为宕州，唐天宝元年（742年）改为怀道郡。唐肃宗至德三年（758年），怀道郡复改宕州。

唐高宗显庆四年（659年）被吐蕃占领，北宋时被吐蕃鲁黎部首领木令征统治，北宋熙宁六年（1073年）朝廷派次王韶收复西河五路时，木令征投降，从而结束了吐蕃对宕昌400余年的统治，后称木令征时期的宕昌羌民为"木家藏族"。他们世代集聚在官鹅沟内，保存着原始的宗教祭祀和传统的民族音乐，守护和传承着自己本族的特色以及古老的家园。

一、羌族历史简述

（一）羌族来源

羌，是我国西部古老的民族之一，相传黄帝部落与炎帝部落大战，炎帝败后率其大部和黄帝部落融合，形成华夏族，其少部分向西、南面迁徙，并且与当地的土著民族融合，形成了羌族、藏族、彝族等。目前主要集聚在四川阿坝、绵阳、甘孜地区以及贵州江口县、石阡县、陕西宁强县、略阳县、凤县和甘肃南部、云南等地。他们自称"尔玛""日麦"，外界称他们是"云朵上的民族"。

秦汉时期，实行"秦人焚羌"，羌人向西、南迁徙。到了十六国时期，西北的羌人先后建立了后秦等政权，公元881年党项羌人拓拔思恭建立夏州政权，是以陕、甘、宁、青一带的党项人为主体其他民族在内的国家。公元1032年元昊建立大夏国，因在宋的西面，故称西夏，此时疆域已包括甘肃大部，宁夏全部，陕西、青海、内蒙古等部分地区，共辖32州。公元1227年西夏第二十一世末帝投降蒙古军，至此西夏灭亡，其后裔分布在四川阿坝、甘孜等地。

（二）"羌"字说法

"羌"是甲骨文当中唯一的关于民族部落称号的文字，《说文·羊部》记载"羌，西戎牧羊人也，从人从羊，羊亦声。"当时对西部游牧民族都统称为"羌"。大约3000年前左右，炎、黄两大部落出现，据《晋语·国语》记载"昔少典娶有蟜氏，生黄帝、炎帝。黄帝以姬水成，炎帝以江水成。成而异德，故黄帝为姬，炎帝为姜。"炎帝是古羌部落，后因战争与黄帝部落融合，炎帝姜姓，"姜""羌"二字是母系和父系社会的不同表达，甲骨文当中经常相互使用。

（三）宕羌渊源与"木家"藏族

早在秦时期就设立宕昌为羌道，根据《甘肃省志》记载，宕昌羌是西羌的一支，是参狼羌的一个派系，因其居住在宕昌而被称为"宕昌羌"（由牦牛、白马、参狼、且昌、山羌、保羌等部落组成）。西羌，出自三苗，据《诗地理考》记载："羌本姜姓，三苗之后，居三危，今迭、宕、松诸州皆羌地。"还有《后汉书·西羌传》记载："西羌之本出自三苗，羌姓之别也。其国近南岳。及舜流四凶，徙之三危，河关之西羌地是也。"西羌是羌人的分支，三代以后居住于河西、赐支河以及湟河之间。西羌在秦时期迁于武都地区，被称为"参狼羌"，而"参狼羌"其中的一支就居住在宕昌城内，到西晋末年宕昌羌已经形成了一支很大的部落，据史料记载"有梁勤者，世为酋帅，得羌豪心，乃自称王焉。"

晋怀帝永嘉元年（307年）梁勤建立宕昌国，公元424年北魏确认梁弥忽为宕昌王。公元566年灭亡，共传九代12主，据《北史·宕昌传》记载："国土自仇池以西，东西千里，席（籍）水以南，南北八百里。地多山阜，人二万余落（户）"。当时人们还处于以畜牧为主的阶段，虽然建立了宕昌国，但是社会生活还是以部落组织为基础。据《北史·宕昌传》记载："俗皆土著，居有屋宇，其屋织牦牛尾及羚羊毛以覆之。国无法令，又无徭赋。唯征战之时，乃相屯聚，不然，则各事生业，不相往来。皆衣裘褐。牧养牦牛、羊、豕以供其食。"唐显庆四年（659年），唐、吐蕃经过数次战争，吐蕃陷河、湟以南13州县，此时的宕昌羌人归于吐蕃管辖，被称为"番族"。北宋时期鲁黎部三大首领瓜分了洮、岷、迭、宕四州，木令征占据岷宕二州，行政机关设在宕昌县城，并且修筑"木家城"（现羊马城），木令征占据宕昌时期，称他为"木令"大王，族群则自称为"木家"人，北宋熙宁六年（1073年）王韶收复西河五路时，木令征率部投降，从而结束了吐蕃对宕昌400余年的统治。

元朝时期将宕昌的吐蕃人称为"西番"（即西羌），颁布"土官治土民"的政策，设立"土司"管辖宕昌。明代初期李文忠等人收复岷、宕、洮、迭四州，继续实行土司管辖制度，任命马纪为宕昌土司管辖"木家"的官鹅、瓦舍、阴坪、立界、鹿仁等族所有族民。到目前为止仍然称木令征为"大王"，自己称为"木家藏族"。至今他们仍然保留着羌藏融合的宗教信仰和民俗文化。

二、宕羌音乐简述

（一）宗教信仰

羌族信奉自然崇拜，主要表现为白石崇拜，有"白石莹莹象征神"的说法，一般在碉楼顶上供奉五块白石，象征天神、地神、山神、山神娘娘、树神。除此之外还信仰火神、地界神、六畜神、门神等等，也有对原始宗教的动物崇拜和图腾崇拜，比如对羊、猴、龙的崇拜。

宕昌羌族信仰远古的凤凰山神，羌寨至今还有凤凰山神救羌民的一段美丽传说，宕昌地区至今还保留着原始的宗教仪式，盛行万物有灵以及多种信仰的灵物崇拜。其崇拜的神灵大致可分为四大类共计三十余种，包括自然崇拜、祖先崇拜、灵物崇拜以及图腾崇拜。

除了火神以火塘为代表外，其余的均都是以白石（羌语将白石神称为"阿握尔"）为象征的崇拜，而白石神也被广泛地加以供奉，除此之外还信奉"扎给""勾巴""叱咤龙王"等多神信仰。其中"勾巴"是武神，使用武力驱赶侵犯寨子的鬼怪，"扎给"是护神，是保护人们吉祥安康的。还有"小神"阿嬷，阿嬷是给人制造小灾难的，其由"苯苯"供奉。"龙五"是杨姓羌民的祖先，专门管理风调雨顺，但是主管一切的神灵还是凤凰山神。这是藏传佛教、汉族的神鬼崇拜以及古羌人苯教的结合产物。

（二）宕羌乐器

宕昌羌民的演奏乐器主要有四种，即羊皮鼓、口弦、盘铃和羌笛。

1. 羊皮鼓：用油硝公羊皮再加上直径大约0.5米的剜空松木，把羊皮绷上箍紧，再用油浸渍阴干，便形成了羊皮鼓。鼓是单面绷紧的，在其外面还会画上一些好看的花纹来装饰。鼓槌是弯曲的，使用时槌尖击打鼓面，声音雄厚且有力量，平时放在"许"家的神龛前。羊皮鼓对使用者也有一定的规定，除了"许"（巫师）就是寨子里能歌善舞的，羌寨每逢节庆便敲鼓起舞，其鼓点分为:"镇山鼓""婚鼓""忧事锅庄鼓""祭曲礼鼓"等十种。

2. 口弦:口弦是羌族妇女们经常使用的小乐器,主要材料是竹子,将竹青较厚、弹性较强的竹子刨削而成,外形类似于脚踏风琴的发音簧片,长度只是簧片的三分之二,其两端系麻线,演奏时扯动麻线竹簧便发出声响。口弦的音域比较狭窄,不足一个八度,至于音的改变全由演奏者扯动麻线和舌头触及簧片的位置,以及口形大小和口中的气流的强弱而定的。

3. 盏铃:也称之为响盘,是羌族举行宗教仪式时的摇击乐器,形状好像碟子一样是铜制品,其上部像乳状,下部像喇叭一样口往外翻,音色清凉柔脆。

4. 羌笛:据《元史·礼乐志五》记载:"羌笛,制如笛而长,三孔。"羌笛也称为羌管,是用骨头制成的,前段吊一皮绳。羌笛最早的时候只有宫、商、角、徵四个音,后来京房在其基础上加入了羽调,这才构成了"宫商角徵羽"五声音阶。现在所见的羌笛一般为六声的双管笛,其音色清脆高亢,并伴有悲凉之感,音域虽不宽但是却婉转悠扬,诗歌之中也常常出现关于羌笛的诗句,比如岑参的《白雪歌送武判官归京》中"中君置酒饮归客,胡琴琵琶与羌笛。"还有王之涣《凉州词》中"羌笛何须怨杨柳?春风不度玉门关。"

(三)宕羌山歌

1. 羌乐音乐理论简述

据《汶川县志》记载:"羌民,丧葬有丧葬曲,相互舞蹈,以示悲欢,盖古风尚存也。"羌族音乐是典型的民族调式,主要以五声和六声为主,五声歌曲有"宫、商、角、徵、羽"为主音的调式也有"徵、羽、变宫、商、清角"调式,还有很少使用的一种五声调式"宫、商、角、清角、徵"调式。六声调式是羌歌中使用比较广泛的,在"宫、商、角、徵、羽"和"宫、商、清角、徵、羽"两种五声调式交替而形成的六声调式中,角和清角不在同一乐句里出现,调式主音只有"宫、商、徵、羽"四种,七声调式很少出现,即使有也是五声或六声交替及转调而形成的。

2. 羌族山歌类型

羌歌的唱法主要有"引""泥沙""娄""玛茨"等几种，音域不宽，一般在八度以内。徵调式是主要的，宫和商调式少一些，大多以二乐句和四乐句构成，其调性倾向于大调式。

有山歌、酒歌、情歌、劳动歌、仪式歌等类型。山歌是即兴演唱的，其音域较宽、调子较高，主要以独唱为主。酒歌是羌民们喝砸酒时唱的，正如羌族的一句谚语"无酒难唱歌，有酒歌儿多，无酒不成席，无歌难待客"。有齐唱、对唱和独唱，唱情歌之前先唱"纳吉纳那，那尤溪，尤西惹那，惹那杂沙"（意为：要把纳吉纳那的歌唱完，不唱的话就不是自己的民族，会忘掉自己的祖先），然后再唱内容，主要有独唱和对唱。劳动歌是羌族史上最古老的歌，大多以"咳""嘞""哟""嗒以""哦"等为衬词。仪式歌是在每年五月初五祭山后串户唱的歌，是巫师在请神、驱邪以及丧葬活动中形成的，曲调比较简单。

还有受洮岷花儿影响形成的羌藏花儿，由于受到洮岷文化的影响，所以极具洮岷风格，是属于岷州二郎山的一支，但又具有藏羌特色的花儿。曲牌有"阿坞令"和"尕牡丹令"等，演唱时高音顺口、上下连冠其中全部使用方言演唱，内容涉及生活、爱情等多个方面。

（四）与"神"对话

宕昌羌族民众一年有两个重大的民族节日，"祭山会"和"羌历年"。"祭山会"主要在春、秋两个季节举行，春天是祈求风调雨顺，秋天是答谢天神恩惠，祭山的程序是相对复杂的，最主要有三种即"神牛祭山""神羊祭山"和"吊狗祭山"，举行的地点大多数在神树林的空地上举行。

"羌历年"在农历十月举行，时间大约三到五天，主要是敬祭天神、山神和村寨神，全村人在一起喝砸酒跳"莎朗"，整个仪式活动都由"许"来主持。

在举行祭祀活动时，大家会跳一些羌族的舞蹈（傩舞），羌族舞蹈至今保持着原始的粗犷和古朴风格，主要目的是通过舞蹈来取悦先祖神灵和达到自娱，为了加深崇拜和神秘感主要以羊皮鼓和手铃等作为伴奏乐器。按其形式可分为四种，即：娱乐性、祭祀性、礼仪性和集会性。

代表舞蹈有"凶猛舞""萨朗舞""哈日"等舞蹈。"凶猛舞"是由七八个人组成的，"苯苯"头戴有锦鸡羽毛、雕翎的熊皮帽，身穿蓝色绸制长袍，脖子挂"尕欢"手持法器，一个扮演"额尔冬"大神，头戴牛头面具，反穿皮袄，手持大刀，另一个扮演护神，头戴青面獠牙面具，手提大刀，其余的扮演诸佛，表演时敲打皮鼓、"寺爱"，口吹"犒烛"（牛角喇叭）。表演按照划定的路线进行，场面雄壮粗犷。"萨朗舞"是有固定的唱词的，音乐节奏十分贴切，一般使用宫、徵调式属于四声音阶，都在八度以内。"哈日"是出征前誓师的军事舞蹈，舞者手持兵器唱出征歌，还要走各种队形，羌族称之为"走花花"。还有就是由"释比"跳的祭祀舞蹈"莫恩纳沙"，也就是"羊皮鼓舞"。这种舞蹈是有音乐无歌唱，伴奏乐器只有羊皮鼓和铜铃。

纵观羌族的各种祭祀舞蹈和音乐，都是在和"神"的亲切对话，其目的就是祈求寨子风调雨顺、六畜兴旺，既敬神又娱人。

三、宕昌羌族音乐的传承和保护

由于现代社会的迅速发展以及羌民的大量外出，很多外界文化已经开始渗透进入原始的羌族文化，加之羌族的年轻人大多都选择外出工作，再加上受到现代思想的影响，很多东西也已经发生变化，羌族文化传承成了一件难事。宕昌县为了保护这一民族艺术，专门成立了"宕昌官鹅羌藏民族艺术团"，并邀请专家来提炼和编排宕羌艺术，以此来保护这一民族瑰宝。艺术团2006年创编了《宕羌古韵》，融合了"凶猛舞""哈日"等精髓，并将其搬上了首届宕昌艺术节的舞台，受到专家教授和人民群众的广泛好评和喜爱。宕昌县文化局也编排了《宕羌鼓舞》，专门用以保护和传承。歌曲有本土作曲家张雁林老师为宕昌和阿坝创作的羌族风作品，有效地将羌族音乐和现代艺术完美结合，在甘川部分地区广泛流传，深受羌民喜爱。

通过艺术家们的研究挖掘以及再创作，有效地将这一古老的文化艺术通过歌、舞等形式保存传承下来，也通过舞台向世人展现了羌族艺术的魅力和精彩，也让世人更多地了解了羌族艺术，了解了羌族文化，也爱上了羌族。历史和民俗在这里交相辉映，民俗和音乐在这里并蒂开花。

四、古韵新作

舞台是艺术传播的最佳途径。目前虽然已有艺术家为宕昌羌文化创作新品，可是大部分的羌族艺术还没有被有效地利用起来，目前宕昌还是缺乏一些专业的音乐人才来挖掘和整理宕昌羌族艺术，所以也希望有关部门培养、组建一批专门研究和创编宕昌羌族艺术的人才。其创作方向应该是在宕昌羌民族音乐的主旋律基础上，撰写新的歌词、编配一些新的旋律，让其既有民族本质又有时代特征。建议制作一部关于宕昌羌族历史的史诗般音乐专辑，让这一古老民族的文化流传于世，也让这一朵民族奇葩绽放新的活力。

| 陈力伟，宕昌县木耳学区教师。

辑三 民风遗存

玉垒花灯戏：一朵绽放山野的戏曲奇葩

邱雷生

文县玉垒乡，位于甘陕川三省交界处，为巴蜀、秦陇等多种文化交会地带。这里是陇蜀古道重要的渡口、水陆码头和战场，素有"陇蜀咽喉"之称，历来为兵家必争之地。三国时，魏与蜀有过多年拉锯战，邓艾经此地翻越摩天岭灭蜀；明初，傅友德兵过玉垒关，一举收复四川；解放战争时，六十二军从这里南下，横扫川北、西康。20世纪先后建起的碧口水电站和汉坪咀水电站，使玉垒变为泽国，川坝地尽淹水底，成为生产生活条件最为艰苦的地方。就在这些被山水分割的山村里，奇迹般绽放着一朵戏曲奇葩——玉垒花灯戏。

玉垒花灯戏的源头久远。关于其起源，不同村有不同说法。但据袁氏家谱、有关实物及多数讲述人记忆表明，明朝中期，由四川迁居文县玉垒坪的袁氏家族，将四川的"花灯"带到居住地演唱。明万历中期前后，"千总爷"袁应登为向"三官爷"还愿，将玉垒坪蛇头形石嘴上背白水江而筑的"三官庙"中的"天官""地官""水官"三尊木雕像换为铜像，在庙旁垭豁里修建一座面江而立的雕花戏楼。从1596年前后开始，登台演唱"花灯"灯曲和本地的民歌小调，逐渐形成玉垒花灯戏，吸引四乡八村的村民前来观看。清乾隆年间，距玉垒两里多路的筏子坝至嘉陵江的航道开通后，船主常求三官爷保佑船只来去平安而酬神唱戏，使玉垒花灯戏声誉大振。

每到唱戏，邻近的甘川陕客商及游人蜂拥而至。在清代，花灯戏先后传至玉垒关、味子坪和李家坪，中华人民共和国成立后又传至冉家坪、余家和邻近的范坝乡走马岭、碧口镇古仓山等地。从花灯戏形成以来，年年都有演出。

玉垒花灯戏是在耍灯的基础上发展起来的，但不同于其他地方的"花灯戏"。戏台前后挂满各种彩灯，花灯手穿红着绿，一手执自制的造型美观形式多样的花灯，一手执扇，载歌载舞，"唱"与"做"紧密结合，彩灯歌舞交相辉映。经过长期的艺术实践，表演形式逐渐得以丰富和提高。1916年，川剧艺人罗画匠落户玉垒关，觉得演出很有戏味。他建议用集资的办法，为花灯戏新添置服装道具，改进化妆方法，传授表演技巧，串戏导演，使花灯戏的舞台美术和表演技巧得到又一次提高。1923年，陕西秦腔艺人田班长和赵花脸流落玉垒关，为花灯戏传授技艺，使花灯戏的表演艺术再次得到提高。玉垒花灯戏在表演中，带有载歌载舞的大量"耍灯"动作，而旦角尤为明显。其音乐颇具南方风格，念白为本地方言中糅进了四川话，唱腔融入了许多当地民歌、小曲，高亢、流畅，充分反映出当地人豪放、开朗、热情的性格特点，处处洋溢着"高山流水"般的陇南韵味。唱腔中角色腔调结合，表现各种感情，加上表现特定戏剧动作的民歌小调，共同组成唱腔形式。它的音乐属高腔系统，曲调主要为五声音阶K调式，唱段由上下两句构成，多为四至六句为一段落，最后一句的下半句用"搂腔"（即帮腔）。旦角定调为1-D，男角定调为1-G，男女对唱时，男角服从旦角。唱腔共有70余首，可分为三类：一是角色唱腔。有文小生唱腔、武小生唱腔、花旦唱腔、青衣旦唱腔、老旦唱腔、老生唱腔、丑角唱腔、花脸唱腔，须生唱腔中有三拍子唱腔，如花脸唱腔中的（高平）调。二是感情专用唱腔。为了表现人物特定感情，还有各种角色通用的感情专用唱腔，如表现难过心情的"苦板调"，表现人物死而复苏的"阴板调"等，唱腔感情色彩浓烈，与其他唱腔节奏、旋律、速度大不相同。三是民歌小曲调。曲牌的唱腔有花音（旦角）、花调（小生）、高腔（丑角）、平调（须生）、哭音平调（旦角）、高平调、花平调、连平调、紧调等；属民歌的唱腔如莲花调、连八句等，唱段一般是上下句结构，此类唱腔不用搂腔。这三种唱腔综合使用，可演出小戏曲和大戏本，能够满足剧情发展需要，表达各种感情，塑造各种人物形象。文乐伴奏领奏乐器是自制的大筒子胡，再配二胡，也有配竹笛、四弦子等乐器的。乐器音色沉厚洪亮，与唱腔配合起来，韵味美妙，动听和谐。武乐有大锣、大鼓、大钹和暴鼓、马锣、京锣等。玉垒花灯戏生、旦、净、丑角色齐全，是一支独立的地方剧种。

玉垒花灯戏的舞台表演、音乐唱腔、服装道具、化妆等与一些大剧种基本相似，能够表达出剧中人物喜怒哀乐的复杂感情。演出剧目丰富，题材广泛。从目前玉垒坪、味子坪、李家坪、冉家、余家演出的135个剧目看，既有自编戏，也有改编戏；既有生动风趣的折子戏，也有人物众多、故事情节曲折的大本戏；既有文戏，也有武戏；既有历史戏，也有现代戏。而且各个村花灯戏剧团都有自己的保留剧目和表演风格。

这些村子将与花灯戏有关的物件视为珍宝，尽力保护。初办时置办的服装、道具，能用的还在继续使用，不能用的仍妥善珍藏。他们的一把清代大筒子胡坏了，味子坪人还将筒子和琴杆珍藏着。玉垒坪人的神龛里还供奉着明末将天官、地官、水官换为铜像前的木塑像，戏箱里还存着自制的边鼓、点锣、九节钢鞭、面具、戏衣等等物件。一件件文物，见证了玉垒花灯戏艰难成长的历程，记载着玉垒花灯戏古老的历史。

玉垒人对花灯戏的喜爱体现到了各个方面。清光绪年间，李家坪的王重贤在一个叫元石匠的地方，修了一座远近闻名的两进两出大院，在柱顶石上刻有花灯戏演出的画面，在石台柱上刻有花灯戏演出的场景，在台阶墙面石板上刻有花灯戏演出的场面，在神桌上也刻着花灯戏演出的图案。元石匠这个地方早已无人居住，两进两出的大院也在20世纪70年代修建碧口水电站移民时拆掉了，但王重贤的后人们还珍藏着这些物件。他们说："看见这些物件就像见到了老祖宗，它激励我们世世代代要把花灯戏演下去。"

多数村演玉垒花灯戏全用男演员，传承靠"戏母子"记戏、编戏、训练业余演员唱戏。创始人袁应登，爱戏懂戏，亲自给乡亲们教戏，领着乡亲们上台唱戏。这种优良传统，一代一代传了下来。玉垒人把记戏、传戏、演戏当作一种责任，一种荣耀。1988年，生于1905年的味子坪"戏母子"张兴文身患重病，临终前他怕自己带走肚子里的戏，用惊人的毅力强撑着回忆，请张希贤记录下了23部戏。在这几个村，许多人从小就钻研戏，历代都有著名的"戏母子""演员""乐师"。现在，不管是一些当了领导的脱产干部还是村干部，都是村里花灯戏业余剧团的骨干成员。这六个村的业余剧团，演职人员一般在30人以上，行当齐全，阵容整齐，事事有人管，事事有人干。玉垒坪和玉垒关的古戏楼在人民公社时被拆掉了，现在仅有冉家在县文体局等"双联"单位支持下修起了戏楼，其余五个村仍在农家院中演出。

玉垒花灯戏除个人还愿和遇红白喜事演出外，村里每年农历正月初二"起灯"（即开戏），正月十六"倒灯"（即结束），庆贺上年五谷丰登，祈祷新年风调雨顺、四季平安，娱神娱人，聚众育人。演出场地灵活，或固定场地，或农家院落，将欢乐和祝福送到百姓身边，体现出花灯戏来自民间、扎根群众的特点。每临演出，全村人都行动起来，大家办，大家演，大家唱，大家看，台上尽情演唱，旁边众人帮腔，台下掌声连连，你方唱罢我登场，其乐融融，干群关系密切，村里村外卷入了欢乐的海洋。看到这种景象，不管是谁，都会被花灯戏浓厚的乡土味和乡邻之间亲切和谐的气氛深深感染。

玉垒花灯戏演绎着历史与现实、生产与生活、劳动与爱情、悲欢与离合、喜悦与忧愁，弘扬着传统道德文化，对当地群众发挥着显著的教育引导作用。数百年来，这里乡风民俗淳朴，社会治安良好，很少发生刑事案件，人民群众爱国奉献精神强。1949年12月，玉垒人积极筹粮，支援南下的中国人民解放军六十二军。国家修水电站，玉垒人奉献出全部川坝地，搬上山生活。

玉垒花灯戏因其独特珍贵，1989年10月陇南地区文化处编《中国戏曲志甘肃卷·陇南分卷》（内部资料）时称其为陇南花灯戏，单列记载。

2006年9月30日，甘肃省人民政府公布第一批非物质文化遗产名录时称其为玉垒花灯戏，列入其中。但是，由于研究不够，宣传很少，外界知之不多，加之保护乏力，缺乏指导，存在被其他剧种同化的危机，因而抢救保护玉垒花灯戏成为当务之急。

> 邱雷生，陇南市政协民族宗教和社会联谊委员会原主任、市白马人民俗文化研究会副会长兼秘书长、市民间文艺家协会原副主席。

大山深处的白马藏族

尚建荣

在甘肃省陇南文县和四川省北部平武、南坪县一带，生活着一个总人口只有1.4万多人的独特民族——白马藏族。由于白马藏族长期居住在偏僻封闭的山寨，远离繁华城镇，至今还保留着原始、古朴的民族风情，崇拜日月山川、风雨雷电、动物植物的奇异习俗，犹如一枝绽放在大山深处的奇葩，近年来成了民族、民俗专家、学者和中外游客考察研究、观光的热点地区。

为了了解白马藏族独特的民族风情、悠久的历史文化和独具特色的生活习俗，笔者利用在陇南文县下乡的机会，几次深入到白马藏族居住的白马河流域，在一些山寨采访，白马藏族豪爽奔放的性格，艳丽精美的服饰和团结互助、热情好客的传统美德，给笔者留下了深刻难忘的印象。

源远流长的历史文化

20世纪50年代，我国政府进行民调查和识别时，由于白马藏族的聚居区和藏族的聚居区在地缘上有着十分紧密关系，有些白马藏族会说藏话会识藏文，就把他们划归了藏族，并历史地沿袭下来。又由于他们崇尚白色，大都敬奉白马神，好多部落以"白马"为图腾，生活在陇南的部落大都居住在文县铁楼乡白河流域；生活在四川的主要分布在平武县白马等地，便称他们为白马藏族。

其实白马藏族和其他地区的藏族有很大的区别。他们一般不修寺院，不信仰藏传佛教，不放牧牲畜，也没有天葬习俗；他们的食物以五谷杂粮为主，语言、服饰、婚姻和生活习俗独具民族个性特色；很多白马藏族和汉族一样，逢年过节到庙里烧香敬神、在自己家里供奉祖先牌位。他们世世代代大山深处耕种劳作，过着隐居般的生活。

1964年10月1日，在庆祝中华人民共和国成立十五周年的时候，在天安门城楼的观礼台上，有一位身穿鲜艳服装：缠青丝黑帕、胸佩闪光银牌、系着彩色带的少数民族女代表，独特的打扮非常引人注目。毛主席询问身边的工作人员说，这是哪个民族的代表？工作人员回答说，这是"白马藏族"。从此，世世代代生活在深山老林里的白马藏族，才正式登上了中华民族的历史舞台，引起了世人的瞩目。

据史学界考证，白马藏族与古代的氐族无论在血缘、地缘还是传统习俗上，都有着十分紧密的联系。早在春秋战国时期，氐人部落就繁衍活动在西汉水、白龙江和岷江流域。魏晋以后，氐人曾以骁勇善战在当地称雄，先后建立了"成汉""前秦""仇池国""武都国"和"阴平国"等政权。

古代的氐族种类繁多，有故氐、青氐、蚺氐等，其中最大的一支当数白马氐。在众多的古籍记载中，"氐"总是和"白马"紧密相连。如《史记》"白马最大，皆氐类也"；《括地志》"陇右成州、武州，皆白马氐"的记述，就充分说明了这一点。

长期以来，白马藏族没有自己的文字，却有自己的语言。据语言学专家考证认为，白马语在语音上同羌语、普米语相近似而与藏语稍远；在词汇上，不同于藏语，特别在反映农业、副业、手工业等方面的词汇较为丰富，远多于藏语，属"汉藏语系藏缅语族"。在长期的文化交流和相互影响下，白马人的姓名基本与汉名相同，每户都有自己的姓，杨姓最大，人数最多，此外还有王、余、田、李、曹……等姓。藏名中的"扎西""多吉""达瓦""卓玛"等名字，在白马藏族人名中从未发现。正如《魏略·西戎传》所述，氐人"语不与中国同。姓为中国姓。"

白马藏族的很多部落和家族，一般不与外族通婚，不与同姓人通婚，也不与藏族通婚；白马藏族的宗教信仰主要为自然崇拜，日月山水、风雨雷电及动植物等，皆为崇拜对象，虽然后来曾受过其他地区藏族和藏传佛教的影响，但影响较小。

白马藏族悠久的历史，独具个性的民族特色，构成了独树一帜的"白马文化"，已成为好多历史学专家、民族学专家研究的重点课题，引起了中外人士的极大关注。美国学者王浩曼曾著文在介绍："岷山深处有一个人所罕知的部落，这个部落自称为氐人。"

原始古朴的民族风情

生活在陇南文县白马河流域的白马藏族，大都居住在高寒山区的向阳山坡和河谷地带，房屋依山而建，木楼彩绘，一寨一村，一户一院。白马藏族的服饰绚丽奇特，富有创造和想象力，别具一格。从头饰到发饰、胸饰、衣饰、腰饰直至脚饰，构成了一个完整而又和谐的统一体，风格独特，给人以赏心悦目的美感。

文县铁楼一带的白马藏族的服饰以白、黑、花三色袍裙为主，男穿名为"春纳"的对襟长衫，两襟操拢；系腰带，扎绑腿，头戴名叫"沙尕"、插着白鸡翎的毡帽。这种帽子造型独特，色彩鲜明，既有遮风、当雨、保暖的实用价值，又是男子汉风度气质的显示。特别是戴在头上行走时，羽饰随着身体的摆动轻轻摇曳，极具古代欧美绅士的风采。受山清水秀的自然生活环境的影响，白马藏族的妇女非常爱打扮。她们身穿以黑、蓝为基调的长衫，领、肩、袖及后裙均由各色花布搭配拼接，并绣有花草鱼虫等图案，色彩艳丽，做工精细；无论年龄大小、结婚与否，她们的头饰都十分复杂。成年妇女头缠长长的黑色丝帕，丝帕紧裹着十几条长辫，编在黑色的毛线里，再串上五至八块鱼骨牌和红、蓝、白、黄等各色的玉石小珠，绾在头上吊至右耳旁，既端庄古朴，又美丽大方；老年妇女则要在腰上扎缠一丈多长的红色的自织羊毛练子带，年轻姑娘有的腰扎丝绸彩带，有的还要佩戴缀有数枚古铜钱的牛皮腰带，据说具有"腰缠万贯"的象征和寓意。

白马藏族世世代代以农耕、狩猎为生，其原始、封闭的生产、生活方式，形成了对大自然的顶礼膜拜，造就了白马藏族勤劳、勇敢的性格，也孕育了白马人独特、古朴的民族风情。在白马藏族生活居住的很多地方，他们至今还保留着用捻锤捻线织布，用丝线绣花鞋，用羊毛和面擀毡，用一根长长的犁杖驾驭两头犏牛耕田种地的习惯……

白马藏族终年在深山老林里劳作，生活十分单调，唱歌跳舞便是他们最为欢快的娱乐活动。无论是上山劳动、谈情说爱、在家待客、逢年过节，还是婚丧嫁娶、祭祀活动，都要唱歌。亲朋相聚，节日喜庆，寨子里的白马人便会不约而同地团团围坐在火塘边，一人领唱，众声相合，山响谷应，其乐融融。即使寒冬腊月，大雪封山，也要饮酒对歌，不分昼夜。醉了火塘边一躺，醒了又继续唱歌。白马藏族别具情趣的歌曲，是我国民族、民间艺苑的一株鲜为人知的奇葩。白马藏族在很大程度上，就是靠了这些歌声，才得以在那艰苦封闭的环境中熬过了悠远漫长的岁月，迎来了21世纪的曙光。

有人说，白马藏族会说话就会唱歌，会走路就会跳舞，这话一点不假。田间地头，村庄院落，到处都是他们引吭高歌、施展舞技的场所。白马藏族的舞蹈种类很多，家里来了客人，妇女身穿百褶裙，双手举杯，翩翩起舞，高唱敬酒歌，既显示了文化底蕴，又表达白马藏族对嘉宾贵客的深情厚谊。白马藏族最爱跳的是"圈圈舞"。每当夜幕降临，在那些空旷的院坝里、土坪上，燃起熊熊的篝火，身着鲜艳服装的白马藏族，少则十多人，多则几十人，他们手拉着手，肩并着肩，围着篝火尽情欢舞……但最热闹、最欢快而又最隆重的舞蹈，却是逢年过节搞祭祀活动时，男人反穿皮袄或五彩花袍，足蹬长筒毡靴，身后系一根长长的牛尾巴，肩挂一串铜铃，头戴青面獠牙的各种动物或凶神恶煞面具跳面具舞，马人称之为"池哥昼"，又称"鬼面子"，或"跳曹盖"。在第四届中国艺术节上，文县白马藏族表演的"池哥昼"，以其原始、独特、粗犷豪放的风格，受到观众和舞蹈专家的高度好评。

"池哥昼"是白马藏族从先祖的信仰和崇拜里继承至今的一种民族舞蹈。每当重大节会，喜庆时日，特别是每年的农历正月初一、正月十五、三月清明、五月端午、八月中秋，好多村寨都要进行表演，意在驱邪逐鬼，扫除秽气，祈祷吉祥如意，五谷丰登，村寨安宁。演出队伍走村串户，一路表演。起舞时以大锣大鼓伴，鸣炮开道，节奏明快，粗犷威武，风趣幽默。特别是那吸腿跳步，摇肩晃膀的动作，表现了白马人不屈不挠、与邪恶勇敢抗争的精神风貌，构成了古朴独特、粗犷、剽悍的舞姿。

白马藏族生活的地方大都是高寒林区，气候阴冷潮湿，他们一年四季都要喝酒驱寒。天长日久，养成了人人喝酒、家家酿酒的传统习惯。但他们经常喝的不是高度数的白酒，而是在自己家里用青稞、高粱、大麦、燕麦等五谷杂粮酿造的类似黄酒的低度酒。一般人家一年都要酿两三大缸酒，逢年过节，招待客人，常喝不断。白马藏族相聚，总是一边跳舞唱歌，一边举碗豪饮。每逢此时，老一辈的白马藏族还会用悲愤哀怨的曲调，唱起祖辈们流传下来的酒歌，讲述祖先南征北战、历经磨难，艰苦创业的历史故事。听者往往痛哭流涕，悲伤不已。

白马藏族还有一种十分古老独特的喝与式，俗称"扎杆酒"或"咂咂酒"。家里来客人时，他们把自酿的酒倒入一个小陶罐，再兑上蜂蜜。饮用时将一根细竹管插入罐中，轮流吮吸，别有情趣。

生动感人的传奇故事

历史研究表明,那些没有自己文字的民族,其民族的图腾起源、崇拜偶像以奋斗历史、生活习俗等等,就流传在这个民族世世代代相袭讲述的传奇故事里,白马藏族也不例外。

深入白马藏族聚居的村寨,你会看到,每当逢年过节之时,这里的男女老少都要穿上色彩鲜丽的民族服装。男子头戴白色圆顶、镶有荷叶边盘的毡帽,帽顶上插有一支或数支白色的雄鸡尾羽。有人说这是一种漂亮的装饰,为了英俊好看;也有人说,那是纯洁美好的象征。而我在文县铁楼的白马藏族村寨里,则听到了关于白马藏族毡帽上插白公鸡羽毛的传奇故事。

远古时代,生活在大山深处的白马藏族日子过得十分艰难。上山打猎要和凶猛的毒蛇野兽斗智斗勇;开荒种地要和其他人抢夺地盘,争战不断;更可怕的是那些官兵恶匪,经常窜进山寨烧杀掳掠,抢走妇女和财物,逼得他们无家可归,走投无路。有一次,一帮官兵又来杀掳抢夺,白马藏族很快集中在一起,逃进密林深处一个很大的山寨里躲藏起来,但被追赶而来的数百名官兵团团围住。山寨里的白马人居高临下,石攻箭击,巡逻守寨,官兵无法靠近。

一连守了三天三夜之后,守寨的白马藏族终因乏困至极,一个个倒下去便睡着了。这时,狡猾的官兵乘机窜进山寨偷,谁也没想到,在这千钧一发之际,寨子里的一只大公鸡猛然跃上房顶,高声打鸣,唤醒了全寨人。他们一齐奋勇反击,打得官兵落荒而逃。从此以后,白马人永远铭记着那只救了全寨人性命的白公鸡。为了纪念和感谢白公鸡的救命之恩,世世代代的白马藏族都要在毡帽上插上白公鸡的羽毛。

据《文县县志》记载:"白马峪在县城西南五十里,古白马氏地。"正是该县如今的铁楼一带,这里山高沟深,森林茂密,风景秀丽。南接四川平武,有巍峨险峻的摩天岭,是国家级自然保护区;西有白雪皑皑的千里岷山,地处白水江自然保护区腹地。这里道路闭塞，人烟稀少，正是我国独有的珍稀野生动物大熊猫的繁衍栖息地。善良敦厚的白马藏族世世代代和大熊猫和睦相处，不仅从不伤害大熊猫，而且有些部落还把大熊猫当作自己崇拜的图腾，成为"池哥昼"表演的主角，这也源于一个古老的传说故事。古时候，一个英俊的白马青年男子和一个美丽的白马姑娘情投意合，互相爱慕，难舍难分。按照白马藏族的习俗，他们要成婚，男方必须备酒请媒人去女方家提亲，征得女方父母的同意。居住在深山里的男青年先后打发能说会道的百灵鸟、英俊潇洒的金丝猴等到女方家提亲，都被拒之门外。男青年没办法，就请来憨厚老实的大熊猫去提亲，女方当即就答应了这桩婚事。从此，憨态可掬的大熊猫便成了白马藏族心目中最为崇敬的动物。居住在白水江国家级自然保护区腹地的白马人，不仅从不伤害大熊猫，而且还为抢救、保护大熊猫立下过汗马功劳。远的不说，仅近一二十年来，文县铁楼的白马藏族就救治过七八只受伤或被遗弃的大熊猫幼仔，有的被送到保护站养大之后还漂洋过海，到世界很多国家展出，为祖国赢得了荣誉。

说起"池哥昼"，他们认为"池哥昼"的意思就是来自古仇池国的兄弟同欢共庆，驱恶避邪，恭祝村寨部落吉祥幸福。显然这种解释有点牵强附会，但笔者在陇南很多地方和白马藏族居住的山寨里采访时，以及和一些老年白马人的交谈中，确实听到当地的白马藏族几乎众口一词地说，他们就是古代仇池国氐人的后裔。他们认为，他们的祖先就是古代生活在陇南一带的氐人。"池哥昼"表演时有主角也有配角，一般都把天神、地神和本部落的图腾作为主角，不同的部落有不同的图腾，有黑熊、白熊等，而最常见的主角就是大熊猫和白马藏族敬奉的三只眼的马王爷。

十分有趣的是，曾经雄踞陇南西和县西汉水北岸的仇池古国，因有"仇池"而得名，是史学界公认的古代氐族的发源地，也是三国时期诸葛亮六出祁山的主战地。自汉至魏晋南北朝，仇池国由号为"白马"的氐族杨氏先后累世统治数百年。至今，世世代代居住在那里的群众，还在庙里烧香敬奉三只眼的马王爷神，白马藏族表演的"池哥昼"里，还有很多和诸葛亮打仗的故事。这一脉相承的古风旧俗，也从另一个角度印证，白马藏族的根确在陇南仇池。

> 尚建荣，甘肃文县人。有诗歌、散文、评论散见于《诗刊》《散文》《文艺报》等报刊。作品被多家刊物选载或被收入北京、上海等省高考模拟试卷。现为甘肃省人民政府文史研究馆干部。

西和的社火封神

彭战获

西和曾是白马藏族生活过的古老家园。辉煌的前后"仇池"独特的民族习性、复杂的地理环境、璀璨的农耕文明，等等，悠悠岁月中积淀了许许多多深厚的白马民俗文化。时至今天，仍让当地民众享用不尽。

一

正月耍社火是民间群体性的娱乐活动，重在"娱神""酬神"，欢庆太平，可谓历史悠久。中华人民共和国成立前夕，几乎村村都在耍，相互交流，旷日持久。改革开放后，除城区城郊盛行白天耍社火外，大多数乡村仍一如既往地坚守着自己的"黑社火"阵地，其传统节目繁杂，内容异常丰富，表演阵容也比昔日愈来愈庞大。场地的选择通常是打麦场和学校操场，这样有利于表演，也有利于观看。一场"黑社火"至少要耍三、四个小时，通常是天黑后开始，子时前结束。当然，也有因特殊原因一晚上耍两场，直至鸡叫才结束的。但无一例外，不论是本村耍或流动到别的村子耍，在每场结束时都要例行封神仪式。

封神是有来由的。民间依赖的"神上之神"姜太公，名尚，字子牙，据说是远古时代炎帝的后代。社火里的封神活动是极其隆重的。子牙登台，人山人海，一呼百应，山呼海啸，威仪四方。这是关系全村人一年福佑的大事，任何人都小心到了无以复加的地步。换而言之，不光参与耍社火的人如此，甚至连外来观众也牢记古训，谨小慎微，参与迎声助威，一直坚持到龙灯从场上退出。封神时，不论男女老少，凡是在社火场中的，都必须密切配合，谁也不敢大声喧哗，谁也不敢妄言评说，否则会遭到整村人的谴责，严重者不但挨打，而且还要承担亵渎神灵等一系列相关责任。这是整村祈神求福的众事，谁言行悖谬就是对神大不敬，犯了众怒，吃了亏，是没有地方可以申诉冤屈的，到那时就是亲生父子，谁也不敢袒护谁。

封神是严肃庄重的。一场社火临近尾声，由社火会首扮成姜子牙，站立在场地中央预先支起的桌子上，威风凛凛，声如洪钟：

"投师学艺昆仑山，担水浇花四十年；元始天尊把道传，斩将封神保平安。山人姓姜名尚，道号飞熊，人称吕望先生，奉了三教圣人法谕，下了仙山，斩将封神。师傅赐我四件法宝：打神鞭，杏黄旗，封神榜，四不像。今观见此地香火旺盛，原来是当地百姓儿郎为答报众多福神，曾许下了灯花教愿，如今功果圆满，众神百位皆等吾前来封其安位。这般时候，待吾先登上封神台。哎嗨呀，众神听封：吾封你天神归天、地神归地、庙神归庙、墓神归墓，山神回上山神庙，土地回上戊己宫，龙神回到水晶宫……三百六十五位正神，各归本位；天地三界十方万灵诸神，各归本位。封神已毕。待吾再用打神鞭拨开云头一观。哎呀，观见此地有邪神杂鬼在骚扰百姓，可恶至极。待吾展开杏黄旗，略施法力，（大叫）邪神杂鬼，何不归袖来也！收了邪神杂鬼，吾将他们带上昆仑山顶，压在镇妖石下，永世不能再下山为害。收妖已毕。吾当保佑全村人等，大的无灾，小的无难；老人眼明耳亮，小孩开口成章；六畜低头吃草，抬头力膘；牛生犊长，马下驹长；务农者，一籽落地，万籽归仓；经商者，生意兴隆，一本万利；公干者，清廉执政，步步高升；打工者，空怀出门，富贵还家，好人相逢，恶人远避；学子们聪明伶俐，鱼跃龙门。狼来锁口,虎来登山。羊毛细雨,月月常降;狂风暴雨,下在旷野深山;风调雨顺,国泰民安。一年十二月,月月降吉祥;一天十二时,时时保平安。封赠已毕,待吾回上仙山交旨。"

"封神"前后持续不到十分钟,其程式比较简单,用语系先辈代代传承,但因地域不同,其程式和用语各有千秋、异彩纷呈,可出发点都是一致的。最后连续三声呼应之后,"封神"宣告结束。此时,人们欢呼雀跃,随着社火队的有序退场和四方观众的相继离去,场地上响起了不绝于耳的花炮声和鞭炮声,紧接着村头土炮也相继被点响,一门门冲天而起,震耳欲聋。过去的土炮一般是二十四响或十二响。二十四响,代表着一年中的二十四节气;十二响,代表着一年中的十二个月。

祭神祈福耍社火,是每个村民应承担的公共"义务"。在 "娱神"和"酬神"名义下,也具有娱乐自我和娱乐观众的作用,但主要目的就是祈求众神保佑一方风调雨顺、人口清平,五谷丰登、六畜兴旺……人人衣食无忧、没灾没难,都能过上太平盛世的好日子。单就西和社火封神辞而言,特色凸显,目的一目了然。

二

纵观各类民俗文化现象,都与其民族特定的历史和生存环境有着千丝万缕的联系。西和社火的形成和发展同样经历了漫长的历史,它虽有着各地社火的共性,但不乏地域特色,尤其是先秦文化与仇池氐羌文化的孑遗以及多民族文化的碰撞渗入。因为,任何文化的形成和发展不能割断历史,也不能抛开一定的地域,它有着"前因后果"的传承关系。

西和不仅仅是秦先民发迹的故地,而且还是白马藏族的家园,这是不争的史实。秦人"在西戎,保西垂",于西汉水上游惨淡经营数百年后,铁蹄东踏，逐鹿中原，建立了中国历史上第一个中央集中制政权。这里，不去说言之凿凿的史料记载，也不去说历代学者专家长期以来的研究成果，单就20世纪晚期以来科考队对礼县大堡子山一带的几番发掘和文物考古证实，就足以印证西和先民与秦先民渊源颇深。小而言之，比如乞巧、说春、影子戏、迎喜神、闹社火等民俗活动，传承递送，对后世民风民俗产生过较大影响，近些年来还相继荣入国家、省、市级"非遗"名录。再如，白马藏族的祖先自商代就一直生活在这块土地上，沧海桑田，发展壮大之后，"多受中国封拜"，曾建立过前仇池国（南部地洛峪）和后仇池国（北部地西峪）政权。其间，"四方流人以仇池丰实，多往依之"。他们坚强不屈，数度崛起，统治基础都是以具备军事经验和才干的氐杨才俊为核心组成的，这"除了正确运用联南制北策略外，主要还是靠自身实力"，在仇池国史上谱写了不逊于十六国的壮丽辉煌的一页。后来，他们的后裔在陇南乃至四川和陕西境内还相继又建立过"武都国""武兴国"和"阴平国"等政权，再加上不断同化和汉化的漫长岁月，其活动时期可谓不短。今天，西和境内虽没有白马藏族，但汉人中有相当一部分仍是他们的后裔混血代，其遗俗和"活化石"也真不少。之所以在此简略交代一点先秦和白马藏族史实，其原因是社火中的封神实在与他们的风俗有关联。

《三秦记》载，仇池"左右皆白马氐……居人盖以万数"，是氐族分布的中心。《魏略》记载氐人"俗能织布，善田种，畜养豕、牛、马、驴、骡"，是农耕定居的民族，其基本社会单位是农业部落，所以安土重迁，自给自足，缺少游牧民族那种活力与动力，也缺少少数民族共有的"掠夺"特性。故此，与当地汉民交错居住，优势互补，风俗杂糅，和睦相处。

仇池境内山高谷深，河流纵横，交通不便，以农为生是比较艰辛的。况且，仇池地域发展缓慢，虽然获得了不少秦人和大量移民先进的生产工具和耕作技术，但恶劣的地理条件下，人们征服自然的能力还是不强。再加上自然灾害多发，粮食产量低而不稳，战乱频仍，人口往来迁徙不断，生存之难可想而知。不过，这一切并不可怕，反而磨炼出了他们钢铁般的意志，造就了吃苦无畏、粗犷悍厉、轻死重义的民族气质，发展了农耕文明，同时在错综复杂的民族风情中，也播下了师公传爷、傩神、说春、社火等独特厚重的民俗文化种子，至今仍熠熠生辉，令故地民众引以为荣。

据史料记载和民俗专家分析，西和不但有着极其丰厚的民俗文化积淀，而且蕴藏着大量早期的白马文化遗存。陇南文县幸存的白马藏族"活化石"暂不去多说，那见证白马文化自然有着很好的说服力，其实，那是西和仇池一带白马藏族的后裔。白马藏族的许多遗存，不仅是祖先崇拜、图腾崇拜、自然崇拜和"白马母祖"等崇拜的产物，而且承载着独特的地域文化内涵，以及民族文明的信息。白马藏族的节日比较多，除和二十四节气相关外，多属祭祀性质。就拿过农历年来说，往往从腊月初八开始，又持续多半个正月，甚至延续到二月二的耕牛节。除三十晚上祭祖先，彻夜守岁、叙旧迎新之外，每晚都要点起篝火在谷场共跳"圈圈舞"。男男女女，手挽着手，围成一圈，唱祖先传下来的俚曲谣歌，真是欢乐开怀，乐不思苦。同时，盛行巫术跳神活动，也就是人们所说的"池哥昼"，这种鬼面傩舞。师公多为汉人，协助祭祀传爷。他们信奉"山神""五谷神""火神"，认为人们的生产、生活及各个方面都由他们主宰。鬼面傩舞的宗教观重在主祭山神，过年中各村寨要请山神做客，隆重酬神。这实质上就是早期社火里的内容之一。尤其是正月十五的迎火把活动，显然与今天事前设防的社火禳庄、娱神的情形差不多，其内在本质完全一致。火把节这一天，家家都扎火把，傍晚时由会首带领大家前往村后神庙迎请五谷神。到了神庙前，先要炷香、点蜡、烧纸祭祀一番，伴随欢歌曼舞、尽情娱神之后，才虔诚地迎请五谷神下山。到了村中打谷场，大家又围着熊熊燃烧的篝火，一起跳"圈圈舞""十二相"等，直至天明。正月十六日，又要举行隆重的送瘟神活动，村民家家派代表，全由会首主持。二月初二日，人们牵牛试耕，家家爆炒豌豆等粮食，馈赠村邻亲友，并打灰簸箕过节，驱虫辟邪。人是民俗的载体。现在，西和人除不跳"圈圈舞"而耍社火狂欢外，仍然保留有上述部分习俗。

正月耍社火，最晚得在二月初二日结束，但社火的准备、排练工作往往在年前腊月初八后就开始了。这是集体"娱神""酬神"活动，不可掉以轻心，村村由大、小会首主持，家家出灯、出人、出财物，统一行动。很显然，从白马藏族长期在此地域生息繁衍的历史、生活习性以及古朴的娱乐和祭祀活动可以看出，如今的社火是氏族古俗的传承和发展。当然，也融入了不少汉文化。白马藏族的腊八祭祀、圈圈舞、鬼面舞、迎火把、送瘟神，以及农耕劳作和传唱祖先留下来的质朴歌谣等，在后来的西和社火中都有不同的继承和糅合。生活是个万花筒。毫无疑问，社火是综合性的民间艺术，再现了生活的真实，寄托着民众美好的愿望，在娱乐神灵之际，也丰富了人们的文化生活，给每个参与者和观众带来了欢乐。正因为如此，才一直为民众所喜闻乐见，传承不衰。

白马藏族出于对山神等的崇拜与信仰，加上科学认识局限，其各种祭祀习俗才得以在后世被完整地传承下来。人们敬畏神，心灵深处又依赖于神，对神虔诚至极，于是想方设法以各种形式讨其欢心。在古代，姜子牙所封之神，那都是些有重大影响的大神，遍及三界中的各个领域，无处不有。神能给人赐福，也能给人降下灾难。先民及其后裔们在社火中顶礼膜拜，将姜子牙迎请出来，点将分封一番，说一些关乎民生利益的喜话，镇住鬼怪妖魔，带走瘟疫灾害，保得一方民众清吉平顺，这种愿望是良好的。特别是在过去的年代里，自然灾害多发、瘟疫不断、战乱频生，人们难以安居乐业，寄予美好希望于神灵是完全可以理解的。就是到了今天，科学已深入人心，但在风俗的传承浸染之下，一些老年人仍"宁可信其有，不可信其无"。不仅仅是在社火封神方面，就是在祭山神、雷神、土神、灶神，报答牛马王爷、送瘟神、擦冲气、寄保、寻拜大、赎身等诸多方面，仍保留着当年传下来的不少风俗，这似乎是老祖宗们留下来的心结，可谓根深蒂固，积习难改。

三

　　社火是秦人、白马风俗的孑遗和发展，随着时代的进步和科学深入人心，人们在继承传统民俗文化的同时，又不断充实进了新的内容，但仍未彻底落下"神事"的风帆。究其原因，祭神的"义务"在举行请神祭庙仪式时已经履行过了；等到各类节目登场，名义上似乎是在"娱神"，但本质上却今非昔比，演职人员通过超越生活的艺术表演形式来突破日常中的自我。当然，满足了自我表现的欲望，也就达到了娱乐自己、快乐别人的目的。整场社火表演结束，娱人的活动已经完成。接下来，封神之举又成了整场社火的重中之重，也是过去耍社火所要达到的根本目的。姜子牙登上封神台，封神辞中的那一句句"神"话，正好道出了民众的共同心声。在民众心目中的姜子牙，并非等闲之辈，众神听封于他，受命于他，具有广大无比的神通。一正压百邪，姜子牙在此，他每说一句，众人回应一声，可谓深得民心。这声声回应，发自于全村人的肺腑，也来自于外来观众的祝愿，纯朴得不掺半点杂质。封神是民众对美好生活的企盼和向往，就是到了今天，一些年轻人对其有所腹诽，但有老年人坐镇，只能在社火节目中增加新内容，谁也不敢轻易砍掉这个传统内容。

　　社火封神是西和非物质文化艺苑里的又一奇葩，受先秦文化影响，起源于白马先民，经本地域后代民众代代浇灌培育，才绽放得如此鲜艳夺目。今天，我们如何看待社火中的封神活动，这又是摆在民俗学家与大众面前的一个新课题。

　　　　彭战获，甘肃西和人。中国民间文艺家协会会员，出版地方文化专著七部。现供职于西和县志办公室。

两当县"棚民"的婚丧礼俗

| 李秀明

在两当县的云屏、广金、泰山、太阳、站儿巷等乡居住着"棚民——湖广广"后裔，从他们的服饰、语言和生活习俗上不难看出历史上"棚民"的生活方式。"棚民"的祖先主要是西南的少数民族，历史上他们的北移主要有三次：1795年春，在湖南、贵州等地爆发了苗民抗税拒丁、争取民族平等的斗争，苗民义军所向披靡，向北发展，波及湘、贵、川、陕几省数十县。清政府派重兵围剿镇压，经过数次激战，双方胜负难决，后清军粮草不给，速染瘟疫，围剿中途而止，苗民义军也伤残过半，被逼入巴山、秦岭的深山密林之中。次年（1796年），由王聪儿领导的白莲教在湖北襄阳举旗起义，激战楚陕甘川，苗民残军纷纷响应，起义军英勇奋战，坚持数十年之久，后在清军的强大攻势下失败，幸存的教徒们隐入深山丛林之中变为"棚民"。1863年夏，太平军郭三纲部孤军转战甘陕荒野之地，天水一战溃不成军，将士万余人散落在秦岭南北的宝鸡、陇南、汉中一带。两湖（湖南、湖北），两广（广东、广西），三江（江苏、江西、浙江）和川滇诸省的南民因战争三次北移，大都遗落在秦岭南北的天水、凤县、两当、徽县、留坝、略阳、宁强、勉县等地的大山密林之中。他们居住在"人"字型的草棚之内，以狩猎为主，吊锅是他们的生活基本器具，过着结草为序、刀耕火种的原始生活。在清朝的文档和捕令中他们被称为"棚民"，当地土著人则称他们为"湖广广"。在山林间偶然发

现的一些做工考究的南方墓群，那便是"棚民"的祖先。"棚民"来自不同省份，不同地区，不同民族，他们的语言、服饰、生活习俗在200多年的长期共处中糅合通变，互相取舍，彼此融汇，从而形成了与陕甘川截然不同的独特语言体系。这种由多种方言变异而成的语音，当地人称为"湖广广腔"。

婚嫁

"棚民"是来自不同省份，不同区域、不同民族的一种联合体，他们各自有不同的饮食、服饰、语言、婚丧嫁娶的习俗。但在远离故乡之后的深山林区的长期共处中，他们将各自不同的习惯糅合取舍形成一种特殊的"棚民"习俗。其中尤为突出的是婚姻习俗。

"走婚"是苗岭山寨的瑶族民众的主要婚姻方式之一。在西南故乡，"棚民"的祖先们没有"指腹为婚""父母之命、媒妁之言"的约束。男女青年唱着悠扬嘹亮的情歌，吹着自制的竹笙，进行"自由恋爱"。在逶迤连绵的茶山上，采茶女悠扬缠绵的歌声吸引了同龄男子，他们互相对歌，"盘查心思"。他们在篝火熊熊的跳竿舞上，男女青年手拉手，扭起苗民特有的牵手秧歌舞。经过初期阶段的恋爱之后，男方看中女方的歌喉、舞姿、手工缝制的荷袋等；女方看中男方的也是嘹亮的歌声、射猎的技巧、力气和酒量。男女双方初订终身后，"通知"双方父母，择好日子，男方由姑妈或舅父为"客头"带上上等的兽皮、兽肉、服饰之物，将自己的侄儿送至女方，女方备有迎亲的烤肉宴款待男方。男方到女方家并不久居，他们辛苦着自己的双腿每天从父母身边走到妻子家去，晚上又回到自己家中。无论兄弟多少，"成家"之后皆是白天进妻家，晚上见父母。若遇特殊情况，如下雨或时间太晚，也就住妻家。在一个半世纪前瑶族人称其为走婚。

"棚民"居住在深山林区，过着半原始状态的生活。祖先的很多习俗、教规、戒律都被艰辛的岁月磨蚀掉了。"走婚"的形式在"棚民"后裔中已被"招女婿"所替代。嫁女招婿的形式也被"棚民"所接受。但在某些细节上仍有它的特征。"棚民"在确定儿女婚姻日期时,张王李赵姓氏避开六月腊月。在迎亲仪式上有五人、七人、九人组成娶亲队伍,队伍的成员中,长辈一人为"客头"(即队长),娶亲娘子(夫妻)二人,"押礼先生"一人(即经济人),新郎同辈青年若干,他们的主要任务是搬运嫁妆(家具)。娶亲时要带上女方所要求的礼钱、礼物及新娘出嫁时要换的内衣内裤、头饰、鞋袜,还要带上两条鲜猪肉为"礼吊",娶走新娘后换回两瓶泔水,预示到婆家后槽头兴旺,家业昌盛。娶亲队伍到女方家后,将这些东西摆在女方准备好的桌柜上,以展示男方的阔绰与大方。这些形式叫"摆礼",也叫"查待"。女儿出嫁时,"押礼先生"首先给新娘"打发"一定数额的"离娘钱",当右腿迈出门槛时还要给新娘的弟妹们"打发""姊妹分身钱"。当新娘上轿或骑马时,"押礼先生"更是要表现大方。娶亲路上每遇到过沟、淌河、上轿,"押礼先生"都要有所表示。曲折迂回的娶亲路,是由铜板和钞票铺成的。新娘到了婆家不进门,"押礼先生"又要大方地表示。送新娘一起来的"上亲客"中,凡与新娘同辈的孩子都要发"羊"(即红包)。与新娘是血缘的姊妹发"羊头",堂姊妹发"羊身",族姊妹发"羊尾",待"羊"发完,"上亲客"才能吃"下马面"。当新娘入洞房后婆家要展示嫁妆,其中有一只红色木箱最引人注目。但这只箱子的钥匙控制在小姨子手中,不给足开箱钱,是绝不开箱的,因为娘家在箱子的四角各放有一定数额的"压箱钱"。这时候的"回扣"不翻番,小姨子是不开箱的。"押礼先生"如挤牙膏一般掏着钱,而小姨子目中无人,神气十足,胸有成竹,等你给够了,再交钥匙。当打开箱子时,是供新娘食用三天的熟食,以及重如山的原粮袋子。"压箱钱"自然少不了,仅仅是象征性的。婚礼过后第三天,一对新人接上婆婆一起到娘家小住几日,就叫"回扣"。随着社会的发展进步,"棚民"视野的开阔,"棚民"的婚姻习俗已经走上文明、健康、节俭的新路子。

丧葬

"棚民"由于长期生活在大山的密林深处，因自然环境恶劣，生活条件限制，很多原始的生活习惯都被艰苦的环境淘汰了。两湖、两广、云贵一带的送葬祭祀仪式活动也随着岁月的进程"删繁就简、因地制宜"了。但中心内容还保持着南方送葬的基本格式。

（一）净身、落草。一户"棚民"家庭如果是60岁以上的老人正常死亡，首先进行的是净身、落草，也就是整容。将头发梳盘整齐，刮净脸面，擦洗身子。在他的炕头烧九斤六两落气钱，也就是倒头纸。然后再穿寿衣，一般不少于七套，其中有一套是棉衣。男性必须穿一件挂里的长袍，色泽以天蓝或绝色为最佳。死者是75岁，就用75根棉线为腰带。脚上的鞋一定是亲女儿做的。头上必须包三尺六的黑色丝帕，脸上盖一片烧纸，再压一只箩过面的箩，以避在鬼门关小鬼伤脸。然后头向上庭，脚对大门停放在三块并拢的木板上。脚上地上点一盏清油长明灯，灯前放只小桌，上面摆祭祀物品。这时候披麻戴孝的儿女坐草铺，并派人去向亲戚朋友报丧，等亲戚（与死者同辈以上的血缘关系）来之后，便提出搭建灵堂的标准规格。灵堂搭建用竹棍和纸，不能用铁钉和绳子。请一个有文化的乡邻用纸包包叠符子，并在符子上画上通往阎王殿的道路和各个关卡的通行证等号。在搭建灵堂的时候就由孝子去请阴阳先生来诵经超度亡灵、查看出殡时辰、凶吉祸福、墓穴方位等并指导整个丧事的全过程。

（二）时辰凶吉布提。阴阳先生询问死者的生辰八字后，测算出出殡的时辰。没有意外，死者一般在家停放三天，如果逢七，（即古历每月初七，这是忌日，是头七、十四天为二七、二十一天为三七）说明死者生前有作恶之举，先生必须进行简单的超度，还是三日内送葬。先生如果算出死者犯生丧，那主家还要死人，先生就要禳改，制定禳改方案，让主家准备材料、做面人一个。犯两重丧做面人两个，一起与死者下葬。如果主家是富户人家，那诵经超度禳改的道场要做七到八天，孝子们要一直跪在灵堂前。先生算出了时辰，再看墓地，若是老坟，按辈分死者的位置是明确的，像家谱一样不能乱。先生根据当年的凶吉方向，可以用"四方位"定位。死者的祖坟向东南，但今年刚好东南不吉，先生人罗盘仪上可向左右偏离，避开东南正中，这样才确定打井方位。

（三）打井、点灯。先生算好下圹时辰后，打井必须在下圹前一个时辰完工。如果有特殊原因，如下雨雪、坟墓与住户很远，可在前一天打好井，并用竹席盖好井口，不能见天，并在井圹内点一盏清油长命灯。打井的人主要是邻居朋友和来帮忙的客人，先生和孝子主要看井圹打得合格与否，不要错位，不要挖断龙脉，从井内是否挖出古怪之物等。在打井过程中不能乱说对死者不敬和对主家不吉利的话。如果干累了，就将手中的工具扔向外面，然后跳出井圹默默休息，绝不能指示别人下井圹再干。在打井圹的过程中，主家孝子要给劳动的人送三顿饭菜、酒肉，数量不多，但种类齐全，一是表示主家的孝心，二是主家将来生活富庶如意。

（四）入殓出殡出境。死后第三天，阴阳先生指导儿女孝子们将死者从木板上搬入棺材内，棺材内底子上有一层细章木灰，先生用酒杯口在灰层上面压上死者年龄数字的圆圈，然后用纸将柏树叶子包成枕头状的纸包若干，将死者挤紧，以免在出殡时移位。出殡开始，所有孝子到棺材边向死者告别，然后盖棺拆灵堂，丧事总管号召孝子给帮忙的客人下跪。人们从灵堂中将棺木迎出大门放在架码上并绑上抬架杆，一切准备就绪，出殡起程。60岁以上的死者可以放炮，举引魂番的孝子走在最前面，接着是死者的遗像、孝盆（烧纸的盆）和所有孝子。如果中途架码（休息），选一个较平坦的地方，孝子全体下跪，抬棺者换人。如路过村庄，庄里人就燃起一堆烟火，用以避瘟避凶之意。从出殡开始所有途经的路上撒无数纸钱，孝子号哭，架码三次以上，以单数为吉。

灵柩上坟以后，摆正方位，帮忙人开始暖井圹，就是用纸将圹底铺严，再将纸点燃烧尽。然后下圹，先用绳将棺柩绑好吊空，缓缓吊入井圹内。阴阳先生再下罗盘做法术校正方位，孝子们背对墓井，双手拉起后衣襟，阴阳先生将准备好的五谷杂粮、金银铜币撒向孝子们，谁接得粮多，就有粮吃，接得钱多就有钱花。接着死者的儿子下圹跪在棺木上用锄头从不同方向挖三锄土入井圹盖棺，然后扔掉锄头出圹，帮忙人开始埋棺。等垒上坟头后开始烧包好的符纸，插上花圈，三天之内坟前保持大火。死后三年内每年腊月三十将亡灵迎回家，正月初五送上坟。每年清明除草修坟挂纸，一、二周年小祭，三周年大祭。

经济情况好和社会地位高的"棚民"家庭死了人，可请几名阴阳先生诵经超度亡灵几日至十几日，并请唢呐队吊丧，丧宴的标准档次也高，丧礼隆重且宏大，棺木讲究，有雕刻漆画，有棺椁外套，圹穴内壁用木炭镶边，坟头可造台立碑。中等以下家庭的"棚民"丧礼程序简化、仪式也简单。

> 李秀明，笔名青岭，甘肃两当人。两当县县文化馆原馆长、《广香河》杂志主编。发表小说、散文、诗歌、书法、摄影作品二百余篇（幅）。参与《两当县志》的编纂工作，编著有《两当县军事志》。

康县唢呐

高振宇

唢呐又称"琐奈""苏尔奈""唢呐子"。原流传于波斯、阿拉伯一带。金元时传入中国，后经沿袭改制，造型不一，管口有铁制、铜制、木制三种，管身为木制。常见者有八孔，声音宏厚刚健、典雅纯正，有长短大小之别，小的俗称"嘀呐子"，是管乐家族中的主要成员。民间称唢呐艺人为乐师。旧时官府举行盛大庆典，官员出行仪仗都要吹唢呐奏乐。民间主要用于婚丧嫁娶及其他礼仪场合。

唢呐在康县有悠久的吹奏历史。早在明代境内就有了唢呐。据传，当时豆坪有一人去庆阳谋生，学得唢呐吹奏技艺，回乡后成为第一个唢呐传人。后来南部阳坝一带也从陕南川北传入了唢呐。从此，唢呐艺术成为康县民俗文化的重要组成部分。

唢呐有单吹、合奏多种形式，少则一人，多则几十人，人多时倒班轮换吹奏。吹唢呐的技巧在于掌握换气，讲究嘴不离器声不断，吹的同时吸气换气运用自如，功夫好的一吹数小时不停歇，连吹几十个曲调。唢呐合奏时伴以司鼓、铜钹、锣、碰铃、大鼓等打击乐器效果更好，打击乐与唢呐的完美结合可以使吹奏场面宏烈、壮观，有利于表现曲调的内涵，增加感染力。

康县唢呐有许多曲牌，其中流行较广的就有一百多个。1981年，县文化馆豆绍光先生怀着对民间艺术的执着和关注之情，辗转全县广大乡村农户征集唢呐曲牌和曲目，将流行较广、脍炙人口的曲目编入了《康县民歌》专辑，为广大唢呐爱好者提供了珍贵资料。

唢呐奏乐在民间活动中具有不可替代的优势，其特点是富于表现力。吹奏时，演奏者可以根据不同场合自主确定吹奏曲目，也可以按主人指定曲目吹奏，或由听众点曲吹奏。一般在喜庆场面上选择明快、欢乐的曲调，如《大开门》《开财门》《八仙上寿》《全家福》等，热情洋溢，气氛热烈。在悲伤的场面上选择哀婉、伤感的曲调，如《哭长城》《哭五更》《吊孝》《蓝桥担水》等，如泣如诉，使人听了肝肠寸断。此外，也有多见吹奏小曲的。

在康县最有影响的唢呐艺人是民国时期豆坪的陈进元，柏凤岐，大堡的李万年，寺台的何成子。他们技艺超群，艺德高尚，不论钱财多少，地位高低，有请必到，并在各自的家乡培养了许多德艺双馨的唢呐传人，服务于全县人民。相传民国时期，阳坝有一财主"魏大爷"家办酒席，请了寺台唢呐艺人何成子和阳坝唢呐，何成子带了八人前往阳坝，奏乐时，酒席总管心怀偏见，瞧不起寺台唢呐艺人，就有意安排寺台唢呐在大门外吹奏，而安排阳坝唢呐在院内吹奏，不料，经几回合之后，寺台唢呐何成子吹得声音洪亮，节奏明快，富于变化，听者掌声不断，喝彩频频，阳坝唢呐吹奏水平明显不及寺台唢呐，对比结果使总管大伤面子，"魏大爷"下令把寺台唢呐作为主奏，安排到乐队重要位置，使酒席大增色彩。"魏大爷"一高兴，给寺台唢呐艺人另外奖赏了银两。此次阳坝之行使康北唢呐声誉大增。还有一次，清末进士黄居中给康北一户人家上家谱时，遇上了大堡唢呐艺人李万年为其奏乐，黄居中属县内名人，见多识广，知道的唢呐曲目很多，想听几个古典名曲，于是连点几曲，均被李万年吹奏得韵味十足，黄居中立即奖赏银元十二枚。何成子和李万年的二重奏更是堪称一绝，在一次节日宴会上，两人以二重奏的形式演奏，其精湛的演技和美妙的旋律震惊四座，一时围听者云集，直到很晚听众还不忍离去，尤其在演奏《雁子闹沙滩》时，他们一人扮雄雁，一人扮雌雁，声音形象逼真，惟妙惟肖，把雁子求偶嬉戏的情景表现得淋漓尽致，使宴会高潮迭起，妙趣横生。何成子和李万年不俗的演奏至今在民间传颂。此外，寺台、豆坪的唢呐还经常应邀赴成县、武都和陕西略阳等地吹奏。使康北唢呐在外县的影响不断扩大，成为地方曲艺品牌。康县唢呐地方特色浓郁，以豆坪、李山、平洛为主的北部地区声音粗犷、厚重、洪亮；大堡、云台及中部地区声音细腻、清脆；南部阳坝一带陕南川北味较浓，富于变换，包容性强。

在旧社会，唢呐艺人没有地位，被视为下九流。门第观念顽固的人不和唢呐艺人联姻，吹唢呐的人不能进正庭休息，不能入席就餐，去世后不能上家谱。中华人民共和国成立后，唢呐艺人和其他艺人一样受到人们的尊敬。

唢呐艺术被誉为中华民族的文化瑰宝，不断受到国家的重视。改革开放后，民间艺术得到了较快的发展，全县唢呐艺人分布最密集的地区是在豆坪、李山、平洛一带，有"唢呐之乡"的称谓，这些地方几乎每个村庄都有吹奏唢呐的习俗，一部分人除了把习练唢呐作为谋生的手段外，大部分爱好者视吹唢呐为消遣娱乐的方式，有老人吹，孩子吹，男人吹，女人吹，拜师学艺吹，世袭相传吹，每到傍晚时分，从各村庄都能传来婉转动听的唢呐声，有的地方还借助吹唢呐狩猎驱赶野兽以保护庄稼不受侵害。

1985年，陇南地区大文化现场会在康县召开，其间参观豆坪乡文化站时，豆坪乡集中了60人的唢呐队合奏《迎宾曲》，其精湛演技受到了与会人员的高度赞扬。1991年在康县首届金秋文化艺术节上，豆坪乡组织百人唢呐队进城演奏，成为本次节会的一大亮点。2006年春节陇南市社火表演，康县豆坪唢呐以多变的动态演奏赢得了观众的频频喝彩，其场景之壮观，气势之恢宏足以显示出康县民俗文化的魅力。2007年康县唢呐被成功列入甘肃省非物质文化名录。

| 高振宇，甘肃康县人。康县史志办主任。

男嫁女娶：康县神秘婚俗文化

| 李永康

在康县南部地区，世代流传着一种被外界认为神秘、奇异、独特的婚俗——女娶男嫁。

女娶男嫁主要有两种形式：一种是"男到女家，更名入籍"。男方嫁到女方家后，一切遵从女方家族的习惯和规矩，按照女方家族的姓氏辈序改名换姓，和女方同样称谓族内成员。若双方发生矛盾需要离婚时，如果是男方提出离婚的，"来是一人，去是一人"，男方不具有财产分配权；如果是女方提出离婚的，财产男女双方各一半。一种是"二门俱开，两来两去"。婚后，男女保留各自原有姓氏，男女都有继承双方父母遗产的权利和赡养双方父母的义务。婚后若生育两个子女，男女双方名下各一个，各自顶门立户。

如果婚后男方进入女方家中定居时，男方带上原先属于自己所有的生产资料及财产，男方对这部分财产具有支配权，故名"带财入舍"，若离婚，这部分财产归男方所有。

不论哪种婚姻形式，结婚前都要立婚约为据，婚约的签订一般在结婚仪式上进行。农村多在办酒席待客时签约，婚礼上，族长主持仪式，婚约一式两份，婚后共同遵守。

这种婚俗的独特之处是由女子来传递香火，延续血脉。在康南，各家基本都是"留女不留男"，男孩都得被嫁出去。而且男子被娶到女方家之后，必须立即改换出嫁前的姓和名。一个家庭的香火就这样由女性而不是由男性传递下去了。这里的男子也知道成人后要出嫁给女人，这是祖传下来的规矩。

在康南，户口簿上登记的户主都是女人，如果一家有多个女儿且家境贫寒，也可以嫁女。但在这里嫁女被称为"倒插门"，在过去是很没面子的事情。按照风俗，女人是家庭的主宰，担当着家庭与社交的主角。婚丧嫁娶、请客吃酒，总是女人坐上座。喝酒、抽烟亦不让须眉。不过这并不意味着"女尊男卑"，无论是家中还是村上的大事情，一般还是男人们拿主意。女人们解释说，男人文化高，见识广，多出些力也是应该的。只是女性像一根血脉的链条，把四面八方的男人链接在这方土地上。于是，女孩在家庭中的意义就非同一般，是家族的血脉之"根"。

这种婚姻也要借助于媒妁之言来穿针引线。男的不跟女方家要彩礼，定亲后女方只需给男子缝几身衣服。出嫁了的男子，逢年过节可回娘家去看望生身父母。不过，每年的大年三十必须在女方家里过，大年初一以后才可以回家或串亲。

康县南部地区山高林密，人烟稀少，野兽出没，为保护自身安全和庄稼不受侵扰，一些无子女户或有女无儿户便想办法从远方招女婿来顶门立户，这种习俗一直延续到中华人民共和国成立前。由于战祸连绵，社会动荡不安，四川、河南、陕西的青壮年男人，为躲开战乱或逃避抓壮丁，纷纷跑到山大沟深的康县南部，有的自己设法安家落户，大多则被招婿上门，用上门招婿的方式定居此地，一个托一个，一个介绍一个，世代相传，渐成气候，一种女娶男嫁的婚姻模式被当地公认接受。20世纪30年代至40年代是这里容留外地人最多的年代。

另一说法是这一婚俗最早起源于150年前的康县太平。相传，1863年5月，太平天国著名将领石达开兵败四川大渡河，余部一支去了云南，消失在云贵高原的大山之中；另一支辗转来到山大沟深、地广人稀的秦巴山地，化整为零,纷纷以男嫁女娶的方式改姓换名隐藏下来,在老百姓的掩护下躲过了清军的杀戮。从此,这种婚俗就在甘川交界的康县太平一带流传下来。随之传下来的还有男女平等、不信迷信,老百姓都有缠头、束腰、绑裹脚等习惯,这些都是太平军将士的遗风。因太平军大都有智有谋,成家后普遍家庭和睦,吃穿有余,子女们精明强干。后来,周围十里八乡看到他们普遍人丁兴旺,纷纷效仿选择了女娶男嫁,慢慢形成了一种婚姻模式,在康南一带代代相传,并逐渐向周边延伸。

康县南部地区的女娶男嫁不是母系氏族公社婚姻制度的承袭,也不是少数民族的婚俗,它与太平天国最后的归宿,与康县南部地区的地理、历史,人们的生产生活密切关联,有着神秘、独特的民俗民间文化意义,值得重点挖掘和宣传。央视农业频道、山西电影制片、甘肃电视台、《甘肃日报》《兰州晨报》兰州大学等媒体和单位都曾对康县女娶男嫁婚俗进行过关注、拍摄和挖掘研究。另外,康南地区的女娶男嫁在社会学、人类学等方面也有重要研究价值。

李永康,甘肃康县人,甘肃省作协会员,康县文联原主席。在《诗刊》《飞天》等刊物发表作品多篇,主编康县文化书籍多部。

中国戏剧研究的活化石——武都高山戏

尹利宝

武都高山戏，又名"高山剧""演故事""走过场"等，1959年10月定名为"高山戏"，被陆续载入《辞海·艺术分册》《中国戏曲文化》《中国戏曲曲艺辞典》等书籍中。2008年成功申报为第二批国家级非物质文化遗产保护项目，被专家赞誉为"中国戏曲研究的活化石"。

高山戏主要流传在武都鱼龙周边乡镇。

鱼龙地处高寒山区，境内群山叠嶂、沟壑纵横，经济落后，自古以来"靠天吃饭"的鱼龙人对神灵就有着无比的虔诚与敬畏。载歌载舞且具有浓厚地方色彩的祭祀活动盛行，"祀公赞神"可谓典型。

"祀公赞神"是一种融说唱、歌舞表演于一体的民间祭祀活动。祀公舞在物质——特别是精神生活很贫乏的鱼龙先民心中，也许是当时唯一的，也是最好的精神寄托：每在一定时日农人们在庙宇中摆好灵堂、放好供品，让祀公"请"来各地神灵，通过祀公与好事者歌舞表演的形式赞扬神灵恩威，以保来年的风调雨顺，五谷丰登。

隋唐时，大规模男扮女装以歌舞表演形式为载体的娱乐活动兴盛一时，受其影响，由男子跳耍的鱼龙祀公舞中便也有了"女人"（由男子扮演）的参与。这个参与意义非比寻常，它打破了拜神祭祀时固有的庄严、肃穆与神秘，男女两性间的正统防范被逐渐取消，阶级间的社会对抗也开始有了缓和。此时，祀公祭祀中自娱与娱人的性质已露头角。

  元代，旦角男扮已成定俗，祀公舞进入了"历史性的"转型发展期，其结果是产生了"把式舞"。"把式"是对专精于某项技能的人的尊称。"把式"一词就高山戏文化范畴而言，即是对专精于高山戏跳、摇、扭、摆"凤凰三点头"舞步动作的男演员的尊称。男演员（把式）也好，"女"演员（旦角，由男子装扮）也罢，人们把他们载歌载舞的集体性的广场表演统一叫作"把式舞"。"从对神灵的崇拜转向自身的逗乐，乃是人类的天性使然，也正是戏剧得以从原始巫术仪式中生发出来的心理基础。"至元末，把式舞的表演性质终于有了彻底的转变，即从祀公祭祀赞神活动的单一性转变为娱神、娱人、也自娱的多重性。

  元末明初，明朝大将李文忠途经鱼龙。李文忠平息匪乱、体恤民情，鱼龙人感其恩威于是在李文忠生日"四月十八"日之时，在其安营扎寨过的"窄峡子"修寺庙、塑神像、建戏楼、唱大戏，以表纪念。有着叙事性与戏剧表演基础的把式舞自然地被搬上了舞台。

  从乡间庙宇的祭祀赞神到打麦场地的把式歌舞，从广场随意演出的把式歌舞到以舞台演出为其主要载体，以演员舞台上的综合性表演为其主要手段，以演出感恩神灵、教化育人的故事为其主要目的的正儿八经的戏剧演出。历经了许多年演变后的高山戏终于因为李文忠的到来而以一种新的姿态展现在世人面前。高山戏自此作为"三堵墙"限制的舞台演出艺术从演出体制到剧本体制开始了历史性的变迁。

  20世纪70年代以前，传统高山戏剧本是各地"戏模子"历年传承下来或自己编写的一些"故事"。这些"故事"一部分取材于典章故事如：《武松打虎》《李逵探母》《康熙拜师》；一部分取材于民间传闻如：《儿嫌娘丑》《王祥卧冰》《麻女子顶亲》；还有部分取材于民间生活如：《三怕妻》《两亲家打架》《三女不孝》《讨债》；近年来创作剧目有《开锁记》《挡车》

《人老心红》《特殊党费》《米仓魂》《青橄榄 紫橄榄》等。

高山戏文化不仅仅是讲究"四功""五法"的"演故事"文化，它还包括了以把式舞为其代表的"议事""走印""作揖"等诸多内容丰富的民俗文化。毫无疑问，对这些文化现象的研究是探究高山戏文化艺术产生发展、历史演变、音乐特性、戏剧语言、表演特征的基础与桥梁。其程式主要是：

一、议事。正月的农村夜来得早，耍灯唱戏的日子时间似乎更紧。天才稍有晚意，热心的头人们却已把"班长头"（把式舞队里的负责者）、高跷队长、掌灯负责人、"箱担"（负责保管衣服、道具的人）"花匠"（负责做花船、狮子、掌灯与旦角头饰的人）、文物乐队领导等几十号人叫到农家准备议事。

身着宽大棉衣、挂着长长烟杆的"戏模子"被请来了，围观的人们便在院中不约而同地让开一条窄窄的道，听着"戏模子"脚底下踩出来的吱吱雪声，恭恭敬敬地目送着宽大棉衣进了房门。

屋内是一整嘈杂的礼让，待"戏模子"喝了敬酒，品了浓茶，抽了旱烟，房子里才会安静下来——议事正式开始。"戏模子"听头人们介绍了演戏的缘由，班长头等人表达了演戏的决心后，便向头人询问"出灯"的具体时间、演出的天数等诸多问题。当细节解决后"戏模子"就如数家珍地开始了分派任务：（一）头把式、头旦负责把式舞"凤凰三点头"舞步动作与正月十四、十五日请客"作揖"动作的排练，确定好"开门帘""打小唱"节目的演出人员。（二）高跷队长、掌灯队长确定自己舞队演员人数，认真排练队形加紧练习唱曲。（三）"箱担"弄清"凉壳子""大襟衣""昭君带"的件数、个数，做好戏衣、饰物的搭配工作。（四）"花匠"加班赶做狮子、旱船、掌灯……（五）文武乐队负责人应及时演练曲牌、唱腔音乐，随时听从带乐排戏的任务安排。（六）头人们需做好上庙祭拜、客人接送等礼仪性工作……戏模子有条不紊的安排让屋里的人佩服得五体投地，连伸长了脖子，借着窗户上纸糊的缝隙时不时窥视的闲汉，大气都不敢喘一大声——戏模子老了，乡亲们敬他、爱他。是的！一个七八十岁的老人知晓近百支曲调，记得几十个演出"故事"，除了说戏、导戏外，必要时他还得安排演戏前后的各种仪式性的活动，这的确是不容易的事。

二、"出灯"。"出灯"方言的意思是"灯唱演出的开始"。出灯的时间多在正月十二前后，出灯日子的确定是灯唱演出的负责人找本村的"阴阳先生"掐算而来——高山一带许多村子都有本村的"阴阳先生"。农人心中，这些人知天文、晓地理，所以看风水、祭祀、丧葬、婚娶的日期大多由他们掐算确定。

三、过关。出灯时的"过关"是一个庄严神秘的时刻。在阵阵的鞭炮声中，在此起彼伏的锣鼓声中，头人们跪在地上给神狮与把式"化马"（在神灵前烧纸当地人叫"化马"）吩咐喜话，其内容大致说"今年酬神唱戏，你们这些神通广大的神灵要保佑民众丰衣足食，保佑国泰民安、风调雨顺……"让别人用腿在头上绕一周，当地人叫"跷尿骚"。"跷尿骚"是武都民间比较流行的恶作剧游戏活动，这种活动大多限于同辈之间。虽是游戏但爱面子的人一般是不允许别人的腿在自己的头上跨过去的。不过，此时，在"过关"的时刻让顶着神狮的人和把式演员用腿在自己头上绕一圈却成了求之不得的事，人们称之为"过关"。人们相信"过关"可以驱逐一年的晦气，护佑来年的身体健康。因为如此"过关"时农人们不分男女老幼总会争先恐后地往舞狮人和把式演员的腿底下钻，舞狮子人与把式演员们此时也不管跪着的是大叔叔、二婶子、三姨夫还是六姑妈，放下辈分观念，撇开腿脚只是一个劲地"跷"。跪地虔诚，跷得自然也十分实在。

四、圆庄舞队演员从农家屋里走出来围绕村庄走一圈人们称"圆庄"。"圆庄"有"画地为圈，圈保平安"的意思。人们希望通过神狮和附有神灵的把式围绕村子走一圈后，别处的妖魔鬼怪进不得"圈"来从而可保村庄的安宁与太平。

五、上庙。戏是给神演的，所以上庙拜神必不可少。上庙时，头人们走在前面，他们集体跪拜、上香、焚纸，告知神灵唱戏缘由与目的后，把式舞队中的头把式、头旦，二把式、二旦，三把式、三旦就在鼓乐声中跳"凤凰三点头"，然后跪拜、作揖、焚香。场面庄重威严。

六、走印。"走印"即是在打麦场地或田间地头走一个撰写的印章。这个印章除了表达祥和祝福的意思外，更重要的是具有"扶正祛邪"的作用。因为是用脚印在麦场走字，所以演员们怎样入场，入场后走几步转弯，最后怎样出场都有严格的要求与讲究。掌握这一技巧的是"灯头"。"灯头"是走在舞队前面带头的人——此人除了有一定的家传技艺外，还得有一定的文化知识，其技艺不为外人道。把式舞队"走印"所走字属"九叠篆"。九叠篆又称上方大篆，唐宋以来多用于官印，笔画反复折叠，盘旋屈曲，点画皆有纵横两个方向，填满空白部分，求得均匀。九叠篆盛行于唐、宋、元、明，今已鲜为人知。

七、踩台。场地表演结束，演员们一边歌唱，一边登上舞台开始"踩台"。欢快激昂的锣鼓伴奏配合英姿飒爽的"凤凰三点头"舞步，场面热闹非凡。当地人把舞台上全体演员这种载歌载舞的演出叫"踩台"。"踩台"是伴随唱曲《戏秋千》与"凤凰三点头"舞步动作，在台上三进三出的集体性歌舞表演。

八、灯官说灯。"灯官"是"管灯"的"官"，上庙时要说喜话，舞台上也要说喜话。灯官的说词随着时间、地点的不同而有变化。不过，由于多年的舞台积累许多地方的灯官词也有了一些固定模式。

九、开门帘。"开门帘"表演程式是：把式上场——把式独白——把式和旦角对白——把式和旦角对唱——旦角出场——旦角和把式"转花子"——旦角、把式先后入场。作为妙趣横生的夹白歌舞，"开门帘"是高山戏"戏"前的必须演出，这一程式化的演出较明显地呈现了"舞"向"戏"衍变的历史遗痕，是高山戏最主要的表演程式之一。

十、打小唱。"打小唱"是一生俩旦夹白歌舞的表演程式。"打小唱"表演可在打麦场地，可在街头巷里，可在农家庭院，形式自由灵活。"打小唱"演唱曲目是固定的《送财曲》，《送财曲》节奏明快流畅、曲词通俗易懂。"打小唱"节目除有"送祝福"、"讨喜庆"的目的外，很多时候也有向主人家讨要钱物的营利性质。

十一、演故事。高山戏"故事"的表演，除了有"四功""五法"的要求外，也有许多自己的特点，这些特点主要表现在：

1.反映场景，不表现故事情节的"过场"表演。

高山戏所谓的"走过场"指的是在"故事"演出中特定"场景"的特定表演。举例来说：某一剧目第一场中有男子甲"走路"情节，男子甲则唱《路曲》。同一剧目中的第三场，男子乙若有"走路"情节，男子乙也唱《路曲》。唱曲一样、表演雷同、舞美设计几乎不变。

"过场"演出在"故事"的展开中起到的是衔接、纽带的作用。这个"纽带"因为是程式化的表演，所以，在多年的传承中农民演员对其能熟记于心，这样一来"故事"的排演就不费事。至于人物形象的塑造、矛盾冲突的开展当在"纽带"以外的情节中加以展现。姑且不论这一程式化舞台表演的优与劣，可肯定的是：在无本演戏的传承中这种表演形式的确起到了一定的文化延续的积极作用。

2.曲牌、唱腔的固定使用

高山戏曲牌、唱腔较固定的用法大致表现在："过场牌子"曲牌类，有曲无词，在前奏、间奏、尾声处多被运用；"过板"唱腔在行走时运用；"开门帘""曲曲腔"属抒情性唱腔，多在矛盾、迷茫、感慨、抒怀等情绪波动不大的时候使用；"哭腔"属伤音类唱腔，在愤慨、忧伤、恸哭时使用；"花花腔"属"欢音类"唱腔，在表达喜悦、欢畅等情绪时运用；"耍耍腔"是特定情节下才可运用的唱腔——它包含的内容较广，比如《耍钱骨碌》唱曲只在耍钱赌博情节下使用，《启神赞》《毛红》在拜神、祭祀等情节下使用等。

3. 被称为"满台吼"的帮腔与"吆嗬嗨"衬词的运用。

帮腔是戏剧音乐表现的手段，它有衬托演员的唱腔、渲染舞台气氛、叙述环境和剧中角色不便启齿却又不能不说的内心独白、抒发人物的内在感情、对环境的描绘和以第三者的身份对事件、人物作出评价等多种功能。

高山戏的帮腔当地老百姓叫"满台吼"，形式大致有：唱前帮、唱后帮、前后句帮、整段帮等。高山戏的唱腔还有一个明显的特点就是大量衬词的灵活运用。高山戏衬词有哎、的个、咿、呀、吆嗨、咿呀嗨等许多个，其中以"吆嗬嗨"为最。"吆嗬嗨"在当地方言中是一个不表示实在意义的词，但按当地语言习惯"吆嗬嗨"却似乎是一个比其他衬词更灵活，更容易宣泄情感的词类。

> 尹利宝，1978年生，武都高山戏第五代代表性传承人。中国剧协会员，陇南市戏剧曲艺家协会主席，武都区高山戏研究中心、非遗中心主任。

三仓灯戏中的民生意识

尹义清

陇南地方戏剧中，进入《辞海》的有武都"高山戏"，被列入国家"非遗"项目，随后进入国家"非遗"的还有文县白马藏族"池歌昼"、西和"乞巧节"等。这些民俗活动都起源于祭祀，以"以愉神来愉人"，具备一定的地方信仰和宗教色彩。其中，傩面最具原始宗教和人们对自然崇拜的神秘特征。西和乞巧节更接近世俗生活，傩面的特点弱了，但"请巧娘娘下凡来"的夙愿，并不减对神的崇敬和礼仪。与乞巧相反的是武都三仓灯戏，保留了鲜明的傩面形式，而其活动过程中的神话元素一点点弱化了，民生意识却明显凸显了出来。

三仓灯戏从每年农历六月初六开始准备到次年正月十六结束，历时220多天，占了一年中三分之二的时段，可谓民间集体意识的日常化长效机制。如果仅仅出于"愉神"的目的，真会把"神"伺候烦躁了，谁知道"神"会怎么想。那么，是什么让三仓人民在繁重的劳动中，还会用多半年的时间孜孜不倦地热衷于这次持久的"演艺"活动呢？笔者作为一个土生土长的三仓人，从这些方面进行过一些粗浅的思考。

从地理而言，三仓高山深壑，密林险川，地形复杂多变，少有平滩大坝，"一山有四季，十里不同天"。恶劣的自然条件，让生存在这里的先民自然而然地产生对自然难以把握和盲目崇敬思想，把对美好未来生活的希望寄托给神灵，祈求神灵保佑，祈求平安和五谷丰登，成为寻常人家的共同愿望。傩面其实属于自然和神的象征，故而在人的日常活动中，以"戏"的方式让傩面参与进来，仿佛时刻得到了神的庇护，安慰着人们贫乏且单调的内心世界。

从三仓灯戏的起源而言，有两种说法。一是"杨戬赶山"说，与三仓的自然条件有关。相传很久以前，三仓被群山覆盖，土地贫瘠，民不聊生，苦不堪言。杨戬闻知，上奏玉帝，愿解民生之难，赶走许多山峦，形成八个小盆地山坳，是名"三仓""五库"。民得盈地，衣食无忧，为感谢二郎神杨戬，大修庙宇，通过耍红灯、唱大戏的方式歌功颂德、庆祝太平盛世。一是"祖传香火"说，与祖先崇拜有关。三仓乡水沟坝《元宵灯戏志》有这样的记载："呜呼，盛衰之理虽曰天命，岂非人事哉？水沟坝元宵灯戏，自吾先祖创立十多世，吾等承嗣先祖基业，世代相传无绝矣。"可见，人们生活窘困，只好以耍红灯、唱大戏的方式祈求神灵保佑风调雨顺、五谷丰登，因此村里产生年年唱戏的习俗。以上二说，其根本点在群众贫穷疾苦，以戏愉神，但得改善民生。

从三仓灯戏的语言、音乐而言，其语言以武都方言为主，兼有四川、陕西、陇南文县等地方性语音特征，这是和三仓所处陕甘川三省交界特殊的地理位置分不开的。受制于狭隘封闭的自然环境，人民尽其可能，与周边取得联系，无法得到更大社会舞台的滋养，不能走进更广阔的世界，仅仅偏安一隅，流传至今。其音乐以五声调式为主，其欢音类曲牌明快活泼、玲珑华美，哭音类曲牌缠绵凄楚、哀怨动人。伴奏乐器武乐类有大鼓、大锣、大钹、小钹、小鼓等，后来吸收了鼓板、小堂鼓、吊钹、碟子、碰铃、大小木鱼等乐器。文乐领奏乐器为自制二胡，近年来吸收了板胡、竹笛、唢呐等乐器。

从三仓灯戏的传承而言，三仓灯戏把闹花灯与演戏相结合，整个流程包括晒衣、议事、排演、搭台、迎灯、唱戏、送灯等民俗活动，许多活动与"灯""五谷神"有关，并形成一些独具特色的程式化表演。如"正戏"演出前"花折子"的固定表演，充分体现了三仓灯戏"插科打诨"的表演特色，整个活动呈现出"灯中有戏，戏中有灯"的特点。耍灯唱戏是以青壮年为骨干，全村老幼齐心协力、共同参与的大事。但三仓灯戏没有固定的文字剧本，故事脚本是当地"戏母子"或传承或编写的一些故事，演出时"戏母子"把这些故事给演员介绍出来后分配角色，演员们常按基本程式即兴表演。三仓灯戏不胜枚举的故事在无本唱戏的传承过程中代代承传，它既是"戏母子"口耳相传的结果。三仓人民辈辈传承的传统剧目有：《草鞋》《孟姜女》《打彩》《闹五更》等。也有许多移植、改编的剧目，如《白蛇传》《铡美案》《老少换》《小姑贤》等，常见的曲目有《十二花梅》《颂寿元》《怀胎歌》《妹儿回娘家》《送报条》《献莲花》《打彩》《闹五更》等。

　　三仓灯戏的道具主要是各种农具和生活用具，许多故事表演的内容与老百姓生活密切相关，反映出民生意识在祭祀活动中的萌生力和爆发力，甚至在实际活动中，最大程度上摆脱了对神的依托，对民生现状的反观和反映。为此才有了持久的生命力，代代相传，生生不息，并且每年都会伴随着人们多半年的劳动生活，让人们在艺术中劳作，在劳动中艺术地活着。2011年，三仓灯戏被列入省级非物质文化遗产名录，实至名归。然而，不改进、不容纳、不扩展，终究还是限制了三仓灯戏的发展和传播空间，放眼全国地方戏剧，三仓灯戏仅仅是九牛一毛，增强它的竞争力，才是我辈传承者的历史使命。

　　| 尹义清，甘肃武都人。现为三仓乡九年制学校教师。

栗亭石砚说

| 成子恒

栗亭石，顾名思义，为出自栗亭之石。用该石刻制之砚为栗亭砚、栗玉砚。

所谓栗亭，是指古栗亭县，即今甘肃省徽县之伏镇、栗川等地。为北魏之行政建制。宋末，为成州所辖，至元（1335—1340年）其县地省入徽州（徽县）。

栗亭石、栗亭砚、栗玉砚，最早均可见于宋代米芾《砚史》。清代沈清崖在《洮河砚诗》中评述道，栗色洮砚"肌如蕉叶嫩，色比栗亭深"，将栗色洮砚与栗亭砚比较；《肃州志》载述："嘉峪山石砚相仿于栗亭砚"。此外，清代马丕绪《砚林脞录》，台湾陈大川《砚》等砚著中亦有栗亭砚、栗玉砚之记载，今于网络中亦可阅得。

砚著所谓栗亭石，主要有灰、栗二色，以栗黄、灰青居多，均为制砚之佳料。栗亭石，因灰、栗色质之异，所成砚品分称为栗亭砚、栗玉砚。二砚较四大名砚独具特质。米芾《砚史》评价"成州栗玉砚，色如栗，理坚，不甚着墨，为器甚佳。""成州栗亭砚，色青，有铜点，大如指，理慢，发墨不乏，亦有瓦砾之象。"栗亭石，尤以栗黄为甲，色泽高贵典雅，纹理独特，石质温润，细腻如玉，栗色朴实纯正，石皮浑厚。

栗亭石因质地紧密，砚的雕刻制作比洮砚难度大，故以浮雕为主，依材施艺，辅以巧妙构思，精雕细刻，所制砚品风格古朴精美，浑厚高雅；有的略加点缀，使人遐想联翩；有的品质独到，韵味独特，巧用天工，其妙无穷，如刘淑霞制作的《金菊傲霜》《五龟踏潮》陈旭聪的《雏鸡》《蘑菇》等。所成砚品，特别是栗玉砚，因质地细密如玉，色相俱佳，较四大名砚有鹤立鸡群之感。

栗亭砚、栗玉砚，除史书记载外，民间偶有传说。笔者知之时在2006年9月4日，赴武都参加陇南市首届民歌比赛后看望岷县籍洮砚制作专家刘淑霞，是她告诉我徽县古出栗亭砚的消息。激动所至，通过口舌之功，虽得领导和刘淑霞支持，年余之奔波和倾心劳顿，采石样制砚品，初使栗亭、栗玉二砚重见天日。每见出自家乡，略带金徽之香的栗砚，无不感激刘士之功。

栗亭石，石源较为丰富，将为甘肃继洮砚石源竭缺之后续制砚之材，资源丰富，开发前景广阔。

成子恒，先后于西北民族大学、西北师范大学主修声乐、音乐教育。甘肃省音乐家协会会员，陇南市音乐家协会会员。现供职于徽县文化馆。

陇南乐府：两当号子

戈 父　周海仁

追溯两当号子的历史可谓源远流长，自唐宋以来号子即广为流传。在生产力不发达的年代里，在劳动中人们把山歌中的词和号子的曲调进行艺术嫁接，将多种唱腔融为一体，1949年以前广为流行的"花号子"曲调由此而产生。如：《久不唱歌忘了歌》《三根竹子长上天》一类的"排号子"曲调也是这样加工而成的。"两当号子"的演唱形式不拘一格，朴实生动。习惯上以锣鼓为乐队，由四至六人组成，并有锣鼓等传统民乐伴奏，以齐唱为主要表演形式。值得一提的是两当号子的演唱过程中特别注重"接气"，即第一组歌手唱完一句要换气时，第二组歌手从这一句的末尾拖腔处接唱，前后配合要默契，除了音色上的变化有区别之外，上句和下句换气相接中不能有时间差的感觉，要有着一气呵成的艺术效果。唱号子除此之外还有领唱、对唱和八度和声等艺术表现形式。

两当号子的基本内容及艺术特征

两当号子是中华民歌宝库中的一个独特音乐种类，自古便拥有"陇南乐府"的称号，主要流行于嘉陵江以南深山林区的站儿巷、云屏、泰山、广金等乡镇。"两当号子"曲调优美高亢，音域宽广，节奏明快，粗犷而极富变化，犹如咆哮的江河，飒爽的林涛，抑扬顿挫有致，从古到今一直是当地群众喜闻乐见、自娱自乐的一种艺术表现形式。两当号子的曲调主要有羽、徵、商三种调式，不同的曲调表达不同的情感。曲体结构目前流行的有一段体、两段体和三段体，其旋律幅度跳跃较大，演唱时的表现力丰富而又强烈。

两当号子有"花号子"和"排号子"两种。"花号子"曲调高亢、音域宽广，旋律跳跃的幅度大，音调变化多，没有唱词，只有"咦、哟、哎、咳、啊、嗬、呀"等虚词，在民间演唱的曲目较多。"花号子"又可分为"唢呐号子"和"鸡公号子"两种。所谓"唢呐号子"，就是歌手用声音模仿唢呐吹奏的音调而演唱的号子。比如在两当南部流传甚广的《大唢呐号子》《画眉鸟儿跳架上》等曲目。

两当号子的另一种曲调"鸡公号子"就是歌手模拟公鸡报晓啼鸣的声音来演唱号子，有独唱、对唱、领唱、齐唱、合唱等表演形式听来既幽默，又有哲理，妙趣横生。比如著名曲目有《大鸡公号子》《生鸡公号子》等。"鸡公号子"的对唱极为有趣，双方歌手站在山坡之上，一问一答地对唱，有时连续几天的对唱打擂台。直到有一方唱得张口结舌服输方才罢休，类似电影《刘三姐》中的场景。

两当号子中的"排号子"一般有唱词，其歌词大多是即兴编唱的，曲调比"花号子"要低一些，旋律幅度的跳跃变化较小，也是当地最为普及的号子曲目之一。"排号子"可分为"拉箱号子"和"山歌套号子"两种形式，一般都和生产、生活有密切关系。自明清以来，外地客商在广金乡的大山林中开办了许多的炼铁厂、采矿场，如松坪村的漆园子铁厂、响水村的钢场坪炼铁厂，据考证都是徽县、汉中富商的商号。当时的生产工艺都很落后，采矿冶炼过程中，需要很大的风箱向炉内鼓风，往往需要四至六人的合力推拉。于是"拉箱号子"便应运而生了，现在仅幸存几首，有代表性的作品如《箱夫子歌》等。

特色鲜明的"山歌套号子"是当地歌手在长期的民歌演唱活动中产生的，不同于陕南号子和川江号子,它就是地地道道的两当号子,可以说是两当号子中的一个流派。

两当号子的历史起源

据史料记载,自明清以来,就有外地客商在两当县东南部的广金乡一带的大山林中开办了许多的炼铁厂、采矿场。但大量移民主要来自于清朝乾隆末年的湖南、贵州的苗民起义,嘉庆元年的湖北白莲教起义,以及后来的太平天国运动等三大农民起义军,起义失败后为逃避清兵的追杀,数万名将士前后相继进入陕、甘、川交界的荒山密林中。他们采木搭棚、挖坑筑炕、吊罐做饭、火塘取暖。大多数人从事耕种、狩猎、挖煤、冶铁的生计,从居住风格上被当地人称为"棚民"。

由于这三次规模较大的起义军将士大多来自两湖(湖北、湖南)、两广(广东、广西)、贵州、四川等地,语言相互渗透、学习、串味、变调,为了尽快融入当地人群又极力学习当地方言土语,逐步变成了多元性的以两湖、两广语言为主调的独特语言,当地人称为"湖广广"腔。

为逃避清军追杀,"棚民"们隐姓埋名,以保证自身及家人的安全,他们的生活格局也随之发生相应的改变。即:住的房屋为临时性的"庵棚";做饭用的炊具是便于携带的"吊罐";语言演变成具有川楚韵味的"湖广广腔";食品是既能长期保存又有营养的"腊肉"。还有一个非常重要的生活需求,那就是对文化生活的追求。只要有人类的地方,就有文化生活。他们在长期单调的日出而作、日落而息的生活压力下,产生的喜、怒、哀、伤需要宣泄,于是将家乡南国的号子与两当本地的老号子结合,用无字的形式表现出来,就有了今天调式丰富、声音高亢、粗犷、音域宽广、节奏自由、相互接气、连续不断、此起彼伏的"两当号子"。

在当时历史条件下，高亢、粗犷的号子声，不仅能抒发情感、驱除寂寞，还起到了传递信息、互通消息，呼唤同伴的作用。每当山下号子声起，山上就有人接气续唱；当山上唱歌的人换气时，山下起唱的人和山顶上接唱的人，又接声连续不断地唱起，并与先前山下起唱人的声调高度保持一致；三人的歌声同时交替时，又出现美妙的重合声效果。"两当号子"只有用特殊的"湖广广腔"演唱才能唱出独特的味道，否则会失去"两当号子"的特殊韵味。两当南部山区的云屏、广金、泰山等乡与陕南的略阳、勉县及凤县相邻，在多年的人口迁徙流动和文化交往过程中，"两当号子"与"陕南号子"相互碰撞、融合、影响，自然吸收了"陕南号子"中的某些元素，从而极大地丰富了"两当号子"的内涵，形成一套完整的音乐体系，成为两当县民间音乐宝库中的瑰宝。

两当号子的传承和发展

《两当号子》与临夏花儿、洋塘号子、庆阳花儿等其他民间歌曲一样，是西北民间音乐艺术宝库中的一颗明珠。它以高亢、嘹亮、悠长、动听、质朴、优美、粗犷的艺术特色，吸引了众多的音乐家的青睐。

1955年冬，为庆祝宝成铁路通车，两当县委宣传部安排县文化馆辅导各乡排练节目，慰问铁路工人，凤洞乡（现名云屏乡）排练的节目就是"两当号子"。当时的《两当号子》叫《云屏号子》，演唱歌手有简逢春、张升、袁正有、田华四人。1956年春天（农历正月）慰问活动正式开始，他们从西坡车站开始一直演到聂家湾车站，共演出四场。

通过宝成铁路慰问演出之后，《云屏号子》在县内小有名气。特别是它那独特的演唱风格和浓郁的乡土气息，给观众留下了深刻的印象。尤其是《万年花》和《公鸡号子》的摹拟喝唱更让观众赞不绝口。1956年后半年，甘肃省为准备参加第二年在北京举行的全国民间音乐舞蹈会演大会，在兰州举办了全省民歌调演，两当县选送到天水地区的节目就是《云屏号子》。演唱者有袁正有、张升、陈忠义，他们三人坐汽车到天水，在天水演出后，《云屏号子》被选中代表天水地区到兰州演出，这时的《云屏号子》已在天水被改为《两当号子》。1957年春，袁正有、张升、陈忠义三人和其他县的演员一起坐火车到兰州，住在省工人俱乐部（黄河剧院的前身）。《两当号子》由以前林畔、山坡的喝唱形式首次搬上了舞台，但号子的风格和它的原汁原味的乡土气息依然打动了省城的观众和艺术家们。经过一个多月时间的排练，甘肃代表队50多人带着《花儿》《羊皮鼓舞》《两当号子》等曲目赴北京参加全国第二届民间音乐舞蹈会演大会。到北京后，甘肃代表队住在天桥剧院，在北京大约一个月时间，甘肃代表队的节目在北京共演出六场。临近会演结束时，《两当号子》及其他全体演员在主会场受到了毛主席、朱德、宋庆龄中央领导人的亲切接见。

通过在首都北京的演唱，两当号子逐渐引起了省内外音乐界的重视，在20世纪70年代末和80年代初，甘肃省的民乐专家邸作人、周健等人，徒步跋山涉水，走遍了村村寨寨、家家户户，围在火塘边录音速记了上千首民歌，搜集的曲牌更是多达十几个种类。经过多年的艰辛努力，将两当号子整理成册（其中两当号子63首、民歌262首）。

1975年，两当县业余文艺演出队，以"两当号子"音乐元素为基调而创作的男声小合唱《丰收号子飞满山》，参加天水地区文艺调演，受到好评，被评为优秀节目。后又代表天水地区参加了甘肃省文艺汇演，同样得到高度评价，并由甘肃电台录制成专题电视节目播放。1977年，在全县文艺调演大会上，云屏公社演出的"两当号子"齐唱，再一次受到观众的好评。1978年，县文教局决定抽调专人搜集整理"两当民歌"，通过三年的征集整理，出版了《两当民歌集成》一书。

1996年甘肃省文化厅派摄制组来到两当县，深入云屏乡，对老一代歌手袁正有、张花王、候正荣、田义林等四人进行了采访和录音。1998年甘肃省广电厅摄制人员一行四人到两当专门录制了两当号子，并再次对袁正有、张华等歌手进行采访和现场录制。2000年，甘肃电视台《文化风景线》栏目组，专程来两当县采访了号子的传人——张华王老人，制作了《走进两当号子》节目，并在甘肃卫视播出。2004年，甘肃人民广播电台《金色土地》栏目又一次录制了《两当号子》节目，在省台播放。通过省、市、县三级系统地搜集、挖掘整理以及大力地宣传推介，使《两当号子》得到了有效的抢救性保护。

2007年县文化局将"两当号子"作为非物质文化遗产上报甘肃省，这是两当县唯一的一个非物质文化遗产项目。2008年两当号子"被批准列入甘肃省非物质文化遗产保护名录。2011年，第二部《两当民歌集成》一书正式出版。2013年12月，两当号子歌手应邀赴西北师范大学音乐学院举办了专场演出和专题学术研讨会，这是两当号子时隔五十七年之后第二次走进省会兰州。

为了让两当号子得到传承和发展，近年来，县乡两级政府积极组织力量，深度挖掘和整理民间资料，创作了一批反映现实生活、讴歌两当变化的号子音乐作品，受到了社会好评。同时成立了两当号子演唱团，定期在云屏三峡旅游景区为游客演唱两当号子，让两当号子在旅游崛起、经济腾飞中发挥重要作用。

两当号子的主要艺术价值

1. 两当号子继承和保留了甘肃东南部，尤其是甘、陕、川交界广大地域民间传统民歌演唱方式，其羽、徵、商三种调式，流行的一段体、二段体和三段体的曲体结合，特别是在演唱时前后配合默契，注重上下接气，呈现出一气呵成的艺术效果，对研究中国民间音乐有一定的参考价值。

2. 两当号子具有高亢、嘹亮、悠长、动听、质朴、优美、粗犷的艺术特色，体现出了很高的审美价值，是两当多元文化并存发展中独具地位的显著标志之一，必将成为两当一张靓丽的文化名片。不但深受本土听众的喜爱，而且受到西北乃至全国民歌爱好者的赞誉,对两当旅游产业的崛起有一定的推动作用。

3. 挖掘、抢救、传承、保护两当号子,对保护两当民间文化、丰富城乡群众的文化生活、提高全民的道德修养和文明素质、促进人与社会的全面和谐发展,都具有重要的现实意义。

戈 爻,甘肃两当人。地方文化工作者。

周海仁,甘肃两当人。甘肃省作家协会会员、甘肃省民间文艺家协会会员、《广香河》杂志主编,发表各类文艺作品十余万字。现供职于两当县文化馆。

从出土文物探讨礼县山歌创作历史

王虎成

出土文物是社会悠久历史、灿烂文化的见证物。在甘肃省秦文化博物馆里就有这样两件出自大堡子山的国家一级珍贵文物——青铜镈钟和陶质歌唱俑。它们是春秋时期秦人辉煌历史的见证,也是礼县山歌悠久创作历史的重要实物资料。

众所周知,早在《诗经》成书之前,各地乐曲创作、演唱已经相当成熟,乐曲所表现的内容也已囊括了生活的方方面面。如《诗经》中的《风》就是这方面的即是这方面的代表。《风》又称《国风》,是乐官奉王命从当时的十五个国家和地区采集、整理的乐曲,所以《国风》又叫"十五国风"。而论其实质,这种乐曲就是山歌。

2006年,考古队在大堡子山秦公陵区发掘时出土了一套乐器,包括两组十片石磬(其上用阴刻法刻有祥云图案),十一件青铜编钟,其中有造型优美、铸造精良的三件镈钟。难得的是其中一件镈钟上清晰铸有28字铭文,其内容为:"秦子作宝龢钟,以其三镈,乃音鏞鏞灘灘,秦子畯夰在位,眉寿万年无疆",三件镈钟的正面、背面和侧面分别有用失蜡法铸造而成用于控制音准的镂空夔龙纹飞棱,左右两侧的飞棱相交于镈钟顶端巧妙地组成了悬挂铜钮。镈钟正面和背面以夔龙纹飞棱为界,左右对称铸有两组首尾相连的蟠虺纹图案。镈钟用巧夺天工的青铜铸造工艺,神奇夸张的组合图案精巧地将铸钟的艺术性和实用性结合在了一起。

如果脱离了当时纯熟的乐曲创作社会大背景，这种铸造工艺是不可能实现的。一定程度上来说，是山歌成熟的创作和表现的需要推动了乐器铸造技艺的发展进程。所以铸钟的出土不仅为全国学术界研究早期秦文化提供了难能可贵的实物资料，同时也展现了当时礼县山歌创作、演唱已发展到纯熟境界的事实。

早在铸钟出土之前，有专家已经考证《诗经·秦风》中的《蒹葭》《驷铁》《小戎》和《车邻》就创作于礼县。出土铸钟结合上述结论，二者互相印证，为我们考证礼县山歌悠久的创作历史提供了强有力的理论依据和详尽的实物资料。

歌唱俑亦称"人形灰陶瓶"，春秋时代器物。称瓶是形象的叫法。陶俑上不开口，中空，下肢为圆筒形且开口，所以它是观赏器而非实用器。

从整体来看，歌唱俑盘平整的发髻，头微上仰，胸前双乳微翘，双手环抱而放于双袖中，左右两边有一对造型夸张且穿有小孔的耳朵。

陶俑身穿轻薄裙子，作者用写实的手法表现了陶俑微胖但不乏曼妙身材的神韵。陶俑下身的裙摆呈优美的弧线状，明显是歌者为配合歌唱跟节奏而摇动双腿舞动裙摆所形成的。

陶俑面容微凸，下巴圆阔，双眉如月且双眼微闭呈享受状，高挑笔挺的鼻子下面口半开，下唇外突，为歌唱状。

整体上，陶俑的作者利用虚实结合、夸张而又不失真的塑造手法，重点表现了陶俑微闭的双眼、半开的口唇、微翘的双乳、舞动的裙摆以及歌者因歌唱而显脖子较粗等特点，为我们生动而传神地表现了一位女歌唱者悠闲自在、唱技游刃有余的表演形象。

一切艺术源于生活，究其塑造技艺暂不论，试想如果当时社会山歌创作还没有走向如此纯熟的艺术深度，陶塑者怎么能创作出如此生动且表达准确的歌唱俑呢。所以，唯一的解释就是陶俑产生的时代，山歌的创作已经成熟并达到了一定的艺术高度。

　　时至今日，千百年来礼县山歌创作的优秀历史传统、表现内容都为人们所继承。这里面不乏表现歌颂爱情、控诉封建婚姻、赞美劳动等的山歌。

　　时代的文明血液孕育了山歌旺盛的历史生命力，它们是历史文明的浓缩，是社会进步的见证。今天，这种文化应该被精心搜集整理之后展现在博物馆里，并逐步走进当地人的生活。

　　　　王虎成，甘肃礼县人。作品发表于《中国文物报》《民主协商报》等报纸。现供职于礼县文物局。